1 *Kazeta-ebakinak*

KONTAKIZUN honek hemendik urrun dagoen herrialde batean, Mendietako herrialdean, izandako gertakari bitxi batzuen berri ematen du. Herrialde hori gureaz bestelakoa da zentzu askotan, baina beste askotan gurea bezalakoxea. Desberdintasun batzuk badira: jende asko ez izatea eta oraindik telefonoaren edota autoaren jabe ez izatea. Asko eta asko joaten dira oraindik postetxera telefonoz deitzera eta gehiago dira gurdia ibilgailutzat daukatenak, autoaren ordez, merkeago delako eta nahiago dutelako; eta ez dute arrazoi faltarik zeren benetako zaldi bizi irrintzilari batek tiraturiko gurdia gauza aparta baita. Ez dute hegazkinik, baina jendeak kometei eragiten die hegan eta oso trebeak dira gamelu-hazkuntzan.

Mendietako gauzarik garrantzitsuenak gurean daudenak beraiek dira: emozioak berak dira, jendeak elkarrekiko duen portaera, adiskidetasuna eta norberakeria, ematea eta kentzea, maitatzea eta sesioan ibiltzea. Mendietan aparteko izena zuen mutiko bat bizi zen. Yonder zuen izena. Yonderrek amona bat zeukan eta primeran moldatzen zen berarekin. Amonak zeregin garrantzitsua du kontakizun honetan, nahiz eta hasieran bertan hiltzen den.

Amona oso berezia zen. Zer pentsatu, huraxe esaten zuen. Ez zen itzulinguruka ibiltzen. Hitzetik hortzera botatzen zituen esanbeharrekoak. Ez zuen inoiz uste izan, beste helduek bezala, Yonder gazteegia zenik gauzak ulertzeko. «Batzuk leloegiak izaten dira, baina inoiz ez gazteegiak» esan ohi zuen, eta gero heriotza bezalako gauzez hitz egiteari ekiten zion. Sarritan erabiltzen zuen gai hori. Maiz esan ohi zion Yonderri: «Gaztea hilgarri duk, zaharra hil beharra». Amonak baserritarren modura hitz egiten zuen oraindik, izan ere aitaren baserritxoan haurtzaroa egina baitzen. Oso neska argia izan zen. Neskametzan aritu zen kalean. Arratsero bere ganbarapean esertzen zen ikasten, nahiz eta hotz egin. Aurrena UBIrako prestatu zen. Gero, hura aise gainditu ondoren, Ingeniaritza ikasteari ekin zion. Mendietan neskek nekez segitzen zituzten ikasketak eskola-garaia amaitu ondoren. Horretara iristen ziren bakanek Zuzenbidea edo Hizkuntzak aukeratzen zituzten, edo erizain edo bestela OHOko irakasle izateko prestakuntza hartzen zuten. Emakume batek Ingeniari-ikasketak egitea gauza bitxia zen, ia ez zen ohizkoa. Amonak ez zion jaramon handirik egin horri guztiari. Mendietako lehen emakume ingeniaria izan zen.

Berak garai hartan ozta-ozta aipatu ere egiten zuen gaia. «Adineko jendearen berriketa aspergarriak dira» esan ohi zuen, «kasurik ez egitea onena». Berandu ezkondu eta haur bat izan zuen: alaba bat, Yonderren ama. Senarra askoz zaharragoa zuen, laster hil zen, eta Yonderrek ezin izan zuen ezagutu. Senarra hil zitzaionean, suhia eta alabaren etxera joan zen bizitzera. Gela bat hutsik zeukaten eta amona ez zen inoren gauzetan muturra sartzea gustatzen zitzaion horietakoa, ezta bere alabarenetan ere.

Etxea Lovendaaleko, Mendietako herririk handieneko kale lasai batean zegoen. Yonderren gurasoek hamarren bat urte zeramatzaten dibortziaturik ordurako. Aitak alde egin zuen. Amonak, jakina, alabarenean jarraitu zuen bizi izaten, beraz Yonderrek ez zuen ezer apartekorik sumatu: amona bertakoa zen.

Bi urte lehenago, hamalau urte zituela, elkarrizketa garrantzitsu bat izan zuen amonarekin. «Hator eta eser hadi, mutil» esan zion; eta gero horma-papereko lorei hain luzaz egon zitzaien begira-begira, ezen zerbait garrantzizkoa esan nahi ziola ohartu zen. Haurrak nondik etortzen diren, edo antzeko zerbait, pentsatu zuen irri txiki bat eginez. (Amonak argi eta garbi hitz egin izan zion sexuaz oroitzen zenetik, amak ez bezala). Egun hartaz oroitzen zen bakoitzean oraindik han ikusten zuen eserita: amonaren irudi maitakorra zumezko aulkian eserita, bere esku higatuekin, zertxobait makurtuxerik, bizkarrean arazoak izan zituelako. Oraindik ikusten zizkion bere aurpegi atsegin baina serioko zimur ugariak. Altzari sinplez horniturikо gela gogoratzen zuen oraindik: mahaia eta lau aulki bizkar-zut, zumezko eserlekua, larruzko aulkitxo bat aurrean zuela, non beti esertzen zen gelan zegoenean, ohea, idazmahaia, ohe ondoko armairua eta kito.

Isilik egon zitzaion itxaroten ahoa ireki zuen arte.

—Badakik, mutikoa —esan zuen pausaldi luze baten ondoren—, gaztea hilgarri duk...

—Zaharra hil beharra —bukatu zuen mutilak.

—Horixe.

Mutikoak amonari begiratzen zion. Ez zion gaixo-itxurarik ikusten. Begiak distiratsu zeuzkan eta aurpegian beste batzuetan, gaueko berantorduetan, nekaturik zegoenean noizean behin nabari ohi zion zurbiltasuna ere ez zion ikusten. Oraindik entzumen ona zuen eta ikusi ere ongi ikusten, eta egunero ia ordu erdi inguruko ibilaldia egiten zuen. Ez zen abiada bizian ibiltzen, ezta oinak arrastaka mugitu ere, auzategiko beste adineko batzuk bezala.

—Ongi sentitzen al zara?

—Ongi sentitzen nauk, baina zerbait esan behar diat.

Yonderrek itxaron egin zuen.

—Oraindik ez diat azken hatsa emateko asmorik, baina nire adinera iristen denak prest egon behar dik ustekabean alde egiteko. Hori gertatzean, baduk norbaitek jakin beharreko zerbait. Aspaldian izan diat hire amari esateko asmoa, baina azkenean hiri esatea erabaki diat. Dagoeneko ia gizon bat haiz. Datozen urteotan, agian beste bi burubete luzatuko haiz. Aitona garaia huen. Eta aita ere bai.

Atsedena hartu zuen, Yonderrek galderaren bat egingo ziolakoan, baina mutila isilik gelditu zen.

—Ama oso jatorra duk, baina bigun samarra. Urduriegia. Bizkorregi kezkatzen duk. Hori aitari zor ziok. Hura ere kirio hutsa huen. Hik ez huen ezagutu, ezta? Ez, ez duk ezagutu. Ama ezkondu aurretik hil huen. Birgitek ere ez zian ezagutu, eta hik baino zenbat urte gehiago dizkik?

—Hamar.

Gogoratu zen une hartan konturatu zela lehen aldiz amonak ere erretolika luzeak botatzen zituela, adineko jendearengan ikusi ohi zuenez. Baina bazitekeen hori kontatu behar zionarengatik jakinminez beterik zegoelako izatea ere.

—Yonder, sekretu bat diat.

Ohar txundigarria zen, baina beti uste izan zuen amonak egundoko esperientzia mordoa izan zuela bere bizitzan zehar, kontatutakoak baino askoz gehiago. Amonak gutxitan hitz egin ohi zuen aspaldiko kontuez. Birgitek edo berak gaia ateratzen bazuten, hutsartera begira jartzen zen eta inork ez zion antz ematen buruaz baiezka ala ezezka ari zen. Zirkulu modukoak egiten zituen buruaz. Yonder aulki muturrean eserita zegoen. Amonaren iraganaz zerbait aurkitzeko zorian zegoen. Baina ez.

—Ez diat esango sekretua. Urteak dituk idazten ari naizela. Egunkari gisako bat dela esan litekek. Paper-zatiak zeuzkat, kazeta-artikuluak, eta horrelakoak.

Kazeta-artikuluak? Amona egunkarietan agertzen ziren gauzetan tarteko izan eta bera ezer jakin gabe? Yonder jakinminez erretzen zegoen.

—Zertxobait kontaidazu, amona.

—Ez, ez, ez diat kontatuko. Baina neure sekretuak hilobira eramateko gogorik ere ez diat. Balitekek norbaitentzat garrantzitsua izatea haien berri jakitea. Horregatik entzun behar didak arretaz, mutil.

Giltza-sorta bat atera eta idazmahaira joan zen. Gaineko kutxatilan giltzari eragin eta ireki egin zuen.

—Hator ikustera.

Yonder beragana joan zen. Eskuz idatziriko ohar batzuk eta paper-mordo bat zegoen kutxatilan.

—Honetaz hitz egin diat —itxi berriro kutxatila eta giltzari eragin zion—. Ni hildakoan, miatu paper horiek. Orduan ulertuko dituk orain hiretzat zentzugabeak diren zenbait gauza. Eta ez ezak zorrotzegi epaitu heure amona. Ahula izan nauk neure gazte-denboran, baina beti ahalegindu izan nauk zuzen jokatzen. Eta batzuetan gerora aldatu egiten dituk norberak zuzentasunaz izandako iritziak.

—Ez al dizkidazu gauzaren batzuk kontatuko orain?

—Ez, mutil, ez diat kontatuko. Luzaroan egon nauk isilik, eta horrela segiko diat. Dena irakurritakoan eta jendea nolakoa izan daitekeen herorrek ikusitakoan, bcharbada orduan ulertuko duk zergatia.

Mutikoaren esku gaztea bere bi zimurtuetan hartu zuen. «Fidatzen nauk hitaz —esan zion—, eta sobera dakik amonak bene-benetan maite hauela».

2 *Zaharra hil beharra duk*

EGURALDI bikaina egiten zuen. Eguzkiak egunero distiratzen zuen; uda zen eta aurreko urteetan baino bero handiagoa egiten zuen. Yonder pozez zoratzen zegoen eguraldi harekin. Gogor ikasi zuen azken azterketak prestatzeko ikastetxean. Mendietan, eskuarki, azterketa haiek hamasei urterekin egiten ziren, ikasturteren bat errepikatu ez baldin bazen behintzat. Baina ez zen hori Yonderren kasua, mutil arduratsua eta argia baino argiagoa baitzen. Bere beldur guztiak gorabehera, inolako zailtasunik gabe gainditu zituen azterketak.

Amak opari zoragarria egin zion: erloju bat. Mendietan neska-mutiko gutxiek zeukaten erlojua; guztiek amets egiten zuten luxua zen.

Urtero, azken ikasturteko ikasleek hamar eguneko bidaia bat antolatzen zuten Den Beste jaunarekin. Mutilak bakarrik joaten ziren, jakina. Beste behin, neskek gogor protestatu zuten, bidaiaz kanpo geratu zirelako. Egoera hura irrigarria zen eta lehentxeago edo geroxeago aldatu beharrekoa; baina urte hartan irakasle eta guraso gehienek ez zuten amore eman nahi izan.

Kontua da mutilek eguraldi bikain hartaz baliatzeko aukera izan zutela. Iparraldera joan ziren, baso trinkoak eta otsoak, eta zenbaiten iritziz, hartzen bat ere bazituen alderdira. Ikasleek urteak zeramatzaten akanpada harekin amets egiten. Bizkarrean motxilak eta kanpaina-dendatxoak zeramatzaten. Den Beste jaunak eskupeta ere bazeraman, segurtasunerako eta tiropean jartzen baldin bazen, untxi edo faisairen bat harrapatzeko. Zorterik izanez gero, saltxitxa keaztu, urdaiazpiko, latako indaba eta pepintxo-dietatik irteteko moduan izango ziren. Aurreko urteetan Den Beste jaunarekin joandakoek ziotenez, ehiztari bikaina zen. Baliteke ahoberokeriaren bat tarteko izatea. Gauza ez zegoen zalantzan jartzerik: irakasle ezin hobea zela, nahiz eta ikasle gehienek gorrotatzen zuten matematika izan bere irakasgaia. Mendietan, oso irakasle gutxi ziren eskolaz kanpoko iharduerak burutzearen aldeko, eta ez zuten interesgarritzat jotzen taldean natura aztertzea. Den Beste jaunaren esku egon izan balitz, neskak ere joango ziratekeen, baina bere iritzia ez zen aski horretarako.

Yonder dirua aurrezten ibili zen. Gainera, oraindik bazeukan aurreko udan lanean irabazitako diruaren parte bat ere. Amak eta amonak eskua luzatu zioten eta ikastetxeak berak ere diru-fondotxo bat jarri zuen ikasleen esku. Dena ongietorria izan zen. Kanpamendua garesti ateratzen zen, batez ere egun t'erdi trenean eman behar zelako. Aski gartzu bizi ziren basoan; hango gauzak merke samarrak ziren. Guztira, etxetik kanpora hamar egun emango zituzten; ez zen asko, baina bidaiaren abenturak askoz denboraldi luzeagoa zela pentsarazten zuen. Ama eta amonari agur esan eta Birgit, senarrarekin Lovendaalen bizi zena, ikustera ere hurbildu zen.

Astebete zoragarria pasatu zuten. Den Beste jaunak, ehiztariren batek izan ezik, ia inork bisitatu gabeko alderdietara eraman zituen. Irakaslearen aginduz, alderdi haren mapa egingo zuten. Den Beste jaunak bazeramatzan zenbait urte eskualdeari buruzko liburu bat prestatzen eta bertan agertuko ziren datuetako batzuk bere ikasleek jasotakoak izango ziren. Irudikatu zituzten mapan aurkitutako bide-zidorrak, deskribatu zituzten zuhaitzak, handiak eta itxura bitxikoak batipat, eta seinalatu zituzten muino eta erreken kokaguneak.

Iluntzen hastean, sua pizten zuten agerrune zabal eta seguru batean. Elkarrengandik jatekoa prestatzen ikasten zuten. Mutiletako bik beren gitarrak eraman zituzten. Mezak eta kantak zekizkiten eta gainerako guztiak ere laster abestu ahal izan zuten batera. Batzuetan ihespidea bilatu behar izaten zioten beren suharrari. Nahiz eta Den Beste jaunak esaten zien hobe zela bildotsaren antza izatea lehoiarena baino, eguzkia sartzerakoan naturako bakea miretsarazten zien, mutilak bata bestearen kontra oldartzen ziren, borrokan hasten ziren, uretan murgiltzen ziren, abarretatik zintzilikatu eta arropak zarratatu ere egiten zituzten. Den Beste jaunak ez zuen gauza handirik harrapatu ehizean. Yonderren susmoa zen ez zuela eskupeta erabiltzeko gogo handirik, baina bazitekeen bere irudipen hutsa izatea.

Gaua etorri eta esertzean, unaturik, sutondoan, ahots erlatsez hitz egiten zuten egin nahi zutenaz, batxilergoa amaitua baitzuten. Erabakia garrantzizkoa zen. Yonderrek ez zekien oraindik zer egin. Etxeko guztiek esaten zioten Lovendaaleko teknologi unibertsitatean ikasi behar zuela; gaitasuna nahi adina eta gehiago zeukala horretarako. Baina Yonderri ez zion gogoa gehiegi berotzen ideia horrek. Zer egin ez zekiela besterik ez zeukan argi; gainera, oraindik bazuen astia zer egin pentsatzeko.

Handik astebetera Noderlora itzuli ziren, trenbideak zeharkatzen zuen eta ipar muturrean zegoen hirira. Guztiak beltzarandurik zetozen eta bainu on baten premia zuten. Hirira iritsi zirenean, Yonderrentzako telegrama bat zegoen. Amarena zen eta hala zioen: «Amona oso gaixo. Hator lehenbailehen».

Telegrama ikusi bezain laster bururatu zitzaion. Den Beste jaunari erakutsi zion.

—Sentitzen diat! —esan zion irakasleak eskua sorbaldan jarriz—. Ba al zegok telefonorik hire etxetik hurbil?

—Telefonoa? Ez, urrun dago. Telegrama bat bidaliko dut zein trenetan iritsiko naizen esateko.

Trenera igo ziren. Beste mutilak isilik zeuden edo ahapean hitz egiten zuten. Bazekiten Yonderren beldurra amona hilda aurkitzean. Ordu pare batez halaxe segi zuten, baina gero ahazten hasi ziren. Noizean behin barrealgara ozenak entzuten ziren. Txantxazale batzuk albokoei bizkarretik behera ura botatzen ibili ziren. Yonder isilik zegoen. Leihotik begiratzen zuen, ezer ikusi gabe, eta amonarengan pentsatzen zuen. Eta bere buruari errua botatzen zion arren, ezin zuen idazmahiko kutxatila burutik kendu.

Ama geltokian itxaroten zeukan. Yonderrek besarkatu eta galdetu zion:

—Oso gaizki al dago?

—Bihotzekoak eman ziok hik alde egin eta bi egunetara. Hasieratik ikusi diagu oso larria zela. Ia ez duk senera itzuli. Lehenbailehen hirekin harremanetan jartzen ahalegindu nauk. Nola ez duan erantzun, pentsatu diat Nordelotik irtenda hengoela nire telegrama iristerako.

—Nola daude gauzak?

—Medikuak oso benetan hartu dik hasiera-hasieratik. Ospitalera eramateko eskatu ziguk...

—Ama, mesedez! Hil egin al da?

—Bai, Yonder. Handik egun t'erdira hil duk. Ikaragarria izan duk hi bertan ez egotea! Herenegun, batipat, lurra eman diogunean. Hire falta handia sentitu diat!

—Orduan lurperaturik dago —esan zuen Yonderrek ahapean.

Prestaturik zegoen amonaren heriotzerako, baina ez zitzaion inoiz burutik pasatu lurperatuko zutenik. Gaztea hilgarri duk, zaharra hil beharra.

Pare bat aldiz listua irentsi zuen; korapilo bitxi bat zeukan eztarrian.

Amak besotik heldu zion. Yonderrek berotasun handirik gabe esan zien agur mutilei eta Den Beste jaunari, eskuari gogorik gabe eraginez. Guztiek ulertu zuten. Besteek hizketan eta lo-zakuak eta motxilak banatzen ziharduten bitartean, Yonder eta amak alde egin zuten geltokitik.

—Oraindik etxean al daude Birgit eta Jonathan?

—Ez, atzo arte egon hituen. Asko lagundu zidatek.

Hiletaz hitz egin zion. Jendetza handiak esku hartu zuen. Amonaren adiskide-taldea oso murriztu zen azken urteetan, baina aspaldiko garaietan jende asko ezagutua zen. Guztiak etorri zitzaizkion azken omena egitera.

Etxera iristean, Yonder berehalaxe amonaren gelara joan zen. Txukunduta zeukala ematen zuen. Amonarik gabe, hutsik zegoen, erabat hutsik. Gelak lehen baino handiagoa zirudien, hutsagoa, biluziagoa. Yonder amonaren besaulkian eseri zen. Amonak toki hartatik begiratu izan zion beti gelari. Yonderrek galdetu zion bere buruari nola eskuratuko ote zuen giltza. Amari eskatuko ote zion, besterik gabe? Nahiago zuen ez egin. Aski zaila gertatzen zitzaion amonak berari, eta ez alabari, sekretuak utzi izana. Ezer baino lehen, begirada eman nahi izan zion; han nonbait izan behar zuen giltza-sortak. Zutitu eta idazmahaira hurbildu zen. Lehen kutxatilari tira egin zion. Harridura handiz ohartu zen ez zegoela giltzaz itxita. Bizkor ireki zuen. Hutsik zegoen, erabat hutsik. Ez zen paper-zati bat ere ageri.

Zutik gelditu zen han, txunditurik, kutxatila eskuetan zuela. Gero lasterka irten eta amari, ia oihuka, galdetu zion:

—Zer egin duzu amonaren paperekin?

«Hasi da», pentsatu zuen amak. Espero zuen mutilak amonaren paperak miatu nahi izatea, baina ez zitzaion burutik pasatu hainbesteko amorruz erreakzionatuko zuenik.

—Ikaratu egin nauk. Hori al duk amonaren idazmahaiko kutxatila? Zer egin behar diok?

—Paperak! Non daude paperak?

—Atzo guztiaren garbiketa egin nian. Badakik zenbat gauza zeukan gordeta amonak. Denak bota nizkian, aitonarenak ziren gauza pare bat izan ezik, eta gorde egin dizkiat. Uste nian lehenbailehen egin behar zela, bestela gero gehiago kostatuko zitzaiguan.

—Eta kutxatila honetako lehendabiziko gauzak? Paper, egunkari eta ohar solteak zeuden.

—Horiek ere bota nituelakoan negok. Begirada bizkor bat eman nioan barrukoari: aintzinako gauzak, baliogabeak hituen. Ezin zezakeagu dena gorde, Yonder.

—Bota egin al dituzu? Nora bota dituzu? Paperontzira? —Yonderrek haserre bizian hitz egiten zuen eta ama beldurtu egin zen.

—Zertara zetozek garrasi horiek? Heureak al hituen paper haiek? Zer kezkatzen hau? Hutsegiteren bat egin al diat?

Yonderrek bere burua menpean hartu zuen. Garrasika ez zituen amonaren paperak berreskuratuko.

—Uztazu —esan zuen.

Paperontzira joan zen. Hutsik zegoen, noski. Aurreko egunean hustu zuten nonbait, asteazkenean.

—Hirira noa —esan zuen.

Lasterka batean irten eta ez zen gelditu udal-zabortegira iritsi arte. Noderlotik trenez egindako bidaia luzearengatiko nekadura ez zuen ia sentitzen. Kartel batek zioen: «Sarrera debekatua lantokikoa ez den guztiarentzat», baina ez zuen beretzat hartu. Ez zen kristaurik ageri. Alde batetik bestera ibili zen apur batean, baina itxaropen handirik gabe. Zabortegiek tristura ematen dute. Kirats nazkagarria egoten da. Lizuna, errautsak, botilakinak, erre gabe geldítutako trapuak. Bazirudien dena sailean erre zutela. Gune batzuetan oraindik sua ageri zen. Ke zikin eta mehea zihoan zerurantz; bazirudien ez zuela utzi nahi miseriazko sortohea. Yonderrek ziri bat aurkitu zuen eta zaborra inarrosteari ekin zion. Ia dena errautsa zen, tarteka erre gabeko mukulu batzuekin: ikatz-zatiak ziren, agian blai eginik zeudelako erre gabe geldituak.

Nahas-mahas hartan barrena aurrera egin zuen. Bihozkabeturik, oinaz albora eragin zien harri batzuei eta amore eman zuen zurezko kutxa bat zapaldu zuen. Eta supituki, begiek ikusten zutena ezin zuen ia sinetsi: zerbait jaspeatua eta kolore marroi-argikoa ikusi zuen. Amonaren kutxatilako paper-mordoaren gainean ikusita zeukan paper-zatia zen. Ziur zegoen, burua itsatsita gelditu zitzaion eta ezin zitzaion ahaztu.

Poliki-poliki, zur marroi-argi hura inguratzen zuen zaborrari albora eragin zion. Amonaren letra ikusi zuen, baina nahigabe handia hartu zuen hartatik, zeinen gutxi gelditu zen ikustean. Ia dena kiskalirik zegoen; bi orrialdetan bakarrik irakur zitekeen zerbait ertzean.

Beste ordubete eman zuen alderdi hura arakatzen. Ez zuen ezer gehiago aurkitu. Irakurgarri samarra izan zitekeen guztia etxera eraman zuen. Zati erdi kiskaliak bere gelan gorde zituen. Ez zuen gauza handirik berreskuratu. Igarri ote ziezaiokeen horrela amonaren sekretuari? Horrela ez zihoan inora. Hala eta guztiz ere, hondakinen artean baziren hitz interesgarri batzuk.

17. orrialdea hartu eta ageri ziren hitz garrantzitsuak idatzi zituen. Lehenik, *ezkutu, ezkutatu* edo antzeko zerbait. Gero *seme* eta *ingeniari,* eta lerro bat beheragoo *ama ezkongabe.* Aurreraxeago *adopzio, ongizate, garaitiak* deszifratu ahal izan zuen; *sagerpena* «desagerpena» izan behar zuen, eta *bakin,* seguraski, «ebakin», kazeta-ebakin. Testua hau zen nonbait: *Kazeta-ebakinak ezkutatu ditut.* «Eta amak zaborra artera bota dizkit», pentsatu zuen Yonderrek amorruz.

Lanean segi zuen. *Gutun izengabeak* (sinatu gabeko gutunak), *iradokizunak,* eta gero, *hilik, asmakuntza, zubi* hitzei ere garrantzitsu iritzi zien; azken hitza ezabaturik ageri zen eta haren ordez *mendikatea* hitza (a zer nolako aldea zubitik mendikateara dagoena!), eta bukatzeko *usar* hitza, seguraski «ausart» zena.

Ez zen hain txarra izan uzta. Irudimena zirikatuz gero, hamaika kontakizun asma zitekeen hitz haiek erabiliz.

Arazo ugari izan zituen amonaren 35. orrialdearekin. *karte* hitzarekin hasten zen. Milaka gauza esan nahi zitzakeen hitz hark, eta bitxiena zen hitza berriro agertzen zela aurrerago. Gero hitz osatugabe bat zegoen: *Vil.* Hura ere, harritzekoa, bi adiz ageri zen. Yonderri nahi gabe etorri zitzaion burura *Vilder & Leerlooierij De Gens* enpresa ezaguna, derrigor behar izan behar ez bazuen ere. Beste edozein izen izan zitekeen, Vilaert adibidez, bere kalean bertan bizi zena. Baina ezin zituen burutik kendu Vilder eta Leerlooierij. Beharbada larru-merkatariak zirelako, berak bihotzez gorroto zuen lanbidea. *Varenbaan* oso kale ezaguna zuten Lovendaalen, bertan bizi baitziren aberatsenak. Gero *lio gabe* zetorren. Zer ote zen hura?

Honako zerrenda hau osatua zeukan:
zubia
zia —langabezia?
Vil - Vilder and Leerlooierij De Gens?
harana
rikara - lurrikara
kinak - eraikinak? hondakinak?
Varenbaan
lio gabe - gabe?
gizon erres —gizon errespetagarri?
aberats
susmo
poli - politikari? edo polizia (susmo hitzarekin komunztatua)?

Zubi hitza bi orrialdeetan ageri zen, nahiz eta 17. orrialdean ezabaturik egon. Yonderrek beste paper-orri bat hartu eta honako hitz hauek idatzi zituen: *zubi, asmakuntza, desagerpen, heriotza* eta *ingeniari*. Guztiek batera Masterbuilderren historia laburbil zezaketen, oso zubi berezi bat asmatzeko lan egin eta zubia amaitu baino lehen misterioz desagertu zen ingeniari baten historia. Ia hogeita bost urte ziren hura gertatu zela eta gehienek uste zuten Masterbuilder ezbeharra izan eta hilik zegoela. Mendietan eta Haranean guztiek zekiten kasuaren berri. Oinarrizko Hezkuntzako historia-eskoletan ikasi ere egiten zuten.

Yonderrek ez zuen inongo zalantzarik huraxe zela amonak 17. orrialdean idatziriko historia. Jaso ote zuen berak informazio berezirik? Ba ote zuen zerikusiren bat hartan guztian? Munta handiko sekretua zirudien. Yonderrek ia negar egin zuen paper guztiak eskuan ez izatearengatik. Baina ezin zezakeen amore eman zeukanaren aurrean; beste behin zabortegira itzultzea erabaki zuen. Amak oihuka dei egin zion. Garbitu, jan eta kanpamenduaz zerbait konta ziezaion nahi zuen. Yonderrek ez entzunarena egin zion. Lasterka bizian atera zen ate nagusitik eta handik gutxira tximistak egiten desagertu zen kale-kantoitan.

Beste zerbait gehiago aurkituko balu! Hitz bakoitza garrantzitsua izan zitekeen. Egia da ordurako ere zehatz-mehatz bilaketan ibilita zegoela, eta miraria zen bi orrialde haien hondarrak aurkitu izana bera ere. Hala ere, errauts-piloetan arakatzeari ekin zion gaua etorri zen arte.

Etxera iritsi zenean, amak haserre-tonuarekin, nondik ibili zen galdetu zion. Afaltzeko itxaroten egon zitzaion, eta gainera bazuen oheratzeko ordua hain bidaia astunaren ondoren. Yonderrek erantzun zion amonak bere idatziak fidatu zizkiola eta zabortegira joan zela haien bila.

—Kiskalita daude —esan zuen.

Amak barkatzeko esan zion behin eta berriz. Jakin izan balu... Yonderrek ezin zuen burutik kendu oso bitxia zela norbaitek bere amaren paperak hain bizkor botatzea, baina ez zuen ezer esan. Ama halakoxea zuen.

Afalondoan, gelara itzuli zen. Ordu batzuk eman zituen, hitz-zerrendak berrikusten. Gauzarik estrainioenak asmatu zituen. Baina, nola jakin haietakoren bat egiara hurbiltzen zen ala ez?

3 *Mendiak eta Harana*

YONDERREN amak Theresa zuen izena. Berrogeita zortzi urte zituen. Ez zirudien adin hori zuenik, baina aurpegi iheskorra zeukan. Bazirudien arriskuak alderdi guztietatik mehatxupean zeukala, zuhaitz bakoitzaren atzean labanadun gizon bat balego bezala. Ez zuen hori pentsatzen, baina bere aurpegiak hori ematen zuen aditzera.

Bazegoen aparteko zerbait. Ama zeharo bestelakoa zuen, eta semea ere zeharo bestelakoa zen. Gizaseme lasaia zen bere aitaren aldera irten zen nonbait; hil eta gero guztiek ahaztu zuten, baita alabak ere. Abentura eta emozioa atsegin ez dituen norbaitek, beti sentipen horien bila, horiek gabe bizi ezin daitekeen norbaitekin bizi behar duenean, halakoa normalean oraindik uzkurrago bihurtzen da. Horixe gertatu zitzaion Theresari. Ama gaztea zuenean, edozertarako beti prest zegoen. Beti izan nahi zuen bestelako. Inor ausartzen ez zen gauzak egiten zituen. Esaterako, kalean kantari ibiltzea gustatzen zitzaion. Theresari izugarrizko higuina ematen zion horrek, jendea begira edukitzen zutelako eta berak oso gaizki pasatzen zuen. Baina amak ez zuen kantatzeaz aski izaten: beti iritziak azaltzen eta iruzkin modernoak, batere ohizkoak ez zirenak, jendea gehienarenez bestelakoak egiten ibiltzen zen. Eta zer esanik ez Birgit eta Yonderri, oraindik txikiak zirenean, sexuaz hitz egiteko zeukan moduaz... Theresa behin baino gehiagotan gorritu zen.

Hogei urte bete zituenean Theresa Jaap Sekoer gizon

garai batekin ezkondu zen. Handik bi urtera Birgit jaio zen. Gero hamar urtez itxaron behar izan zuten beste haur bat izateko. Ordurako ezkontza porrot egiten hasita zegoen. Eztabaidagai nagusia Mendieta eta Haranaren arteko banaketa zuten. Jaapek atergabe Haranaz hitz egiten zuen: «han», esan ohi zuenez. Haurra jaiotzean, Theresak barre egin eta galdetzen zion ea zergatik ez zion semeari Yonder (»han» esan nahi baitu) deitzen. Jaapek benetan hartu zuen proposamena; agian uste izan zuen emaztea zertxobait ulertzen hasi zitzaiola. Hala hartu zuen Yonderrek bere izena.

Jaapek Haranean bizi nahi zuen. Bertan bere gaitasuna hobeki erakutsi ahal izango zuela uste zuen. Gimnasi irakaslea zen, eta oso ona gainera. Theresak uste zuen ideia hura zentzugabea zela. Haranean ingeniariak behar zituzten; gimnasia bezalako luxuak Mendietakoentzat omen ziren. Baina Jaapek ez zuen burua makurtu. Idealista porrokatua zen eta horrelakoak ez dago argudioez komentzitzerik. Lehenik, Theresak esan zuen Birgit txikiegia zela, gero Birgitek eskolara joan behar zuela, ondoren berriz ere haurdun zegoela, eta gero Yonder txikiegia zela. Azkenik, Jaapek ezin izan zuen gehiago eraman. Dibortziatu eta hamar urte zirela Jaap Haranera joan zen. Ez Theresak eta ez haurrek, ez zuten harrez gero ikusi.

Theresak uste izan zuen amak Jaapen ikuspuntua berak baino ere hobeki ulertu izan zuela, baina ez zuen inoiz bere arazoetan muturra sartu. Theresak beti izan zuen sentipen bat, ez, komentzimendu bat, amak inoiz aipatzen ez zituen gauzak zekizkiela edo esperientziak izan zituela, baina garrantzi handikoak izan zituela bere bizitzan. Elkarrekin bizi izateak gauza batzuk somatzeko aukera ematen du, inoiz aipatzen ez badira ere. Theresak susmatu izan zuen aurkituz gero tirandurak eta arazoak sortuko zituen gauzaren batzuk bazeudela tartean. Ez zuen inoiz haietaz amarekin hitz egin. Ez zion inoiz ezer galdetu. Ez zuen haien berri izan nahi, eta egunen batean egia agertuko ote zen beldurra ere bazuen. Theresa oso atsegin eta bihozpera zen. Denbora asko eskaintzen zien

Birgit eta Yonderri. Gustu onekoa zen. Dibortzioaren ondoren, aintzinako moda-diseinatzaile lanbidera itzuli zen. Gogoak ematen zionean lan egin zezakeen. Yonder etxean zegoen guztietan bera ere etxean egoteko modura antolatu zituen gauzak. Gainera, poliki irabazten zuen. Ama hiltzean, bazekien Yonder amonaren paper artean kuskusean ibiliko zela. Primeran ezagutzen zuen semea. Dena jakin nahi izaten zuen beti, iraganeko gauzez inolako interesik ez zeukan Birgitek ez bezala. Yonder galderak egiten hasiko zen. Elkarrizketak, Jaap bere aitaren ingurukoak izango ziren. Eta Theresak ez zuen horrelakorik nahi. Nahiago zuen hura guztia isilpean eduki, inoiz ezer gertatu izan ez balitz bezala. Inguruabarrek ez zioten Yonderri garaiz abisatzen utzi. Horri esker, nahikoa asti izan zuen mutila etxera itzuli baino lehen dena botatzeko. Adorea behar izan zuen amaren idazmahaia irekitzeko. Oharrak eta kazeta-ebakinak. Begirada bat aski izan zuen jakin gabe eduki nahiago zituen gauzak zirela konturatzeko. Gainerakoa erraza izan zen: atera, puskatu eta paperontzira bota.

YONDER BERE TOKI KUTTUNERA JOAN ZEN. Muino baten gailurrean, hiritik kilometro batzuetara, albondo zahar bihurritu bat zegoen. Erraza zen bere abarretatik gora igotzea. Lurretik bost metrotara, Yonder hegoaldera eseri ohi zeneko abar bat ageri zen. Ikusmira aparta zeukan.

Yonderrek pentsatu beharra zeukan. Batxilergoa amaitu zuen eta etorkizunaz erabakia hartu beharra zeukan. Bere txango-lagunei esan zienez, guztiek ziurtzat ematen zuten hurrengo urteak eskola teknikoan emango zituela. Beti nota onak atera zituen fisika eta kimikan, eta atsegin zuen teknikarekin zerikusia zeukan guztia. Baina ezbaian zegoen. Ikasten jarraitu behar ote zuen? Beste sei urtez jo eta ke ikasten, inolako atsedenik gabe? Aurreko urtean jadanik zalantzatan hasita zegoen, azken azterketetarako prestaketak egiten zebilela. Zalantzak handiagotu egin zitzaizkion. Ez al zen txepelegia? Bere adiskideek barrabaskeriak egiten zituztenean, berak beti benetan hartzen zituen. Serioegia zen. Txiste bat ulertzen zuenerako, besteak hurrengora pasata egoten ziren. Ez zitzaion ezer axola, ezertxo ere ez zitzaion axola.

Yonderrek gauza on asko zeuzkan, baina bazirudien bera ez zela horietaz ohartzen. Egia da ez zela inoiz jai baten ardatza, baina bazuen umorearen halako zentzu bat. Ez zitzaion aparteko ideiarik bururatzen, baina fidatzeko modukoa zen eta mundu guztiak ongi ikusia zeukan. Serio samarra zen, baina errealitateari aurre egiten ere bazekien eta ez zion beldurrik. Bere barrenera begiratzen zuenean, Yonderrek munduko pertsonarik aspertuen eta interesgabeena ikusten zuen bere burua. Unibertsitatean sartzen baldin bazen, oraindik aspertuago bihurtuko zen. Bazen hamaika gauza ikasgelako mahaiak baino interesgarriagoak ziruditenak. Unibertsitateak batere irakasten ez zituen —edo oso gutxi irakasten zituen— gauzetariko asko interesatzen zitzaizkion. Badira ikasi ezin daitezkeen gauzak, nork bere esperientziaz aurkitu behar dituenak. Apur batean begirada urrunean, amildegia zegoen aldetik galduta zuela jarraitu zuen: distantzia handiegia zen bereizi ahal izateko. Orduan hartu zuen erabakia. Arindurik, zuhaitzetit jaitsi eta etxera itzuli zen. Amak ez ziola eragozpenik jarriko espero zuen. Otordukoan, esan zion:

—Uste dut oraindik ez nagoela prestaturik unibertsitatera joateko. Erabakia hartu aurretik, Haranera joan nahiko nuke.

Theresa sor eta lor gelditu zen. Betidanik egindakotzat zeukan mutikoa unibertsitatera joango zela. Jadanik dirua apartaturik zeukan: aitak aseguru bat egina zeukan Yonderren hezkuntza unibertsitarioa estaltzeko. Theresak protesta egiteko gogoa sentitzen zuen, baina berehalakoan ulertu zuen ez zuela zentzurik. Yonderri zerbait buruan sartzen zitzaionean, ez zegoen handik ateratzeko modurik. Haurtzarotik, erabaki atzeraezinak hartu izan zituen.

Eta alferrik zen errealitatearen aurrean begiak ixtea. Destinoarekin kontatu beharra zegoen. Yonder Jaapen semea ere bazen, eta ezinbestekoa zuen Haranera joan nahi izatea. Berak debeka ziezaiokeen, baina barne-mintzo batek esaten zion hori eginez gero, azkenerako Yonderrek alde egingo zuela, eta orduan betirako egingo zuela. Hobe zen hilabete pare baterako bakarrik joatea.

—Ongi duk —esan zion amak ahalik eta naturaltasun handienaz.

—Han gauzak nolakoak diren jakin nahi dut. Eta aitari bisita egin nahi diot. Badira hamar urte ikusi ez dudala.

—Errua berea dik —esan zuen amak mingostasunez.

Yonderrek ez zion erantzun.

BESTE GARAI BATZUETAN, herrialdeak Mendi-Haran zuen izena. Iparra, hotza eta menditsua, eta hegoa, laua eta beroagoa, gauza bat ziren eta izen bakarreko herrialde bat eratzen zuten. Hegoaldekoak unibertsitatera eta eskolara joaten ziren iparraldean, eta iparraldekoak oporretara joaten ziren hegoaldera. Hala ziren gauzak berrogeita hamabost urte lehenago gertaturiko hondamendira arte. Gau batez hain ondorio ikaragarriko lurrikara bat gertatu zen, non historian gertaturiko lurrikararik tragikoena bihurtu zen. 350.000 biztanlek baino gehiagok galdu zuten bizia. Batzuk hondakinpean estalita gelditu ziren. Gorpuak berreskuratu zirenean hileta handiosoa antolatu zen haien ohoretan. Baina hildako gehienen aztarna txikienik ere ez zen gelditu. Egunak argitzean, gau lazkarri haren ondoren, bizirauleak konturatu ziren herrialdea bitan banatzen zuen artesi bat agertu zela. Hego-ekialdetik Iparmendebalderaino iristen zen artesi edo amildegi sakon bat zen. Amildegiak pertsonak, animaliak, etxeak, herriak eta hiriak irentsi zituen. Gutxieneko zabalera bostehun metrotakoa zuen. Baina gunerik gehienetan askoz zabalagoa zen, eta zenbait tokitan bi kilometro baino gehiago zituen.

Hosinak zeharka-meharka gurutzatzen zituen haranak eta mendiak. Gune batean ibai bat eten zuen eta urak sakoneran galtzen ziren, urjauzi erraldoi bat eratuz. Ibaia mendialdean jaiotzen zen eta bertako biztanleak ibaibidea eraberritu zioten ura gordetzeko. Orain uharka agortua Haranean gelditzen zen, garai hobeetako oroigarri triste eta alferrikako baten gisara.

Ipar-mendebaldean, amildegia mendigune batean amaitzen zen, mendigoizale ausarta ez zenarentzat, inolako irispiderik ez zuen eskualde batean. Hego-ekialdetik, basamortuan amaitzen zen, bizilagunak zituen toki hurbiletik hirurehun kilometrotara.

Hondamendia gertatu eta berehala ezinezko bihurtu zen ipar-mendebaldea eta hego-ekialdearen artean komunikabideak berrezartzea. Oraindik irratia asmatzeke zegoen. Tragediaren ondoko lehen urteetan, barrenetik ateratzen zen hodei gris eskerga batek ezinezko bihurtzen zuen argi edo banderen bitartez komunikatzeko ahalegin oro. Luzaroan, familia bereko senideek ez zekiten besteek bizirik irautea lortu zuten ala ez. Denboraldi ikaragarria izan zen. Txangoak antolatu ziren alderdi bien arteko harremanetan jartzeko, bai hego-ekialdetik eta bai ipar-mendebaldetik. Azkenean, basamortuan zehar lortu zuten, baina bidaia luze eta zaila zen.

Ia berehalaxe, biztanleak herrialdearen izena bitan banatzen hasi ziren. Alderdi bat, Mendiak eta bestea, Harana bihurtu ziren. Lehen urteetan, bi lurraldeek hondakinetan zeuden hiri eta herriak berreraikitzen jardun zuten. Batzuk desagertu egin ziren, eta beste batzuek kalte handiak zituzten. Iparraldea izan zen alderdirik erasanena. Hala eta guztiz ere, Mendian Haranean baino lehenago itzuli zen normaltasuna. Mendi-Haraneko hiru unibertsitateak herrialdearen ipar-mendebaldean zeuden. Han ez zuen hainbesteko berorik egiten eta gutxiago kostatzen zen lan egitea. Mundu guztian ezaguna zen ehiza-parkea Haranean zegoen, baita bainuetxeak, arkeologi museoa eta beste toki garrantzitsuak ere.

Mendietako alderdiak zorte hobea izan zuen. Bertan

bizi ziren intelektual eta teknikari, ekonomista eta nekazaritzako aditu gehientsuenak.

Leku eta pertsonen banaketak alde batean eta bestean ez zukeen hainbesteko garrantzirik izango komunikatzeko modurik egon izan balitz, Haranetik Mendietara pasatzea errazago izan balitz. Horixe zuten arazorik nagusiena; basamortutik bakarrik gurutza zitekeen eta neke handiak hartuta gainera. Hilean behin karabana bat irteten zen Haranerako norabidean eta gero itzuli egiten zen. Albisteek hilabete behar izaten zuten alde batetik bestera iristen, zeren karabanak bi aste behar izaten baitzituen joanetorria egiteko. Handik gutxira, Mendiak eta Harana batabestearekin zerikusirik ez balute bezala bizi ziren.

Bitartean, telefono bidezko harremana lortu zen. Honako prozeduraz baliatu ziren. Kometa izugarri handi bat egin zuten, korda oso mehe baten bostehun metrori eusteko bezain handia. Korda mehe bat ere astundu egiten da metro asko hartzen dituenean. Bota zuten kometa zerua oskarbi zegoen egun batean eta artesiak zabalera txikiena zuen gunetik. Bi alditan huts egin ondoren, kometak Haranean lur hartu zuen. Orduan, Haraneko biztanleek arduraz tira egin zioten kordari. Iparraldekoek muturrean korda lodiago bat lotu zioten, eta hark oraindik beste lodiago bat zeukan, zeinari telefono-kable bat erantsi zioten, bereziki prestatua amildegian esekita irauteko modukoa. Iraun egin zuen. Bere buruaren pisuz eteteko arriskua zeukan, baina ongi atera zen dena. Harrez gero, bi herrialdeetako biztanleek elkarrekin telefonoz komunikatzeko aukera izan zuten. Abantaila handia zen, baina egia esateko ez zuten gehiegi erabiltzen. Oraindik oso gutxi baitziren etxean telefonoa zeukatenak. Gehienek zentralera joan behar izaten zuten deitzera. Gainera oso garesti jotzen zuen Haranekoekin hitz egiteak.

Kontaktuak eten eta azkenerako desagertu egin ziren. Bi pertsonak elkar ikusten ez dutenean, azkenerako ez dute jakiten zertaz hitz egin. Negozio-gizonek bai erabiltzen zutela telefonoa, batez ere azken urteetan, izan ere merkataritzak garapen handia izan baitzuen bi herrialdeen artean. Merkantziak karabanaz bidali behar izaten ziren basamortuan zehar. Mendietan ekoizten ziren Haranean kontsumitzen ziren produktuetako asko. Alderantzizko zentzuko merkataritza garrantzi gutxiagokoa zen.

Gutxienez zubiren bat balego, dena bestelakoa izango litzateke. Ahalegin guztiek porrot egin zuten. Artesia sakonegia zen. Ezin zen hondoraino iritsi. Gune batzuetan ehunen bat metroz jaits zitekeen. Baina puntu horretatik aurrera, gas zikin eta itogarrizko gune batera iristen zen eta ez zegoen aurrera egiterik. Ezinezkoa zen. Harri bat botaz gero, ez zen inoiz entzuten hondora iristean ateratako zaratarik. Ezin izan zen sakoneraren berri jakin, ezta zunda akustikoak erabilita ere. Ezinezkoa zen gutxigorabeherako neurri batzuk finkatzea.

Horregatik, ez zegoen ezer zubia euskarritzeko eta ez zegoen bostehun metrotako zubia eraikitzerik inolako eustazpirik gabe. Materialek ez zuten erresistentziarik. Hondamendiaren ondoko lehen urteetan, kazetek ideia ugari argitaratu zuten zubia egiteko moduaz. Nahikunde hutsak ziren. Denbora joan ahala, pixkanaka utzi egin zitzaion gai hartaz hitz egiteari. Bazirudien guztiek etsi egin zutela: Mendiak eta Harana betirako banaturik zeuden. Baina ez zen hori jarrera *ofiziala*. Agintariek beti etorkizunaz hitz egiten zuten, zubia izango zuten garaiaz. «Haraneko gure neba-arrebez» hitz egiten zuten. Beti iraungo zuen batasunaz mintzo ziren. Baina egotez ez zegoen egiazko batasun *erreal* txikienik ere. Amildegi sakon eta gaindiezina zegoen. Herrialde bereko bi alderdietako biztanleriak elkar ezagutzeari utzi egin zion. Bien bizimoduak desberdinak ziren. Pixkanaka ohitura desberdinen jabe egin ziren. Horixe zen errealitatea.

4 *Hondar arteko bidaia*

YONDERREK Haranera joatea erabaki zuenean, dirua, eta asko samar, beharko zuela ulertu zuen bapatean. Denboraldi baterako enplegu baten bila hasi zen. Sarritan egina zuen hori udako oporretan; aldea zen oraingoan gutxienez sei hilabetez lan egin beharko zuela. Baina ez zuen premiarik izan. Amonak diru apur bat gordeta zeukan galtzerdi batean, edo hobeki esateko bere idazmahaian zeukan latontzi batean, eta amak hainbanatu egin zuen Yonder, Birgit eta bere buruaren artean. Beste behin, Yonderrek miretsi egin zuen amona. Berari esker, gehiago itxaron gabe joateko modua zeukan; hau da, hamar egun geroago West Malo, basamortutik hurbil zegoen hiritik irtetekoa zen lehen karabanarekin.

Bazen Lovendaalen Haranerako bidaiak antolatzen zituen agentzia bat. Yonderrek bulegoetara jo zuen bidaiarako zer behar zuen galdezka. Idazmahai handiz ia erabat beterik zegoen areto batean sartu zen, eta bertan hirurogeiren bat urteko andre bat aurkitu zuen eserita. Horman bi koadro zeuden. Haietako batek irudikatzen zuen gamelu-talde bat basamortuan zehar, hondar-ekaitz batean bide urratzeko ahaleginetan. Bestean basamortuko atseden-lekuetako bat ageri zen, ez zen luxuzko hotela, noski.

—Egia esan, koadro hauek ez dute adore handirik ematen Haranera bidaia egiteko. Hala eta guztiz ere, joan egin nahi dut. Hemen egiten al da erreserba?

Emakumeak irribarre egin zuen.

—Bidaia ez duk erraza —esan zion—. Hi bezalako gazte batek ez dik arazorik izaten, baina adinean aurrera doazen pertsonek birritan pentsatu beharko liateke bidaiari ekin aurretik. Horregatik jarri dizkiagu koadroak. Lehenengo eta behin, noiz joan nahiko huke?

—Datorren karabanan, lekurik badago.

Bazegoen. Emakumeak aholku batzuk eman zizkion bidaiarako. Garrantzizkoa zen arropa egokiak eramatea. Ardura handiz jokatu behar zuen gorputz osoa eguzkitik babesteko. Gainera, fraka sendoak eraman behar zituen, zeren gameluetan eserita asko maizten baitziren. Eta gutxienez aldatzeko fraka pare bat.

—Hegal zabaleko kapela bat ere eraman ezak eta aurpegia eta lepoa babesteko zapi bat. Trebea bahaiz, egizak turbante moduko bat, beduinoena bezalakoa, horixe duk hoberena —emakumeak gartsuki hitz egiten zuen, aholku haiek lehen aldiz ematen ari bailitzen pertsona atsegina zen eta lanaz gozatzen zuena—. Gauak hotzak dituk —esan zion behin eta berriz—. Bidaiariek dendatan lo egiten diate. Bazeudek behar adina manta, baina jertse edo txamarra lodi bat eramatea beharrezko duk. Gainera, sandaliak edo zapata arin batzuk beharko dituk. Galtzerdiak ezinbestekoak dituk oinak erretzea nahi ez baduk.

Yonderrek aitaren helbidea galdetu zion amari. Hura plantxatzen ari zen. Beroak eta plantxaren lurrinak masailak gorritu zizkioten. «Bai gazte dagoela!», pentsatu zuen mutilak. Theresa pozik jarri zen gorriturik egoteaz, bestela Yonderren galderak gorri jarraraziko baitzukeen. Baziren bi urte Jaapen gutunik hartzen ez zuela, eta berak erantzun ere ez zuen egin. Egia esan, biak ziren bata bestea bezain errudun hain harreman gutxi izateaz; baina, jakina, distantzia gaindiezina denean...

—Handia duk —esan zuen amak—. Seguraski heuk ere izan duk esperientzia hori. Agian ez, gazteegia haiz. Hire adiskide batek, egiazko den adiskide horietako batek, beste herrialde batera alde egiten badik eta handik zortzi urtera berriz ikusten baduk, bazirudik gauza asko dauzkazuela elkarri esateko, hainbeste urtetan hainbeste gauza gertatu eta gero. Baina ez duk horrela izaten. Bi minututan, jadanik kontatu diok ezkonduta hagoen ala ez, zenbat seme-alaba dituan, zertan lan egiten duan. Eta kito. Aldiz, ordu luzeak eman litezkek egunero ikusten duan auzoarekin edo eskolako lagunarekin.

—Batzuekin, baliteke —esan zuen Yonderrek.

—Egia duk. Ez duk batzuekin beste batzuekin bezain erraz hitz egiten. Nolanahi ere, zenbat eta norbait gehiago ikusi, hainbat eta handiagoa duk berarekin lortzen den harremana. Horregatik, batzuetan bazirudik Harana milaka kilometrotara dagoela.

—Egon, ordea, kilometro erdira bakarrik dago.

—Baina ezin diagu beraiekin hitz egin. Beste planeta batean baleude bezala duk.

—Emaidazu orain duela bi urteko helbidea —esan zion Yonderrek.

Idatzi egin zion: «1189 Cotton Way, Godelingen». Birgit ikustera joan zen, honek noizean behin aitari idazten baitzion. Yonderrek ez zion inoiz idatzi, seguraski aitak alde egin zuenean, artean idazten ez zekielako. Gizon garaia zela besterik ez zuen gogoratzen. Birgitek amaren helbide bera zeukan. Xehetasun hura aski izango zuen moldatzeko.

Ama gero eta urduriago zegoen; hurbiltzen ari zen alde egin beharreko eguna. Yonder mehatxupean zeukaten hamaika arriskuez pentsatzen ari zen, eta kontuz baino kontuzago ibiltzeko eskatzen zion etengabe. Yonderrek beti patxada handiekin jokatzen zuen, agian amaren portaerarekiko erreakzio bezala, baina orain bidaiatze-sukar gisako baten menpean erortzen hasita zegoen. Haranean zer egingo zuen pentsatu beharra zeukan, baina gamelu gainean egin behar zuen hamalau eguneko bidaiaz harantzago ezin zuen pentsatu. Zirraragarria zeritzan. Abiatzeko eguna iristean, Theresak geltokira eraman eta gogor estutu zuen besartean tarte luze batean.

—Hemendik hilabete batzuetara itzuliko naiz —esan zuen—. Hiru edo lau gehienera. Eta ez ahaztu nire lehen gutuna hemendik bost astera arte ez dela helduko. Ni naraman karabana berak ekarriko du. Horregatik ez urduritu denboraldi batean nire albisterik ez jasotzean, e?

Batzuetan, hamar minutu eternitate bat izan liteke, baina abiatzen hasteko tren batek behar dituen minutuak ere pasa egiten dira. Trena mugitzen hasi zen. Yonder harro eseri zen bere jarlekuan, ama bereizi ezin izan zuenean. Guztiek ulertu zuten Haranerako bidea hartu zuela; ez zegoen zalantza txikienik ere: kapela, motxila, kantinplora, zapatak. Gainera, West Malorako trenean zihoan eta mundu guztiak bazekien bertatik abiatzen zirela karabanak. Ez ziren asko Haranera joaten ziren hamasei urteko mutilak; hura zirrara!

Hitzartuaren arabera, bidai agentziaren ordezkari bat zegoen Haranera zihoazen pasaiarien zain. Hogeikoren bat ziren. Alboko eraikin batera gidatu zituzten. Ordurako beste batzuk itxaroten zeuden. Beste ordubete inguru itxaron behar izan zuten, zeren oraindik iparraldetik beste bidaiari batzuek etorri behar baitzuten. Guztiak batera ehunen bat izango ziren. Gidaria gorkuzkera oneko gizasemea zen, aurpegi zabal eta beltzaranekoa. Vosger zuen izena. Ongietorria guztiei bozgorailuaren bitartez egin, eta egitarauaren berri eman zien.

—Ordu erdi barru irtengo gara —esan zuen—. Bakoitzari bere gamelua izendatuko zaio. Ez duzue ezertaz arduratu beharrik; animaliak berak arduratzen dira aurrekoari jarraitzeaz. Zuek eserita egotea beste egin beharrik ez duzue. Hemendik sei ordutara bada Little Heaven izeneko oasitxo bat. Bertan emango dugu gaua. Hurrengo egunetan ordu gehiago emango ditugu bidaiatzen, batzuetan sei baino askoz gehiago. Baina gaur Little Heavenera iristean, lehen etapa laburra izateaz poztu egingo zarete, zeren soinadarrak erabat hozminduak edukiko baitituzue. Biharko bidaia bederatzi ordukoa izango da, eta atsedenalditxo bat egingo dugu Red Edgen. Handik hurrengo oasira hogeita bost ordu daude. Egundoko jipoia da. Hamahiru ordu egingo ditugu egunean. Gero nire lagunek montaturiko dendetan lo egingo dugu. Biharamunean beste hamabi ordu egingo ditugu Fourth Dayko oasira heldu arte. Hara iritsitakoan, hain nekaturik egongo zarete, non nik orain hurrengo egunei buruz esan diezazuekedan guztia ahazturik edukiko duzuen. Bertan atseden-egun bat hartuko dugu, eta orduan azalduko dizuet nolakoa izango den bidaiaren hurrengo ibiltramua.

«Uste dut guztiok ongi aurkitzen zaretela. Norbaitek arazoren bat badu, mesedez, irten baino lehen esan dezala. Basamortuaren erdian ez dago gauza handirik egiterik. Ez daramagu medikurik. Nire lagunetako bik lehen sorospenetako ikastaldia egina dute, eta kito. Ez zaituztet alarmatu nahi, baina argi eta garbi esan behar dizuet zentzugabekeria hutsa litzatekeela ondo ez dagoenarentzat honelako bidaia bati hasiera ematea.

Arretaz begiratu zion bidaiariek eratzen zuten zirkuluari. Inork ez zuen ezer esan. Yonderrek zeharka begiratu zion alboan eseri zitzaion adin ertaineko gizon bati. Aurpegiaren erdia estalirik zeraman, eta une hartan ia aurpegi osoa estaltzen zion turbante bat jantzi zuen. Yonderrek ikusi zuen ezkerreko oinean benda bat ere bazeramala. Nola esplika zezakeen gizon batek hainbeste zaurirekin bidaia hura egiteko zeukan premia? Ez zen bere gauza, baina zerbait arraroa zela derrigor pentsatu beharrean zegoen.

—Bete itzazue kantinplorak. Babestu buruak eta... bidaia on bat! —esan zuen Vosgerrek.

Handik ordu betera Yonderrek ingurura begiratu zuenean, West Malo desagertua zen begietatik muino hareatsuzko katea luze baten atzealdean. Basamortuan zegoen, larruzko zela batean eserita, gamelu baten konkor gainean, oinak aberearen lepoan zituela; hala egon beharko zuen bidaiak zirauen bitartean, emeki hondar artean kulunkan. Gameluek erreskada luzea eratuz egiten zuten aurrera, ez bizkorregi, ez astiroegi; bazekiten aurrean zeukatenaren berri. Yonder pozez txoraturik zihoan. Ezkereskuin begiratzen zuen eta harearen kolorea, itxuraz laua zen lurrean ageri ziren itzalak, zeruaren kontra horizonteak egiten zuen kontraste garbia, eta geroago, lurra non amaitzen zen eta zerua non hasten zen jakiteak sortzen zuen zailtasuna miresten zituen.

Eguzkiak zeruaren gorenean distiratzen zuen. Orduak igaro ahala, eguzkia beheraka joan zen harik eta aurrez aurre bekokian jo arte, Yonderrek kapelaren hegala eraitsi zuen. Izterrak sorgorturik zeuzkan. Gero eta denbora laburragoz irauten zuen jarrera hartan; baina eserita zihoanez ez zegoen aldaketa handiak egiteko moduan. Erlojuari begiratu zion: ordu bete falta zen. Vosgerrek arrazoia zuen. Askoz hobe zen lehen egunean hamabi ordu ez egitea. Urrunean palmondoak ageri ziren eta barrakoi luze bat zirudien zerbait: Little Heaven zen nonbait. Ez zirudien gauza handia zenik. Baina gamelutik jaisten lagundu ziotenean eta lehen urrats ezbaitiak eman ahal izan zituenean, pitxerkada bat ur hotz edan eta harrizko aulki batean luzaroan eserita egon ahal izan zenean, egundoko arindura sentitu zuen eta zeruan zegoela iruditu zitzaion.

Normala denez, karabanaren antolatzaileek jatekoa eraman zuten. Laster batean prestatu eta banatu egin zuten. Guztiak batera lo egitera zihoazen eraikin neurgabe hartan, lodiera txikiko lastairatan lurtzoruaren gainean etzanda, gizonezkoak eta emakumezkoak bereizi gabe. Ez zegoen emakume gehiegi, hamabiren bat bakarrik, Yonderrek kalkulatu zuenez. Lotara joan aurretik, erdi-itzaletan elkarrekin eserita egon ziren. Yonder aurpegi batzuk ezagutzen hasi zen, eta bidaiariren batekin hitz egiten. Esate baterako, hogeita hamabost bat urteko gizaseme bati begiratu zion: ilea hain zuen horaila, non zuria zirudien. Espero zitekeenez, begi urdinak zituen, baina hain urdin biziak, non deigarria gertatzen zen, aldean zituen betaurreko lodiak gorabehera; aurpegian ez zitzaion bizar-izpirik ere nabari; hazpegi guztiek larregiak ziruditen. Alkandora eranztean, botoi bat erori zitzaion; baina ez zela ohartu ematen zuen. Yonderrek hartu eta itzuli egin zion:

—Alkandorako botoi bat erori zaizu.

Bitxi samar sentitzen zen jarrera hartan, eskutzarrean botoi ttiki bat zuela. Barregarri ere bazela sentitu zuen.

—Ederki, ederki, primeran —esan zuen gizonak—. Nola duk izena?
—Yonder Sekoer.
—Ederki, ederki. Ni Joren Mislaid, poeta:

Yonder Handia, botoia galdua itzuli niri;
Yonder Handia, hori duk bihotza hori!

Horra poema bat hire ohorez. Botoiaren truke.
Ai ene! Oraindik barregarriago sentitzen zen. Esan zuen, erdi-txantxetan estuasunetik irten nahian:
—Ez da hainbesterako.
A zer poema! Gizon hura zoraturik zegoen nonbait. Zer uste zuen, Yonderrek bertsoa markoratu eta ohe gainean esekiko zuela, ala?
Gero Yonder, Eskamo zeritzon malabarista batekin jarri zen harremanetan; bistan zegoen izen artistikoa zuela. Itxura atsegina zuen. Arrastaka zerabilen tunika hori lasai batekin zebilen. Eskuina luzatu zion Yonderri, ezkerraz txanpon eta zurezko bolatxoekin jolasten zuen bitartean. Haranera zihoala esan zuen eta bertan bederatzi hilabetez emanaldiak eskaintzeko asmoa zuela.
—Barkaidak, txanpon hori belarritik kenduko diat traba egiten hasi baino lehen.
Sei urte lehenago ere Haranean izanda zegoen. Esan zuen jendeak berehala barre egiten zuela, baina Mendian kobratzen zuenaren erdiaren truke lan egin behar izaten zuela. Gehiago eskatuz gero, ikuslego gabe geratuko omen zen; oso pobreak ziren.
—Eta lepoan duan bolatxo hori? Eskerrikasko.
Yonder miretsirik zegoen haren lastertasunaz.
—Oso elkarrizketa atsegina izan duk —esan zuen Eskamok, eta alde egin zuen. Baina berehalaxe itzuli zen—. Esango al didak zer ordu den?
Yonderrek eskubiturrera begiratu zuen, baina erlojua falta zuen. Erreakzionatu ahal izan baino lehen, Eskamok begien aurrean jarri zion.
—Honen bila al habil?

Yonder berriz ere barregarri sentitu zen, nahiz eta txakur handi bat balio ez zuen poetarekin ez bezala. Eskamok bihotzez barre egin eta esan zuen:

—Hau edonori gertatzen zaiok. Barka, baina itxura onean egon beharra zeukat. Ez duk komeni bi aste jardun gabe egotea.

Yonderrek gero Haraneko neska bat, Mendian irakasle-ikasketak egindakoa, ezagutu zuen. Godelingengo lehen hezkuntzako ikastetxean irakatsi nahi zuen. Bazegoen, gainera, artile-merkatari bat, hura ere Haranekoa. Artilea zen herrialdeak esportatzen zituen salgai urrietako bat.

Biharamunean eguna argitu bezain laster abiatu ziren. Bero itogarriaren azpian, amaigabea zirudien bidaia baten ondoren, Little Heaven gogoratzen zuen eraikin batez bestaldean zegoen iturri bateraino iritsi ziren. Iparraldera harkaitz gorritan ezin hobeki perfilaturiko horizonte bat ageri zen. Aise ulertzen zen zergatik deitzen zioten paisaia hari Red Edge, edo «hegi gorri». Vosger bidaiarien artean pasatuz joan zen, nola aurkitzen ziren galdezka eta lehenbailehen lotaratzeko eskatuz eta *buglea* entzun orduko hurrengo goizean jaikitzeko gomendatuz. Eguna argitu bezain laster abiatu behar zuten biharamunean Fourth Dayra heldu nahi bazuten. Ibilaldia gogorra ari zen gertatzen. Hurrengo egunean gautu zuen arte ibili ziren. Orduan, gidariek, lau denda erraldoi jaso zituzten ziztu bizian. Gero koltxonetak ezarri ziren. Petrolio-kriseilu baten argitan otordua egin, eta une batetik bestera, guztiak unaturik amildu ziren.

Biharamunean, Yonderrek laster ulertu zuen zergatik ez zen errepiderik egin basamortuan zehar, autoak eta orgak ibiltzeko moduko errepiderik. Hondarra metaturik zegoen denden alboan, metro beteko garaierako piloak eratuz. Lurrak ez zuen aurreko egunekoaren antz apurrik. Vosgerri aipatu zion.

—Egia duk —esan zuen Vosgerrek—. Hondarra hainbeste aldatzen duk formaz, non ezina den egun batetik bestera bidea aurkitzea. Hemen ez legokek trenak eta ibilgailu motordunak erabiltzerik. Alferrikakoa litzatekek eraikinak jasotzea ere. Hemen garraiabide bakarra erabil litekek, gamelua. Presaka ibili beharrean gaudek Fourth Dayra ilundu baino lehen iritsi nahi badiagu.

Ongi kostata izan bazen ere, azkenean lortu egin zuten. Hondarrak indarrez putz egiten zuen eta begietatik, arropa artetik, kantinploren zipotzetik, edonondik sartzen zitzaien. Unaturik iritsi ziren. Zorionez, Fourth Dayn nahi adina ur zegoen. Bainatu eta asetu arte edateko aukera izan zuten. Gainera, hurrengo egunean ez zeukaten ezer egin beharrik. Yonderrek ez zuen ezer egin gabe egoteko gogorik, baina pozik hartu zuen egun libre hura. Oso berandura arte lotan gelditu zen eta lasai-lasai gosaldu zuen alderdi guztietatik arrautza gogortuak ateratzen zituen Eskamorekin. Gero pentsatu zuen: «Bazekiat zer egin, ea berriketaldi bat egiten dudan aurpegi bendatua daukan gizonarekin». Yonderrek ez zuen gehiago ikusi lehen egunaz geroztik, eta bere jakinmin aseezinak behartu egiten zuen jakitera hainbeste zauri zituen gizon batek nola lortu zuen hondar-lainoei aurre egitea.

Palmondo baten azpian eserita aurkitu zuen, eguzkiari bizkarra emanez. Dokumentu batzuk irakurtzen ari zen eta noizean behin notak hartzen zituen. Yonderrek nahiago izan zuen une hartan trabarik ez egitea; baina gero, zurezko mahai luzetan otordua egiteko eseri zirenean, haren alboan esertzeko modua egin zuen.

—Kaixo! Yonder naiz —esan zuen.

—Lehen aldiz entzuten diat izen hori —erantzun zuen ezezagunak—. Domen Compagne diat izena, Haranekoa nauk, baina ia zazpi urte zeramatzaat Mendietan.

—Sekula ez naiz Haranean izan —esan zuen Yonderrek—. Aitari bisita egitera noa. Bertan bizi da.

—Zertan aritzen duk?

—Egia esan, ez dakit —esan zuen Yonderrek—. Gurasoak aspaldi dibortziatu ziren. Gimnasi irakaslea zen.

—Nik hire adineko alaba bat diat. Hamasei urte bete dizkik.

—Orduan bera baino sei hilabete zaharragoa naiz.

—Ama, nire emaztea, orain dela gutxi hil huen istripuz.

Horregatik nihoak etxera. Beste sei hilabetez Mendietan gelditu beharko nian.

—Ikaragarria da —esan zuen Yonderrek—. Nola gertatu zen istripua?

—Autoren bat, seguraski. Ez gaudek ziur, zeren hori egin zuenak ihes egin baitzian. Haranean auto gutxi zegok, baina poliziak uste dik errua auto batena izan zela. Gauza orain hiru aste gertatu huen. Telefonoarengatik izan ez balitz, oraindik jakin gabe egongo ninduan. Ezin izan nian alde egin jakin nuenean. Gainera, hauxe duk lehen karabana ezbeharra gertatu zenetik.

Domen Compagnek patxada handiarekin ebaki zuen ogi-zati bat eta gainean gazta-zatal bat ezarri zion. Baretasuna eta segurtasuna zerizkion. Orain ulertzen zuen Yonderrek zergatik ekin zion bideari zauriak gorabehera.

—Zauriturik zaude, ezta? —galdetu zion.

Domen Campagnek turbantea zertxobait alboratu zuen. Kokotsa estalirik zeukan, masailez eta sudurraz gainera. Ahoa eta begiak bakarrik salbatu zitzaizkion.

—Zer gertatu zaizu?

—*Lorimer & Bazkide*-n lan egiten diat, Haraneko agintarien ordezkari gisa. Lorimerren bulego nagusia Lovendaalen zegok. Uste diat fabrikaren berri izango duala.

—Lovendaalen bizi naiz —esan zuen Yonderrek.

—Fabrikan baduk potentzia handiko akumuladore bat. Orain hilabete zirkuitulabur bat gertatu huen. Halabeharrez une hartan bateriak metaturik dauden biltokian aurkitzen ninduan. Tentsio-igoeraren ondorioz kobrezko kableetako batzuk lurrindu egin hituen. Erredura izugarriak izan nizkian aurpegian eta oinean. Kirurgia estetikoa egin behar izan zidatean. Dena ongi geldit500 dela esaten zidatek, baina bigarren ebakuntza bat behar diat, eta berriro Mendietara itzuli beharko diat. Tira, baina ez dizkiat gertakariak aurreratu nahi. Oraingoz, ez diat alaba bakarrik utzi nahi. Pasako al didak garagardoa? Epela egongo duk, baina berdin ziok.

Yonderrek botila hurbildu zion.

—Gauza ikaragarriak gertatu zaizkizu hilabete batean —esan zuen.

—Bai, egia duk. Baina aski duk nitaz hitz egiteaz. Kontaidak orain arte heuk egindakoaz zerbait.

Domen Compagnerekin hitz egiteak gustu ematen zuen. Yonderrek galdera ugari egin zion Haraneko bizimoduaz. Domenek berrogeita hamar urte zituen. Bost urte zituen hondamena gertatu zenean. Aurreko egunean gertatu izan balitz bezala gogoratzen zuen. Lehen hezkuntza-mailan zegoen bitartean, Haraneko jendeak oraindik espero zuen amildegiarena konpondu eta bizitza lehenago bezalakoa izango zela. Asko sentitu zuten hainbeste jende hil izana, normala denez, baina guztiaren gainetik bazegoen etorkizun hobe bat etorriko zen halako itxaropen-sentipen bat. Luzarora, emaitzak ezkorrak izan ziren, zeren etorkizunean gauzak konponduko zirelakoan fidaturik, Haranean eskolak eta ikastetxeak eraikitzea abandonatu baitzuten. Gehienak Mendietan aurkitzen zirenez gero, Haraneko neska-mutiko asko ikasketak egin gabe gelditu ziren. Dena konpondu egingo zela uste izanagatik, atzera egin zuten. Haraneko biztanleek luze jo zuten egoera hura itzulerarik gabekoa zela sinesten. Horregatik, herrialdeak ez zuen aurrerapenik egin, aitzitik atzeraka joan zen.

Eguna laster igaro zen eta berriro gameluen gainean aurkitu ziren, ordua joan eta ordua etorri, nor bere pentsamenduetan murgildurik, edo gogamena zuri zutela, eguzkipean kiskaltzen edo hondarra jasaten, begiak erdi itxirik zituztela, ilunabarra noiz iritsiko zain. Zazpigarren egunean amildegia ikusi ahal izan zuten. Denboraldi batean parez pare aurrera egin zuten, kilometro erdi bateko distantziara. Zortzigarren eguna amaitzean, haren amaigunera heldu ziren. Bertan eman zuten gaua. Ez zegoen iturririk eta neurtu egin behar izan zuten ura. Yonderrek Compagnerekin hitz egiten zuen arratsero; adiskide handi bihurtu ziren. Compagnek esan zion Domen deitzeko. Yonderrek bendak aldatzeko laguntza eskaini zion. Domenek esker onez onartu zion. Baina nahiago izan zuen oineko benda ez ukitzea; zauriari itsatsi zitzaiola eta ur esterilduz kentzea hobe izango zelakoan zegoen. Aurpegiak itxura ona zeukan. Orbain ugari ageri zitzaizkion, noski, baina lehorturik zeuden eta bazirudien gehienak desagertu egingo zitzaizkiola.

Bederatzigarren egunean ekialdera jo zuten. Eguzkiak aurrealdetik jotzen zituen goizez, arratsaldez egin beharrean. Gero, karabana ipar-mendebalderantz orientatuz joan zen. Egunak bizkor igarotzen ziren. Bidaia errutinazko bihurtu zen. Bazekiten zenbat korritu zuten, baina harrituak ziruditen, hamalaugarren egunaren goizean, Vosgerrek esan zienean arratsaldeko hirurak aldean iritsiko zirela South Malora.

Eta hala izan zen. Lehenik dorrea ikusi zuten, eta gero etxeak eta kaleak bereizten hasi ziren. Etengabe zaunkaz ari ziren txakur batzuk irten zitzaizkien harrera egitera. Bidaiak bi aste hautsu eta kiskalgarri iraun zuen. Sinestezina zirudien West eta South Maloren artean hogeitamar kilometro, zaldiz lau ordutan egin zitekeen distantzia bakarrik egotea. Eta zubia egonez gero, autoz aski izango litzateke ordu erdi.

5 *Harana*

YONDERREK ikusi zuen Domen Compagnek nola agur egin zion alabari, ikatza bezain ile beltza, jadanik zertxobait zuritzen hasia zeukan aitarena baino askozaz beltzagoa zuen neskatila bati. Begiak ere beltz-beltzak eta sarkorrak zituen. Txiki samarra eta zango sendoekikoa zen. Seguraski bere burua gizentzat zeukan. Aita agurtzera hurbildu zitzaionean, neska ezbaiti agertu zen.

—Esan ninan telefonoz aurpegia estalita neukala —entzun zion esaten Yonderrek bere adiskide berriari.

Neskatilak irribarre egin eta besarkatu egin zuen aita. Domenek indarrez estutu zuen.

—Ia zazpi urte. Nola...

Yonderrek ezin izan zuen gehiago entzun; jendetzak urrundu egin zituen. Agian aurrerago ikusiko zituen Godelingenera joateko hartu behar zuten trenean, zeren Domen ere bertan bizi baitzen. Yonderrek helbidea idatzita zeukan eta neska ikusi zuenez geroztik bazekien handik pasatuko zela egun asko baino lehen.

Godelingenerako trena gainezka zegoen. Ezin izan zituen Domen eta bere alaba ikusi. Berdin zion. Godelingenera iritsi bezain laster, Yonderrek esan zuen bere golkorako Cotton Way bilatzea komeniko ote zen, baina gerorako uztea erabaki zuen. Laster ilunduko zuen eta hobe izango zuen lehenbailehen ostatua bilatzea. Agian aitarekin topo egitea atzeratzen ari zen, izan ere pentsatze hutsak urduri jartzen baitzuen. Gau hura hotelean pasatzea erabaki zuen. Uste zuen luze joko ziola toki merkeren bat bilatzeak, baina Haranean prezioak Mendian baino merkeagoak ziren (ez zeukan gauak hoteletan emateko ohiturarik, baina gutxi gorabehera bazekien zenbat kostatzen ziren).

Bi aste lehenago sekulako abentura iritziko ziokeen bakarrik egoteari, atzerriko herrialde batean hotel bila (Harana ez zen ofizialki atzerria; baina, izatez, Yonderrentzat, halaxe zen). Hala eta guztiz ere, une haietan gauza normaltzat jotzen zuen. Beharbada egun haietan egindako gauza mordoarengatik zen.

Primeran lo egin zuen eta biharamunean Cotton Way bilatzeari ekin zion.

Godelingen hiri handi samarra zela ohartu zen. Lovendaalek baino biztanle gehiago zituen. Ez zen polita. Eraikinek zabartuak ziruditen eta kaleak zikinak zeuden. Oso katedrale polita zegoen, zenbait mende zituena, nonbait.

Hiriko alderdi zaharra txikia zen, baina Godelingen alderdi guztietarantz hedaturik zegoen. Ekonomia kolokan hasi zenean eta nekazal emaitzen prezioek behera egin zutenean, landetako jendeak hirirantz jo zuen samaldan. Cotton Way ez zegoen oso urrun Yonderrek gaua emandako tokitik, baina mutilak kalea lekutu zuenean ibilalditxoa egin behar izan zuen kanpoalderantz aitaren helbidea zeukan etxeraino iritsi arte. «Susmatu behar nuen», pentsatu zuen. «Ikusi besterik ez zegoen zeinen altua zen zenbakia: 1189».

Etxeak itxura tamalgarria zeukan. «Nire herrialdean txabola deituko liokete», pentsatu zuen Yonderrek. Baina nola hiriko etxe guztiak hain zabartuak zeuden, ez zuen hain inpresio txarrik eragiten.

Atean plaka bat zeukan izen grabatuarekin, baina urte asko zituen, nonbait, zeren zaila baitzen zer zioen irakurtzea. Yonderrek txirrina jo zuen. Ez zuten erantzun. Berriz jo zuen. Bazirudien ez zegoela inor etxean, ez baitzen zarata txikienik ere entzuten. Mukizapiaz garbitu zuen plaka. Azkenean irakurri egin ahal izan zuen. Bere deitura ikusi zuen: Sekoer. Asmatua zuen.

Aurreko arratsaldean bezala urduri zegoen. Beraz, aita ikusiko zuen beste behin. Une hartara arte, dena badaezpadako eta sinesten zaila izan zen. Orain aita imajina zezakeen lanetik etxera itzuli eta ustekabean semearekin topo egiten. Sentsazio arraro bat zeukan urdailean. Aita bat... bere aita... Ez zuen inoiz aitortu nahi izan, baina beti gertatu zitzaion gaitzi aitarik ez izatea. Beti emakumez inguraturik egon zen: ama, amona, Birgit. Bazituen mutil lagunak, jakina, baina lagunak eta aita heldu bat ez ziren gauza bera. Agian horregatik bilatu zuen Domenen laguntasuna bidaian zehar, behin gutxienez, bera baino gizon zaharrago batekin hitz egin ahal izateko.

Zer egingo zuen? Itxaron? Hamaikak besterik ez ziren. Beharbada aita arratsera arte ez zen etxera itzuliko. Eta auzoen etxera deitzen bazuen? Ez, lelokeria bat izango zen. Arratsaldean itzuliko zen. Hiriaren erdialdera jo zuen eta kalez kale ibili zen. Katedralera joan zen, baina Cotton Wayrekin erabat obsesionaturik zegoen zaldun eta dukeen hilobiei, beiraleiho edo aldare bikainei arreta eskaintzeko. Arratsaldeko bostetan berriro Cotton Wayko 1189an zegoen berriro. Oraindik ez zegoen inor etxean. Zuhaitz batera iritsi eta eseri egin zen. Orduerdi geroago gizonezko bat eta emakume bat zetozela ikusi zuen. Gizona garaia zen. Aurpegia bizar sarriz estalia zuen. Sorbaldaz makurtuxea zirudien. Yonderrek bapatean ulertu zuen aita zuela. Berak zeukan argazkian baino zaharrago zegoen, eta beltzaranago; baina ez zen berak gogoratzen zuen bezain handia, seguraski Yonder metro eta laurogeiko mutikote bat bihurturik zegoelako.

Altxatu eta bikotearengana hurbildu zen. Biak gelditu egin ziren, zerbait galdetuko zielakoan. Yonderrek aitari begiratu zion, baina honek ez zirudien gertatzen ari zenaz ohartzen zenik. Agian ez zuen arretaz begiratzen.

—Kaixo, Yonder naiz!

—Nire semea?

Jaap Sekoerrek irribarre zabala egin zuen onarpenseinaletzat. Besoak ireki zituen Yonder besarkatzeko; baina azken unean pentsatu zuen mutil sendo hura agian ez zegoela besarkadak hartzera ohituta eta besoei baldarki eragin zien gorila baten antzera Yonderren sorbaldetan jarri aurretik.

—Nik sekula... Nire semea da orduan!

Etxeko ate aldera eraman zuen Yonder. Bapatean gelditu, eta oraindik beso bat sorbaldan zuela, esan zion:

—Iaz ezkondu ninduan. Hau Riek duk.

Riekek eta Yonderrek elkarri eskua eman zioten. Gero hirurak sartu ziren beren birtopaketa ospatzeko eta sagardoarekin egin zuten topa. Yonder konturatu zen egongela altzari apalez horniturik zegoela. Aita hobeki bizi izandakoa zen behialako garaietan. Yonderren amaren etxea askoz hobea zen.

—Nola zeudek Birgit eta ama? —galdetu zuen Jaapek.

—Oso ongi.

Eta handik gutxira:

—Amona joan den hilean hil zen.

—Oi, sentitzen diat! Zer gertatu zitzaioan?

—Bihotzekoa.

—Emakume aparta huen —esan zuen Jaapek.

—Bai. Birgit Jonathanekin ezkondu da. Haranean bizi da orain duela sei bat urte, beraz ez duzu ezagutzen.

—Ez, baina banekian ezkondurik zeudela. Izan al diate haurrik?

—Ez.

Isilik gelditu ziren. Bazirudien ez zutela beste ezer elkarri esateko. Yonderrek amak esandakoa gogoratu zuen: minutu pare bat aski duk ezkondu haizela, non lan egiten duan esateko... eta galdetu zion:

—Non egiten duzu lan? Gimnasi eskolak ematen jarraitzen al duzu?

—Ez; aspaldian utzi nian hori. Riekek eta biok famili negoziotxo bat diagu, hemendik ordu laurdenera, hiriaren erdialderantz.

Berriz ere isilik. Orain jakin nahi zutena ez zen azalkeria. Zertara etorri zen Yonder Haranera? Ba ote zuen amak adiskiderik? Jaap pozik ote zegoen Riekekin? Damutu egin ote zen Haranera bizitzera etorri izanaz? Zergatik ez ote zen izan gutun gehiago, bien aldetik? Oraindik

Jaapek pentsatzen ote zuen bere aintzinako familian? Kosta egin ote zitzaion Yonderri aitarik gabe bizitzea?

Ez dago gauza hauetaz hitz egiterik lehen hamar minutuetan. Aurrena konfidantza irabazi beharra dago eta horretarako denbora behar da. Horregatik, guztiek ezeroso zeudela ematen zuten. Riekek igarri zion eta estualditik irteten lagundu nahi izan zuen. Basamortuan zehar egindako bidaiaz galdetu zion Yonderri. Uste baino zailagoa izan ote zen? Berak oraindik egin gabe zeukan. Haranean jaioa zen. Yonderrek hondar-ekaitzez eta Eskamoz, arrautza gogortuen malabaristaz hitz egin zuen, eta sasi-poetaren bertsoez ere bai. Riek eta Jaapek barre egin zuten Yonderrek Joren Mislaiden bertsoa errezitatzean. Izotza urturik zegoen. Riekek bazekien nola egin gauzak. Gizonak zurrunegiak izan ohi dira; emakumeak trebeagoak izaten dira.

Eskolaz galdetu zioten, eta konturatzerako kanpamenduaz eta Beste jaunaz hitz egiten ari zen. Gero Haraneko egoeraz hitz egitera eragin zion Jaapi. Oso beltz ikusten zuen. Gauzak ez zihoazen ongi. Herrialdea isolatuegi zegoen. Mendietarako bidaia abentura unagarria zen. Nor da gai hamabost egun bidaian emateko, eta gero beste hamabost Mendietako biltzar batean eskuhartzeko? Gainera, sasoi fisiko oneko pertsonak bakarrik ziren horrelakorik egin ahal izateko. Eta, oso garestia zen gainera. Nola jo zezaketen hobera negozioek emaitzak garraiatzeko hainbesteko zailtasunak zeudelarik?

—Eskola onak behar dizkiagu —esan zuen—. Lanesku espezialdua behar diagu. Harrigarriena zuen maila jartzerik ez lortzea duk. Banatzen gaituen diferentzia gero eta handiagoa duk, nahiz eta hain hurbil egon. Guztiok lur berean bizi gaituk, hizkuntza bera hitz egiten diagu. Gauetan, zuen hirietako argiak ikusten dizkiagu. Ipar-mendebaldeko haizeak jotzen duenean, zuen trafiko-zarata entzuten diagu. Mendietako ingeniariak oso ongi prestaturik zeudek. Autoak eta trenak egin dizkiate. Zergatik ezin diate zubi bat egin? Guretzat pobreziatik oparotasunerako pausoa izango litzatekek.

Yonderrek ez zekien hari guztiari zer erantzun. Oso bitxia zeritzan. Teknologiak egunean-egunean aurrera egiten zuen. Mundu guztiak erabiltzen zuen irratia. Hegazkinak eraikitzeaz mintzo ziren. Leonardo da Vincik ordurako saioak eginak zituen. Zientzi gizonek zetozen hamar urteetan aurrerapen handiak egiteko asmoa zuten. Hala ere, ez ziren gai bostehun metroko zubi bat eraikitzeko, erdian euskarririk gabe. Behin honetaz hitz egina zuen ingeniari batekin, ikastetxeko lagun baten anaiarekin.

—Gauza batzuek errazak ematen diate eta, halere, oso zailak izaten dituk —esan zion—. Begiraiok elektrizitatea biltokiratzearen arazoari, adibidez. Bateria astun eta garesti bat behar izaten duk energia elektriko apur bat biltokiratzeko. Zoritxarrez, ez zekiagu nola lortu sistema sinple edo merkeagoa.

Ordurako ia ilundurik zegoen.

—Hemen biok aritzen gaituk sukalketan —esan zion Jaapek.

—Orduan, zergatik ez dugu hiruron artean otordua prestatzen? —proposatu zuen Yonderrek—. Jakina, afaltzen gelditzeko baimenik baldin badut.

—Noski, eta geldi hadi gurekin nahi duan denbora guztian. Ez al duk maletarik ekarri?

—Motxila bat da. Geltokitik hurbileko hotel batean dago.

—Orduan, ideia hobea etorri zaidak —esan zuen Riekek—. Gaur neu arduratuko nauk afaria prestatzeaz eta, bitartean zuek biok motxilaren bila joango zarete. Ekar ezazue kilo bat tomate. Dill kale-kantoiko denda zabalik dago zortziak arte. Bizkor ibili.

Yonderri begiko gertatu zitzaion Riek. Ez zen politegia. Sudurra kakotua zeukan eta oiak gehiegi erakusten zituen irribarre egitean, baina begi alaiak zituen eta ez zegoen inolako zalantzarik emakume erabakiorra zela. Aita ezbaitiagoa zen, eta ongi etorriko zitzaion Riek bezalako emazte bat. Ekarri zituzten motxila eta tomateak, amaigabe jan eta hitz egin zuten. Oheratu zirenerako, arratsalde hartan bertan imajinatu zutena baino askoz gehiago zekiten elkarri buruz.

Biharamunean, gosari orduan, Yonder arratsaldeko bostetan beraien bila joatekotan gelditu ziren. Begiratu bat emateko baliatuko zen abaguneaz. Musika-tresnatxoak saltzen zituzten, banjoa, harmonika eta xirulen modukoak. Ordura arte, Yonderrek denbora emateko modua bilatu behar zuen. Berdin zion. Jaap eta Riekek alde egin zutenean, Domen Compagne ikustera joatea erabaki zuen. Aitak emandako Godelingenen planoan, tranbia bat hartu edo ordu beteko paseoaldia egin zezakeela ikusi zuen. Paseoaldia egiteari hobetsi zion; horrela hobeto ezagutu zuen hiria.

Domen ez zegoen etxean. Meatze-Sailera joana zen, alabak esan zionez. Aitak esanda zeukan Yonder edozein egunetan ager zitekeela. Sartzera gonbidatu zuen.

—Yonder haiz, ezta? —galdetu zion—. Ni Barbara nauk.

Ordurako bazekien neskaren izena aitak esanda. Oso izen serioa zeritzan.

Neska txantxetan aritu zen apur batean izena zela-eta, baina dena bizkorregi gertatu zen Yonderrentzat, izan ere astia behar baitzuen gauzak asimilatzeko. Barbarak atsedenalditxo bat eman zion kafea prestatzera joan zenean. Bitartean berak begiratu bat emango zion akuarioari, amaren harrotasun eta alaitasunari. Barbarak egongelara eraman zuen Yonder eta sukaldera eraman zuen aldakei koketuki zabu eraginez.

Compagnetarrak Riek eta Yonderren aita baino erosotasun gehiagorekin bizi ziren. Etxeak altzari luxuzkoak zituen eta kale dotoreagoan zegoen, baina, jakina, Domenek Mendietan lan egiten zuen. Yonderrek ulertu bide zionez Haraneko agintariek ordaintzen zioten; baina dirusarbide aurrezarri batzuekin Mendietako bizimaila kontutan izanik. Haranera bidalitako diruaz gauza asko eros zitekeen. Heldu zen Barbara kafearekin. Yonderrek ezin zion begirik kendu. Hain zen alaia eta librea, eta hain zeukan kokots txairoa eta hain hortz zuriak... Sekula ikusi gabe zeukan hain aurpegi politik. Barbarak amaren istripuaz hitz egin zion, aste gutxi batzuk lehenago gertatuaz. Gogoratzean, begiak malkoz betetzen zitzaizkion; baina laster egin zuen irribarre berriz ere. Alaitasunari ezin ziola eutsi ematen zuen eta etengabe borborka zeriola, eguzkiak jotzean goizean irekitzen diren loreak bezala.

Orduak eta orduak eman zituzten hizketan. Mutilak kontatu beharreko guztia kontatu zion; sekula hitz egin gabe zegoen halako berezkotasunez. Esan gabe utzi zuen gauza bakarra amonaren egunkariari buruzkoa izan zen, baina bazekien, lehentxeago edo geroxeago, azkenean esan egingo ziola.

Barbarak esan zion alaba bakarra zela. Tamalgarria zen; pozik edukiko zukeen ahizpa bat edo anaia bat. Amarekin bakarrik bizi izan zen azken zazpi urteetan. Aita Mendietatik etortzeko zegoen bakoitzean, beti gertatzen zen zerbait bidaia atzeraraztera behar zuena.

—Zazpi urte asko dituk —esan zion neskak—, gehiegi. Orain ia ezezagun bat duk. Berriro elkarrengana ohitu beharko diagu biok.

—Ez din luze joko ohitzeak. Ni dagoeneko ohitu naun hiregana.

—Egia duk —onartu zuen harriturik—. Urteak direla elkar ezagutzen dugula esan litekek.

—Tira, joan beharra dinat.

—Zergatik? Ez daukak aita ikustera bostak arte joan beharrik.

—Denbora gehiegi galarazten dinat.

—Ez, benetan esaten diat. Azkeneko azterketak amaitu dizkiat, hik bezala, eta orain oporretan negok irailaren erdira arte, eta orduan arte dramatikoko ikasketak hasiko dizkiat. Orain libre diat denbora guztia. Zergatik ez diagu ostera bat egiten? Ba al dakik nora joan nahiko nukeen? Agian aldrebeskeria iritziko diok, baina amak istripua izan zuen tokia erakutsi nahi niake.

Yonderrek uste izan zuen ideia makabro samarra zela, baina disimulatzen ahalegindu zen.

—Ederki, lagunduko haut.

Hamar minutu geroago etorbide zabal eta lasai batetik

zebilen. Barbara gelditu egin zen etorbideak kurba leun bat egiten zuen tokian.

—Hemen gertatu huen! —hasperen egin zuen.

Yonderrek ez zekien zer esan.

—Nola uler zitekek hau? —esan zuen neskak onetik irtenda—. Nola gerta litekek hemen istripurik? Eta auto batekin? Seguraski ez dituk egunean sei auto baino gehiago pasatzen. Bazegok ikuspena. Bira emateko nahikoa leku zegok. Eta amak bere eskua bezala ezagutzen zian gune hau. Astean bitan joan huen marrazketa-eskolak ematera aurreraxeago kokaturiko eskola batera. Beti hemendik etxeratzen huen. Hori egin zuen gizonak sekulako atxurra harrapatu zian, bestela...

Yonderrek begiratu egin zuen. Egintza erabakitsu bat izan zela iradokitzen ari ote zen?

—Bestela, zer...?

—O, ezer ez!

—Norbaitek nahita egin zezakeela esan nahi al huen?

—Bai —esan zuen Barbarak ia ezpainak mugitu ere egin gabe, buruaz baietz zioen bitartean.

—Baina, zergatik ordea?

—Hor zegok koxka. Inork ezin lezakek izan horretarako arrazoirik. Amak adiskideak besterik ez zizkian. Inoiz etsairik ez izateko bezain maitakor eta atsegina huen. Mundu guztiari laguntzeko prest zegoan beti. Asko arduratzen huen besteez. Ez diat ezagutzen inor bera bezain ona denik edo daitekeenik; nola esaten duk: denik ala daitekeenik? —malkoak menperatzen lagundu zion gramatikak.

—Orduan ezin izan dinate nahita egin —esan zuen Yonderrek—. Moskorren bat izan dun. Zer egin din poliziak?

—Garajetan barrena ibili ditun kolpe-seinaleekin autorik bazegoen ala ez ikusten. Lekukoren bat bilatzen saiatu dituk. Ez diate ezer garbirik atera. Ez diate hori egin duenaren aztarna txikienik ere.

Noraezean ibili ziren, baina pozik elkarrekin zeudelako. Saltoki batean opilak erosi eta parkean jan zituzten. Barbarak Yonder hiriko toki batera eraman zuen eta bertatik, urrunera, amildegia nabari zen. Orduak ziztu bizian igaro ziren. Barbarak etxera joan beharra zeukan, aitak gutxi gorabehera ordu hartan etxeratu behar zuelako. Riek eta aitarekin dendan gelditiuta zegoen Yonder. Zerbait esan nahi zion Barbarari, denboraldi zoragarria pasatu zuela, edo hobeto oraindik, oso begiko zuela, baina ez zitzaion hitzik ateratzen. Neskak barre-algara bat egin zuen. Yonderrek ez zekien bere lotsortasunaz ohartu zelako zen, ala parkeko ahate batek mokoan zeraman zerbait beste ahate bati kendu ziolako, edo besterik gabe horrelakoa zelako, gogoz barre egitea gustatzen zitzaiona.

—Laster itzuli —esan zuen neskak.

Sudurrari zimiko egin zion iseka gisa eta lasterka abiatu zen, biziaz eta kemenez beterik. Urruntzen ikusten zuen bitartean, Yonderrek pentsatzen zuen bera zeinen baldarra zen. Bai bestelakoa zela Barbara bere buruaren eta ezagutzen zituen beste nesken aldean! Pertsona librea zen, pentsatzen eta sentitzen zuena adierazten zekiena. Gainera, hain zen *bizia*. Yonder erabat ziur zegoen gauza batez: inoiz ez zen hain maitemindurik egon.

6 *Doeve Masterbuilderren gurasoak*

«AITA —pentsatu zuen Yonderrek— idealista bat duk, baina bere idealak egia bihurtzeko ezer gutxi egiten duen idealista. Hemen, Dalen bizi duk, Mendietan irabaziko lukeen baino askoz gutxiago irabazten dik eta zubi baten garrantziaz hitz egiten dik. Baina hitz egite hutsa ez duk aski zubia eraikitzeko». Yonderrek lau egun zeramatzan Cotton Wayn. Aitak eta biak etengabe hitz egiten zuten. Hizketaldi guztiek amaiera berdina izaten zuten: Harana lurrikararen ondoren zeinen egoera latzean gelditu zen. Yonder jabeturik zegoen aitaren sentimenduez; baina beti gauza bera errepikatu eta kexuka aritzeak ez zituen inora eramango. Behin batean aita haserrarazi ere egin zuen Mendiei beti errua ez ziela egotzi behar esatean, Haranak ere ez zuela ezer egin bere egoeratik libratzeko.

—Dirua eta esperientzia eta unibertsitateak Mendietan zeudek —esan zuen Jaapek hotz eta motz—. Haranak ez zeukak inolako irtenbiderik. Ez duk esan behar horrelakorik.

—Oso ongi, jaten dut esandakoa —ziurtatu zuen Yonderrek—. Baina bistan dago Mendietan ezin dugula ezer egin hori eragozteko. Demagun hemen, Haranean, ekin egiten diozuela. Hasi baino lehen, jakingo zenukete ez duzuela lortuko, baina hala eta guztiz ere hasi egingo zenukete zubia. Demagun berrogei metro egiten dituzuela. Berrogei metro edukiko zenituzkete Mendietaranzko norabidean, etengabe ahaleginak egiten jarraitu behar dugulakoaren oroigarritzat. Izango al luke inolako baliorik? Gutxienez kemen handiagoz ahalengintzera behartuko gintuzke.

—Lotsagarrikeria bat duk Mendietan ahalegin hori egiten ez jarraitzea.

—Horretan ere ados nago —esan zuen Yonderrek—. Baina ez al litzatekek hobeto izango Mendietara itzuli eta hori guztia hangoei esatea? Ez duzu gauza handirik lortzen hemen esanez.

Jaapek ez zuen jakin zer erantzun. Berriz ere Riekek aldatu zuen hizketa. Jadanik hamaika aldiz egina zuen hori, zeren emakume praktikoa zenez, eztabaida haiek inorakoak ez zirela uste baitzuen. Baina Yonderrek gauza gehiago jakin nahi zuen eta Masterbuilder ingeniari ospetsuaz xehetasun gehiago bildu nahi zuen. Zer gertatu zen benetan? Zubi bat egiteko egitasmoa izan al zuen zenbait urte lehenago? Zer zekiten haren desagerketaz? Zergatik ez zituen burutu bere ideiak?

—Doeve Masterbuilderrek nire adina zian nonbait edo agian urte pare bat gehiago —esan zion aitak—. Oso argia huen, noizean behin bakarrik jaiotzen den pertsona horietako bat. Dena gertatu zenean, oraindik hogeita hamar urteak bete gabe zegoan. Aurreko urtean eskolak eman zizkian Teknologi Eskolan. Pertsona argi gehienak bezala, ez huen zientzietan bakarrik nabarmentzen. Beste gauza askoz gehiago interesatzen zitzaizkioan. Uste diat futbol-jokalari ona ere bazela, adibidez. Masterbuilderrek uste zian lurrikara gertatu eta handik hogei urtetara oraindik zubirik ez egotea lotsagarrikeria bat eta gizarte-arazo larri bat zela. Eta bere iritzia aditzera emateko ez zian inolako eragozpenik. Unibertsitateko bere departamenduko jende guztia proiektu hartan lanean jarri zian. Egunkarietan artikuluak agertu hituen egiten ari ziren aurrerapenei buruz. Masterbuilderrek hitzaldiak ematen zizkiean bere kideei. Ni ez ninduan inoiz izan, baina amona maiz izaten huen.

—Ia denak ziur zeudean handik urte gutxitara zubigintzari ekingo zitzaiola. Baina, supituki, Masterbuilder desagertu egin huen arrastorik utzi gabe. Hasieran uste izan ziaten bahitu egin zutela ordainsari on bat eskuratzeko. Baina ez huen inolako erreskate-eskaririk, inolako gutunik, ezertxo ere agertu. Zenbait astetan ez huen beste ezertaz hitz egiten, eta luzaroan egunkariek lehen orrialdeak eskaini zizkiotean. Era guztietako teoriak, espekulazioak eta iradokizunak sortu hituen, baina batek ere ez zian balio izan Masterbuilder itzultzeko. Gehiago ez diagu hartaz ezer jakin. Jende gehienak uste zian amildegira erori zela. Zeren amildegitik hurbileko bidezidorretan barrena ibiltzen baihuen. Zubia non eta nola hasi behar zen erabaki-nahian zebilean. Seguraski, tupust egin eta erori egin huen. Toki askotan zerbaiti heldu egin lekiokek erortzean; baina zenbait malkargunetan oso kontuz ibili ezean hondora joaten duk. Dakianez, amildegian desagertzen direnak ez dituk inoiz berragertzen.

—Amonak ezagutzen al zuen pertsonalki Masterbuilder? —galdetu zuen Yonderrek.

—Nik dakidala, ez. Zergatik?

Yonderrek pentsatu zuen ea aitari hitz egin behar ote zion amonak utzi nahi izan zion egunkariaz; baina oraindik ez egitea nahiago izan zuen.

—Entzuna dut berak zerbait idatzi zuela Masterbuilderri buruz —esan zuen.

—Ez ahaztu hire amona oso emakume berezia zela: Mendi-Haraneko lehen emakume ingeniaria. Agian ezagutuko zian, jakinmin hutsez bederen.

—Izan al zen inoiz Masterbuilder Haranean?

—Baietz uste diat —esan zuen Jaapek—. Godelingenekoa huen. Gurasoek hemen jarraitzen diate bizitzen, oker informaturik ez banago; tira, bizi baldin badituk. Doeve Mendietan zegoan lurrikararen gauean. Zortzi bat urteko mutikoa huen eta adiskide baten etxean zegoan. Ez zekiat non, baina axola handirik ere ez ziok gainera. Bera eta gurasoak luzaz egon hituen bizi ziren ala hilik zeuden elkarren berririk gabe. Bi urte geroago itzuli huen Godelingenera, baina gero Mendietara itzuli huen unibertsitatean ikasteko. Eta badakik nola diren gauzak —esan zuen Jaapek sarkasmoz—, talentudunak bertan gelditzen dituk.

Yonder gauza guztietan azken xehetasuneraino iritsi beharreko mutil horietako bat zen. Ezin zituen arazoak erdikonponduta utzi. Gurutzegrama bateko hitza asmatzen ez zuenean, jira eta bira ibiltzen zen, harik eta amaitzea lortzen zuen arte. Masterbuilderren historian bazegoen Yonderri burutik alde egiten ez zion zerbait. Ados, gizon bat eror daiteke amildegian behera eta arrastorik utzi gabe desagertu. Baina, zer gertatu zen haren ideiekin? Amildegian behera erori al ziren haiek ere? Derrigor izan behar zuten haren ideiak ezagutzen zituztenak, ulertzen zituztenak. Ala zerebro bakarra ote zegoen Mendi-Haran guztian?

Ez zekien hori guztia aitari galdetu ahal izango zion, horrek gaizki interpretatu gabe. Beste aukera batera uztea nahiago izan zuen, eta Masterbuilderren gurasoak non bizi ziren ba al zekien galdetu zion. Ez zekien, baina jakin zezakeela esan zion. Biharamunean lanetik itzultzean esan zion:

—Oraindik biak bizi dituk, eta nire informazioa zuzena baduk, beren etxea Rolling Mill kalean zeukatek. Kale pobrea duk, hemendik ordu erdira dagoena. Zenbakia 108 duk.

Yonderrek biharamun goizean egin zuen lehen gauza Barbara ikustera joatea izan zen. Egunero egiten zuena zen. Hain zegoen berataz txoraturik, non tarteka bere buruari kolpeak ematen zizkion ametsetan ez zebilela ziurtatzeko. Barbarak sandalia batzuk zerabiltzan zangoan gora, belauneraino igotzen zitzaizkion tirekin. Ezin zituen begiak harengandik kendu.

—Zangoak zeinen lodiak ditudan begiratzen al duk?

Yonder ez zen gauza txantxetan erantzuteko, beti seriotasunez egiten zuen. Halakoxea zen, eta ezin zuen erremediatu.

—Oso politak ditunala uste dinat —esan zuen.

Neskak barre egin zuen.

—Beste tira pare bat dizkiat hire zangoetarako —esan zion—. Hik ere jantz itzak fraka laburrak eta ongia egitera doan *boy scout* bihurturik gelditurik haiz.

Mutilak barre egin zuen, zertxobait lotsaturik.

—Barbara, entzuidan. Doeve Masterbuilderren, aurrekoan hitz egin genuen gizonaren gurasoei bisita egitera joan nahi dinat. Bazekinat non bizi diren. Lagundu nahi al naun?

Neskak ez zuen zalantzarik izan. Rolling Mill Yonderrek imajinatu zuen baino oraindik askoz pobreagoa gertatu zen. Asfalturik ere ez zeukan. Pista hareatsu baten moduko zerbait zen era guztietako hondakinez betea: gurdi-gurpil hautsiak, simaur-metak, ontzi herdoilduak, koltxoi blaitu eta zikinak. Kiratsa izugarria zen. Txakur gosekilak zebiltzan alde batetik bestera, parean pasatzean itsatsa hanka artean gordetzen zutenak. Bistan zegoen ostikada bat baino gehiago hartuta zeudela bidaztiengandik. Ate batzuetan emakumeak zeuden kaxatan edo zumezko aulkitan eseriak, patatak zuritzen edo ezer egin gabe. Guztiek halako fidakaiztasun batekin begiratzen zuten.

108 zenbakia ez zen kaleko etxerik txarrena. Loreak zeuden leihoan, eta gainerakoak baino garbiagoa zirudien. Yonderrek atera deitu zuen eta adineko emakume bat irten zen. Maitakorra zirudien, baina fidakaitz samarra ere bai.

—Masterbuilder andrea? —galdetu zuen Yonderrek.

—Bai, neu naiz —esan zuen harriduraz—. Zertan zerbitza zaitzaketet?

—Ikastetxerako lan bat prestatzen ari gara —esan zuen Yonderrek. Aitzakia hura asmatu zuen etxera hurbiltzen ari ziren bitartean—, eta hartan Masterbuilder ingeniariaz hitz egin nahi dugu. Galdera batzuk egin nahi genizkizuke.

—Sar zaitezte, mesedez.

Masterbuilder jauna ere bertan zegoen. Laster ohartu ziren laguntasun handirik ez ziela eskainiko. Gizon akabatua zirudien, ia hitzik esateko gauza ez zena; ia ahoa ixteko ere ez zen gai. Begiak negarjario zeuzkan, eta ez zuela gehiegi ikusten ematen zuen. Ezer esan gabe eskua luzatu zien.

—Nahi al duzue kikara bat kafe? —galdetu zuen Masterbuilder andreak.

—Ez, milesker, dagoeneko hartua dugu —esan zuen Barbarak.

—Zer jakin nahi duzue?

—Nolakoa zen Doeve txikitan? Hain argia al zen txikitan ere? —galdetu zuen Yonderrek.

Andrea hizketan hasi zen. Erabat murgildurik zegoen esaten ari zenean. Hasiera batean Yonderrek halako barne-zimiko bat sentitu zuen bi adinekoak milaka bider entzunak bide zeuzkaten galderez molestatzeagatik, baina laster konturatu zen Masterbuilder andreak gozatu egiten zuela semeaz hitz egitean.

—Hemezortzi hilabeterekin hasi zen hizketan —esan zuen—, eta oraindik oso txikia zela gauza seriotan pentsatzen zuen. Ai!, eta eskuetan erortzen zitzaion guztia desmontatzea izugarri atsegin zuen; batzuetan onetik ateratzen gintuen. Egun batean nire lisakina zen, beste batean aulki tolesgarria edo jostailuzko trena; dena desmontatu behar izaten zuen. Gauzek nola funtzionatzen zuen besterik ez zuen jakin nahi. Batzuetan ez zuen jakiten nola montatu atzera. Nire senarrak egin behar izaten zuen. Aditu bihurtu zen —begi bat keinatu zien— Doeveri esker. Beti izan zen ikasgelako lehena. Oraindik gogoan dut zuzendariak behin nola esan zidan: «Masterbuilder andrea, mirarizkoa da zure semeak duen ikasteko erraztasuna». Eta senarrak eta biok esaten genuen ez zegoela ezer berezirik berarengan. —Senarrak hizketaldian eskuhar zezan ahaleginduz, berarengana zuzendu eta gehitu zuen—: Baina barrenean oso harro geunden hartaz, ezta, Dorus?

Masterbuilderrek etengabe gora eta behera mugitzen zuen burua. Ezinezkoa zen baiezka ala ezezka ari zen jakitea, baina Yonder eta Barbarak uste izan zuten guztiz bat zetorrela emaztearen hitzekin.

—Hemen, Godelingenen, joan al zen bigarren hezkuntzako ikastetxera?

—Oraindik lehen hezkuntzakoan zegoen lurrikara gertatu zenean. Bederatzi urte zituen eta beste guztiei urte bete edo biko aldea atera zien. Halabeharrez, hondamendiaren gau hartan Beverlon zegoen, Mendietan dagoen hiri batean. Beste bi urte eman zituen ikastetxe hartan. Denboraldi hori pasatu eta gero jakin genuen bizirik zegoela. Egun ahantzezina izan zen hori jakin genuen eguna, ezta, Dorus? Orduan Godelingenera itzuli zen eta beste lau urtez ikastetxean jarraitu zuen. Gero Lovendaaleko unibertsitatera joan zen.

—Ondoren Haranera itzuli al zen?

—Bi urtez behin hilabete bat ematen zuen. Etortzen zen bakoitzean basamortuan zehar bidaia neketsua egin behar izaten zuen. Ez zion axolarik. Oso mutil zintzoa zen. Sarritan gelditzen zen amildegiari amorruz begira. «Berrogei kilometro baino gutxiago Lovendaalera» —esan ohi zuen—, eta horren erruz alferrikaldu behar izan ditut hamabost egun animalia tentel baten gainean ezer probetxuzkorik egin gabe. Gero aitortzen zuen zubi bat egingo zuela, beragan konfidantza izateko.

—Beste zer gauza interesatzen zitzaion? —galdetu zuen Barbarak.

—Dena interesatzen zitzaion, zenik eta bitxiena bazen ere. Klarinetea zuen bere gauzarik garrantzitsuena; ingeniaritzaren ondoren, jakina: hori baitzuen bizibidea.

—Ehundaka aldiz egin bide dizkizute galdera hauek, ezta?

—Hasieran, bai. Desagertu zenean. Egunero etortzen ziren galderak egitera, hilabete askotan. Erotu egiten gintuzten. Gero, gauza berehala joan zen. Bakarren bat etortzen zen noizean behin. Azkenean, ahaztu egin ziren gutaz. Rolling Millera ez da inor etorri. Zuek zarete lehenak. —Triste zirudien—: Azken urte hauetan gauzak ez zaizkigu oso ongi joan. Senarra erlojaria zen. Gaixotasun bat izan eta pultsuak dardar egiten zion. Ezin izan zuen bere lanbidean segi. Haranean horrelakoren bat gertatzen zaizunean, inor ez da zutaz arduratzen. Ez dugu gizarte-segurantzarik, Mendietan bezala. Ez dago horretarako dirurik. Beste bizimodu batzuk ezagutzen badituzu, zaila da Haranean bizitzera ohitzea. Doeve bizi izan balitz, ez zatekeen hau gertatuko. Aitarentzat lana bilatzeaz arduratuko zatekeen. Edo bidaia hau egiteko gauza izan balitz Mendietara eramango gintuzkeen. Aldapan behera hasten denean, zaila da gelditzea.

Barbara eta Yonderrek ez zuten jakin zer erantzun. Nahiago izan zuten Doeveren gaiarekin jarraitu.

—Norengandik heredatu zuen adimena —galdetu zuen Yonderrek—, zugandik ala zure senarrarengandik?

Masterbuilder andreak harriturik begiratu zien.

—Zer esan nahi duzu?

—Izan al da zure familian edo zure senarrarenean bere adimenaz nabarmendu den norbait?

—Ez al dakizue —galdetu zien Masterbuilder andreak— Doeve semetzat hartutakoa genuela? Egunkari guztiek eman zuten horren berri.

—Semetzat hartua? Ez, ez genekien —esan zuen Yonderrek—. Nortzuk zituen gurasoak eta zergatik utzi zuten?

—Ez dakigu. Antolamendu ofizial baten bitartez adoptatu genuen. Ez dute inoiz haurraren jatorriaren berri ematen, eta guk ere ez genuen hori jakiteko gehiegi egin. Oso zaila izaten da semetzako bat lortzea. Dorus eta biok urte bat baino gehiagoz itxaron behar izan genuen, eta Doeve eman zigutenean pozez txoratzen jarri ginen. Zorte handia izan zen hain haur zoragarria egokitzea.

—Bere desagerpena zela eta, hainbeste iruzkin sortu zirenean, polizia ez al zen ahalegindu haren gurasoak nortzuk ziren jakiten? Agian izan zezakeen zerikusirik bere desagertzearekin.

—Horrelakorik egin bazuten, guri ez ziguten jakinarazi. Ez dut uste bahitu zutenik ere. Erreskatea eskatuko zuketen, eta ez zen hori gertatu. Edo Doevek emango zukeen bizi-seinalerik. Nahiz eta atzerrira eraman, aurkituko zukeen gertatzen ari zitzaionaren berri emateko modua. Zeukan irudimenarekin, hori ez zen inolako arazoa berarentzat. Hitz batean, aspaldi galdu genuen itxaropen guztia. Doeve hil egin da. Amildegira erori zen.

—*Bota* egin zuten —esan zuen bapatean Masterbuilder jaunak argi eta garbi—. *Bota* egin zuten.

—Zaude isilik, Dorus, ez dago inolako arrazoirik hori baieztatzeko —esan zion emazteak, ezer ez esateko komentzitu nahian.

—Ziur nago. Doeve ezin zitekeen eror. Beti arretaz ibiltzen zen —Masterbuilder jaunak abiada bizian mugitzen zuen bere txori-burua. Gorputz guztia dardarka zeukan.

—Alde egin behar duzue —esan zuen Masterbuilder andreak—. Urduriegi jartzen ari da. Sartu zaio ideia hori buruan eta ez dago kontrakoa sinestaraziko dionik.

—Bai, jakina.

Yonder eta Barbara segituan altxatu ziren. Keinu batez Masterbuilder jauna agurtu zuten, baina bera itxuraz ez zen konturatu. Masterbuilder andreak atera lagundu zituen.

—Atsegin dut Doevez hitz egitea —esan zuen berak—. Ezin dut besterik egin orain.

Barbara eta Yonder elkarrekin eta isilik ibili ziren apur batean. Yonderrek aitaren etxerako bidea hartu zuen.

—Hator nirekin; gauza bat erakutsi nahi dinat —esan zuen handik tarte batera.

Cotton Wayn amonaren *egunkari*tik gelditzen zena erakutsi zion. Historia osoa kontatu zion, nola amonak bere paper guztiak utzi nahi izan zizkion eta nola azkenean udal-zabortegiko suak deuseztu zituen. Ez zion esan amaren errua izan zenik.

—Begira 17. orrialdeari —esan zuen—. *Zubi, asmakari, ingeniari* eta *hil* hitzak agertzen ditun. Laster susmatu ninan amona Masterbuilderrez ari zela. Horregatik joan nahi zinan gurasoak ikustera. Orain ziur negon. Amonak bazekinan adoptatua zela. Hara, hemen *adoptatu* hitza agertzen dun. Ba al dakin zer gehiago dioen? *Ama ezkongabe.* Berak jakin behar zinan Masterbuilderren ama ez zegoela ezkonduta eta, eskandalua estaltzeko, haurrak gurasotzako batzuk izatea nahi izan zuela. Ez al da berdin gertatzen Haranean? Ez al dun egia emakumeek egoera horretan ez dutela nahi izaten inork jakiterik haurdun daudela eta baserrira joaten direla haurra jaio arte? Ez al zieten gero gurasotzako batzuei ematen?

—Bai —esan zuen neskak pentsakor.

—Doeve Masterbuilderren ama ezkongabea huen, eta amonak bazekinan. Gerta zitekeenan gurasoak istripuren batean hiltzea, baina ez huen horrelakorik gertatu. Oso garbi zegon: *ama ezkongabe*. Beharbada amonak ezagutzen zinan Doeveren ama. Eta ziur negon egunkariak bazioela nor zen —esan zuen tonu garaikorrez. Baina bere suhartasunak labur iraun zuen eta berriro purrustaka esan zuen—: Baina orain *egunkaria* errauts bihurturik zegon.

—Horretan arrazoia izan dezakek —esan zuen Barbarak, eta mihia atera zion bere umore txarra ahazten ote zuen ikusteko.

7 *Amildegia*

MAITASUNA sentsazio zoragarria zen. Hainbat zoragarriagoa munduko neskarik politenaz maitemindurik egonez gero eta hark maitasun beraz erantzunez gero. Azken horretan Yonderrek bazituen bere zalantzak. Itxuraz, dena ongi zihoan. Bazekien neskak atsegin zuela bere bisitak hartzea, behin eta berriz esaten baitzion luzaroegi etorri gabe ez egoteko. Beti alai aurkitzen zuen. Bere portaerak ez zion inolako izurik sortzen. Ez; arazoa zen Yonderrek ezin zuela sinetsi hain neskatila zoragarri, eder, zoriontsu eta miresgarria bera bezain pertsona zozo, serio eta motelaz maiteminduta egon zitekeenik. Egun batean hirian bere adiskide Eskamo malabaristaren saio bat iragartzen zuen kartel bat ikusi zuen. Bi sarrera erosi eta Barbara gonbidatu zuen. Eskamoren emanaldia zirraragarria izan zen. Jendartean ibiltzetik hasi zen, ikusleen belarrietatik zurezko bolatxoak eta txanponak ateraz. Hura ikuslegoa distraitzeko izan bide zen, zeren eszenategira itzuli eta galdetu zuenean: «zer ordu da?», lehen erreskadetatiko oihuak entzun baitziren; hamar pertsonak erlojua galdua zuten.

Eskamok jabeak eszenategira igotzera gonbidatu zituen erlojua berreskuratzera. Itzuli zizkien, eta esan zien:

—Gogor eutsi, bestela berriz galduko dituzue.

Beraien artean mugitzen hasi zen, hitz egiten eta mukizapi eta kapelekin jokoak egiten. Denbora laburrean lortu zuen berriro erlojuak kentzea inor konturatu gabe.

Egundoko tripatzarra zeukan gizon batengana zuzendu eta esan zuen:

—Berriz kenduko dizut.

—Oraingoan ez —esan zion gizonak.

—Nahi al duzu zerbait jokatzea? Oso kontuz ibili, bestela kendu egingo dizut.

Gizonak ezkerreko eskubiturrari heldu zion eskuinaz. Zernahi gertatu ere, erlojuak zegoen tokian iraungo zuen. Eskamok hizketan segi zuen, imintzioka, alderdi guztietatik bolak ateratzen, eta gizon lodiarengana hurbiltzen zen bakoitzean kolpetxo bat ematen zion gorbatan. Gizajoa hain zegoen arduraturik bere erlojuaz, non Eskamok egiten zionaz ohartu ere egiten ez zen. Ikuslegoak argi eta garbi ikusten zuen nola Eskamo zuhurra, piskanaka, oharkabearen gorbata laxatzen ari zen. Tirakada biguinak eginez, alkandoraren idunetik ateratzea lortu zuen. Lortu zuenean, solemneki esan zion bere biktimari:

—Bejondeizula, jauna! Ez dut lortu erlojuaz jabetzea. Joan zaitezke zeure eserlekura. Jaun-andreok, txalo bero bat jaun honentzat.

Gizona pozez txoratzen jaitsi zen eszenategitik. Jendea barrez lehertzen ari zen. Gizona bere eserlekura iritsi zenean, Eskamok kendutako gorbata erakutsi zion. Gizona gorritu egin zen.

—Mesedez, zatoz jasotzera —esan zuen Eskamok.

Gizona gorbata berreskuratzera igo zenean, Eskamok erlojua kendu zion. Gero gizona atzera eseri egin zen.

—Ez al duzu ezer galdu? —galdetu zion Eskamok, erlojua erakusten zion bitartean—. Malabaristek beti irabazten dituzte beren apostuak.

Eskamo berehalaxe jaitsi zen eszenategitik eta erlojua bere jabeari luzatu zion kunpliziozko makurtze batekin. Ikusleak barrez leher gaizto eginik zeuden.

Atsedenaldian, Yonder eta Barbara artistaren kamerinora joan ziren. Eskamo oso atsegin egon zitzaien. Maitasunez estutu zion eskua Yonderri eta haserre egin zion bera ikustera etorri ez zelako sarrerak erosi aurretik. Dohain emango zizkioken sarrerak. Bitartean, belarrietako bat kendu zion Barbarari; derrigor egin beharra zeukan. Zoritxarrez, ikuskizunak ez zeukan arrakasta handiegirik, azkeneko aldiz Haranera etorri zenean baino txikiagoa. Bazirudien jendea orduan baino diru gutxiagorekin zebilela oraingoan. Horrek esan nahi zuen laburtu egin beharko zuela bere jiraldia. Noiz itzuli nahi zuen Yonderrek Mendietara?

Hain arinki egindako galdera hura, Barbarak mila bider egin nahi izan zion, baina azkenean ez zen ausartu. Bihotza gogor taupaka zeukan bitartean, arretaz entzun zuen Yonderren erantzuna:

—Egia esan, hurrengo karabanarekin itzuli beharko nuke, baina agian hurrengokoari itxarongo diot.

Emanaldia amaitu eta etxerako bidea hartu zutenean, neskak berriro gaiari heldu zion:

—Zeren baitan zegok hi hurrengo karabanara arte hemen gelditzea?

—Hire baitan —esan zuen Yonderrek, gorri-gorri jarriz.

—Nire baitan?

—Bai, hire... Tira, nire...

Neskak begi distiratsuz begiratu zion.

—Tira, ez itzak gauzak hainbeste konplikatu! —esan zuen Barbarak—. Asko maite haut! —belarrietatik tiraka burua eraitsi zion eta bertan musu eman zion, kalearen erdian.

ASTEAK PIXKANAKA ABIADA BIZIAN igaro ziren. Yonder hain zegoen pozik, non sinetsi ere ezin izan zuen egin. Ametsetan zebilelakoan zegoen. Behin batean farol baten kontra tupust egin eta ohartu ere ez zen egin, gero koskorra atera zitzaion buruan. Goizero jaikitzen zen egun hartan zerbait berezia gertatuko zen sentipenarekin, eta halaxe zen: berriz Barbara ikusteko aukera izaten zuen. Zoritxarrez, Domenek ez zuen begi onez ikusten bere alabak Yonderrekin zeukan adiskidetasun hain hurbilekoa. Gehiegi suhartzen ari zirela uste zuen. Ezin zuten ahaztu Yonderrek laster

Mendietara joan beharko zuela, eta Barbarak ikasketak segitu beharko zituelako Godelingeneko arte dramatikoko eskolan. Eta ondotxo zekiten zeinen urrunduak zeuden bi lurraldeak. Gainera hamasei urte besterik ez zituzten. Ez zuen inolako eragozpenik onartzeko biek batera biziz etorkizun bikaina izan zezaketela, biek elkar maite zutela, eta hori zoragarria zela; baina, hala eta guztiz ere, suari egur gehiago ez ziotela bota behar uste zuen.

Baina Domenek ez zuen denbora luzerik ematen etxean. Aurpegiko orbainak asko hobetu zitzaizkion eta orain ez zeukan estali beharrik. Oraindik gorri zeuden eta ez zioten oso ongi ematen. Oinekoa astiro zihoan. Oraindik bendaturik zerabilen. Domen igerilari bikaina zen eta hark pazientzia jaten zion. Istripuaren aurretik goizero joaten zen igerilekura pare bat luze egitera. Egunik ez zuen huts egiten. Orain ezinezkoa zitzaion. Meatze-departamenduan lan egiten zuen. Gainbegiratzaile ofizial gisako bat zen. Titanioa aurkitu zuten Haranean. Metal horren propietatea aldi berean gogorra eta arina izatean zetzan. Nola urri zegoen, Haraneko agintariek ez zuten esportatu nahi, salbuespen bakarra egiten zuten. Ateratako titanioaren parte bat Mendietako Lorimer & Bazkide enpresari ematen zitzaion, eraikuntza-materialen aurrerapen-lanetan erabiltzeko balditzarekin. Bazen beste xehetasun esanguratsuago bat: Lorimer & Bazkide ikertu behar zuen ea titanioak, beste metal batzuekin konbinaturik, erdian euskarririk gabeko bostehun metroko zubia egiteko balio zezakeen. Domen Compagne zen Haraneko gainbegiratzaile ofiziala eta helburu horretarako bakarrik erabil zedin kontrolatu behar zuen metala.

Domenek zioen nahiago zuela Haranean gelditu. Emaztea hilik zeukan, eta ez zuen Barbara bakarrik utzi nahi. Meatze-departamenduak presio egiten zion Mendietara itzul zedin. Oso ezaguna zen enpresakideen artean eta, berak, bere aldetik, ezinobeki ezagutzen zuen enpresan gertatzen zen guztia. Ezin zuen beste inork ordeztu.

—Neure enplegua galtzea izango balitz nire arazo bakarra, uko egin niezaioke —esan zuen—, baina aurpegiko ebakuntza egitera joan behar dut. Ez daukat itxura honekin hor zehar ibiltzerik.

—Neuk lagunduko zaitut —esan zion Barbarak.

—Eta zure ikasketak?

—Ez al dago antzeko zentru bat Mendietan?

—Bai. Egon, bi daude. Baina batean ere ezingo haiz sartu. Plazak baino ikaslegai gehiago zeuden. Alferrik dun saiatzea ere.

—Arriskatu egingo naiz —esan zuen Barbarak—. Ez naiz geldituko hemen, zu eta Yonder Mendietan zaudeten bitartean.

—Burkoari galdetuko zionagu —esan zuen Domenek.

Biharamunean Yonder Barbara ikustera joan zenean, negarrez aurkitu zuen. Segituan gogoratu zuen aurreko eguneko hizketaldia. Domenek esan zion, nonbait, ezingo zela Mendietara joan. Baina ez zen hori, hain zuzen ere.

—Ez diat maite eta ikaragarria duk —esaten zion zotin artean—. Oso atsegina duk nirekin eta begiko zaidak, baina ez diat ezer sentitzen berarenganako. Amarekin besterik huen. Ulertzen al didak zer esan nahi dudan?

—Ez hadi kezkatu. Lortuko dun maitatzea. Aspaldian ez duzue elkar ikusi —saiatu zen kontsolatzen Yonder.

Neskak umore txarrez eragin zion buruari.

—Ez diagu ezer lortuko. Berak ez dik ezer egiten bere aldetik. Absurdua duk beti hain lanpetua egotea. Zazpi urte gelditu gabe lanean jardun ondoren, bere alabarekin oporrez gozatzea duk beragandik espero litekeen gutxiena, ezta? Ba ez duk horrela; departamentu madarikatu horretan pasatzen dizkik ia egun eta gau osoa. Atzo alde egin zian nahiz eta berak jakin izeba Charlotte etortzekoa zela eta bera ikusteko irrika bizian zegoela.

—Hala ere, nik uste dinat denborarekin gauzak aldatu egingo direla —jarraitu zuen esaten Yonderrek—. Ni neu primeran moldatu naun berarekin lehendabiziko unetik. Gizon lasaia eta ongi prestatua dun. Egia esateko begiko zaidan.

—Ez zekiat —hasperen egin zuen kontsolagaitz Barbarak—. Gauza hauek barrutik sentitzen dituk. Lehen aldiz ikusi hindudanean, bost minutu baino lehen sentipen oso berezi bat sumatu nian.

—Hori besterik dun.

—Ados, besterik duk. Aitak hotz uzten naik. Ez zaidak axola etxera berandu etortzen bada ere. Lehen, txikia nintzenean, beti besotan edukitzen nindian. Orain axolagabetasunez tratatzen naik.

—Agian bera ohartu egin dun berarekiko distantzia jartzen ari haizela.

—Agian bai. Ezin zioat berari erru guztia bota. Oso ona duk. Ni alaba mimatua nauk. Ahal dudan guztia egingo diat maitatzeko. Berarekin elkarbanatuko haut.

—Ez hadi ausartu gero! —esan zuen Yonderrek.

Neskak berriro irribarre egin zuen. Ez zeukan inolako arrazoirik triste egoteko.

—Gauza on bat eta gauza aspergarri bat esan behar dizkiat —esan zuen—. Zeinetatik hasiko nauk?

—Aspergarritik.

—Izeba Charlotteri hitza eman zioat soineko bat erostera lagunduko dudala. Ilusio handia egiten ziok. Gustu ona dudala uste dik. Beraz hik heure kasa moldatu beharko duk.

—Beste erremediorik ez bazegon... Eta gauza ona?

—Hirekin txoraturik negok.

YONDERREK ERABAKI ZUEN amildegia ikustera joan behar zuela Haranaren aldetik. Hamabost bat kilometrotara zegoen.

Eskatu zion aitari bizikleta eta iparraldera joan zen. Ez zuen bizikletaz ibiltzeko ohitura handirik, eta aulkitxoak egundoko mina egiten zion. Ez da gauza bera bizikletan ibiltzea eta gamelu baten gainean eserita bidaiatzea.

Yonderren izaerarekin, uko egitea zen egin zezakeen azkena. Ordu beterik ez zuen behar izan amildegira iristeko. Mendien aldetik begiratuta zeukan itxura bera zuen. Sastrakadi batean utzi zuen bizikleta, bidetik zerbait aldendurik lapur ez ziezaioten eta amildegirako bidea hartu zuen. Bidezidor bat egina zeukaten amildegiaren iparraldea korritzeko. Harkaitzetan gora zihoan. Ez zirudien arriskutsua. Gainera, aldapa oso pikoa zegoen tokian babes-hesi bat zeukan. Gainerakoan, aldapa ez zen oso pikoa eta norbaitek behaztopa eginez gero bazeuden nahikoa sastraka edo harkaitz-irtengune haiei heldu eta ez erortzeko.

Egia da batzuk hondora erori zirela gertaturiko istripuen ondorioz. Yonderrek ezagutu zuen hogei urteko gazte bat erortzen ikusi zuen pertsona. Ikaragarria izan omen zen. Amiltzean gero eta urrunago entzuten ziren alarauak egiten hasi omen zen; inoiz ez zuela amaitu behar ematen omen zuen. Azkenean, lurtzoruaren kontra gorputzak ateratzen duen hotsa ere ez omen zen entzun. Garrasiak lurraren erraietako isiltasunak irentsita gelditu ziren.

Yonderrek kasua gogoratu eta behera begiratu zuenean, hutsartean esekiak ziruditen hodei grisetarantz, hotzikarak hartu zion bizkar guztia. Hala eta guztiz ere, pentsatu zuen erortzearen ideia zentzugabea zela. Sarritan korritu izan zuen amildegiaren ertza Mendian. Edertzat ere bazeukan alderdi haiek begiztatu ahal izatea. Harriak nonnahi sakabanaturik zeuden. Muskerrak ageri ziren harri gainetatik lerratzen edo eguzkitan etzanda. Harrien artean ageri ziren pitzaduretan era guztietako zuhamuxkak sortu ziren, eta zuhaitzen bat edo beste ere bai. Bai ederra izango litzatekeela guzti hura, amildegiaren ordez ibaia balego!

Beste bi pertsona bakarrik aurkitu zituen. Lanegun normala zen: oporrak amaiturik zeuden. Egia esateko, zidor haiek ia beti jenderik gabe egoten ziren. Jenderik gehienak ez zuen hurbildu ere egin nahi izaten hara. Ordu erdi batez ibili ondoren itzuli egin zen. Supituki, Yonderri jarraitu nahi zion txakur bat agertu zen. Itxura ziztrin samarreko animalia zen, burua txikiegia zuen gorputzaren aldean eta itsatsa mehegia; baina hala eta guztiz ere animalia bat zen eta Yonderrek txeraz tratatu zuen. Txakurrak, txerriarena areago zirudien isats mehe hura astinduz erantzun zion.

Aspaldian ez zuen inor ikusten. Azkenean adinean aurreratutako gizon batekin topo egin zuen; gorpuzkera astun eta aurpegi zakar eta esangurabakoa zuen, ahotzarra zabalik zuela; begiak txikiak eta hondoratuak zituen, ia ikusten ez zitzaizkiola, agian bekain sarri eta beltzek estaltzen zizkiotelako ere bai.

Yonderrek albora egin zuen gizonari pasatzen uzteko. Honek behaztopa egin zuela zirudien. Yonderri heldu zion zutik irauteko. Yonderrek instintuz eutsi zion. Gizonak gainera erori eta bultzada bat eman zion. Yonderrek zer gertatu zen doi-doi jakin baino lehen, amildegiaren ertzetik piririka aurkitu zen. Ikaraturik oihu egin zuen, zerbaiti heltzeko eskua luzatu, saihetsaz harkaitz-irtengune zorrotz bat jo, zerbait gogorrak buruan jo, eta beste metro pare batez erori zen, azkenean harkaitz beltz eta lau batean gelditzeko, goitik beherako eroriko arriskutsua hasten zen tokian, hain zuzen. Buruko kolpeak leloturik utzi zuen, baina konortea galdu gabe. Ikusi zuen gizona nola zebilen irtenguneen bila, katuka jaisteko. Txakurra onetik irtenda zaunka batean zegoen.

—Isil hadi behingoz, piztia malapartatua! —esan zion purrustaka gizonak, baina aginduak histerikoago jartzeko bakarrik balio izan zuen. Orduan, Yonderrek ikusi zuen gizonak txakurra lepotik nola hartu eta, inolako akiakularik gabe, amildegira nola botatzen zuen. Yonder izozturik gelditu zen. Sartu zuen burua sorbalda artean eta itxi egin zituen begiak, luzaroan izan ez bazen ere. Berriro ireki zituenean, gizona beregana jaisten hasita zegoela ohartu zen. Yonderrek berehala ulertu zuen eta inolako zalantza-izpirik gabe gizonaren asmoa bera ere botatzea zela. Tupustekoa trikimailu bat besterik ez zen izan. Gogoan zeukan nola sentitu zuen bultzada bat; gizonak nahita bultza egin zion ertzerantz. Bihotza taupada batean zeukan. Izuak geldoturik zeukan, ala kolpearen ondorioz ez ote zen mugitzeko gauza? Oraindik urrunean galtzen ari zen txakurraren zaunka-hotsa entzuten zuen. Zer egin zezakeen hartz haren kontra? Ezer ez, ezertxo ere ez. Gizonak amildegira botako zuen panpina bailitzen eta orduan erortzen, erortzen hasiko zen... Eskupean harri solte handi samar bat nabaritu zuen. Erorikotik, ez zen mugitu, baina beldurraren efektu geldotzailea gorabehera, burua ziztu bizian ari zitzaion lanean. Konortea galduaren itxurak egin behar zituen. Horixe zitekeen bere aukera bakarra.

Ezezaguna Yonderrengandik hurbil zegoen jadanik. Makurtu eta eskua luzatu zuen. Heldu zion Yonderri eskuineko oinetik eta tiraka ekin zion. Yonderrek ez zion kontrakorik egin. Hala ezin zuen amildegira bota, ez zuen zalantza-izpirik ere. Gizona maldizioka hasi zen, jaregin oina eta pauso batzuk eman zituen Yonder etzanda zegoen harkaitz beltzeraino iritsi arte. Orain aski zuen mutikoa jaso eta amildegira botatzeaz. Makurtu egin zen. Esku batez Yonderri heldu zion alkandoratik. Gazteak une hartan bertan kontraeraso egin zion. Jaso egin zuen eskuina, harria barruan zuela. Alde egin zion geldotasunak. Bizia salbatzeko borrokatzen denaren instintuzko indarraz, bekokian jo zuen etsaia.

Gizonak Yonder askatu eta eskuak burura eraman zituen. Tente jarri, harkaitzaren ertzean zabu egin eta azkenean amildu egin zen. Mugimendu erreflexu batez, Yonderrek besoa luzatu zuen heriotza ziurretik libratu nahiz, baina beranduegi zen. Ez zuen oihurik ere egin. Sakonera neurtezinera erori zen hezur-haragizko nahaspila eginik.

Yonder harrian eseri zen eta gizona irentsi zuen hutsarteari begira gelditu zen. Bihotzak izugarrizko taupadak ematen zizkion eta bularretik irten nahi balu bezala. Bost minutu lehenago, lasai-lasai zebilen bidezidorretik paseatzen. Bapatean, ozta-ozta heriotzatik ihes egindako eta beste bat heriotza ikaragarri batera bidalitako pertsona zen. Zergatik hil nahi zuen tipo hark? Zer arrazoi izan zezakeen? Zoraturik ote zegoen? Pertsona hotz eta deliberatuaren itxura hartu zion. Agian zoraturik zegoen aurrikusgarria ez zen zentzuan. Zoraturik egon behar zuen ezezagun bat amildegian behera botatzeko.

Yonder burutik oinetaraino dardarka zegoen. Nahiz eta harkaitzez harkaitz salto egitera ohituta egon, astiro itzuli zen, pausoz pauso; izerdi hotz eta bustitan blai eginik zegoen. Zidorrera itzuli zenean, eseri eta eskua bihotzera eraman zuen. Oraindik taupada gogorrak ematen zizkion.

Gizonak hil egin nahi izan zuen, erabat seguru zegoen. Nor zen? Eta zergatik? Nork arraio izan zezakeen interesa Yonder ezabatzean? Ideia burugabe eta irrigarria zen. Hala ere, gertatu egin zen.

Pixkanaka bizikleta utzi zuen tokira joan zen. Bost minututan zorabioa sortu zitzaion. Ezin zuen jasan eskuin aldetik zeukan hosina. Zorionez, ez zuen beste inorekin topo egin: bestela izularritu eta iheska joango zatekeen. Bizikletaren ondora iristean, bere onera itzultzen saiatu zen. Baretu, lasaitu eta pentsatu egin behar zuen. Poliziara joan eta gertatuaren berri eman behar zuen. Ala ez? Sinetsiko ote zioten? Azken finean, bera zen gizon bat amildegian desagertu izanaren erruduna. Baina bere buruaren defentsa egin zuen. Eraso egin zion, ezta? Ala lagundu egin nahi zion? Eta txakurra? Ala kointzidentzia hutsa izan ote zen? Zeukan beldurrarengatik asmoak susmatu ote zizkion? Ez ote zen hobeto izango poliziari sekretuaren berri ez ematea? Gizonaren desagerpena salatu egingo zuten. Ahaleginduko ziren aurkitzen, baina ez zuten aurkituko.

«Beste batekin nahastu naik —pentsatu zuen Yonderrek bapatean—. Jakina, horixe zen! Nire antza zeukan norbait asasinatzeko mandatua eman ziotek. Ikusi nindian bizikletan, jarraitu zidaan haraino eta huraxe zela hiltzeko toki aproposa erabaki zian. Baina, zerk pentsarazten zidak beste baten izenean ari zelakoa? Bere izen propioan egin izan balik, bazitekean bere biktima hobeki ezagutu izana, eta gainera soldatapeko asasinatzaile-itxura zeukaan».

Berehalaxe poliziara joan eta egia kontatu behar ote zien? Sinetsiko ote zioten? Ondo istorio bitxia zen. *Mendietako mukizu batek ezezagun bat botatzen du amilde-*

gian behera eta azkarrak dio gizona... Tentelkeriak. Nork sinetsi behar zion! Eta azkenean sinesten bazioten bukaeragabeko itaunketak eta polizi komisaldegian galdutako ordu luzeak zeuzkan itxaroten. Albistea egunkarietan agertuko zen. Barbararekiko bere azken asteak negargarriak izango ziren. Poliziara ez joatea erabaki zuen, ordukoz behintzat. Egunero irakurriko zuen egunkaria, ea norbait desagertutzat jotzen zuten. Orduan ikusiko zuen zer egin.

Hala ere, gertatutakoa norbaiti kontatzeko premia zeukan. Aitari eta Rieki, edo Barbarari eta Domeni izan beharko zuen. Aita eta Riek baztertu egin zituen. Ongi baino hobeki zekien zer gertatuko zen. Aitak ez zuen bakean utziko; egunean-egunean poliziara joan behar zuela esango zion eta, azkenean, dena zubirik ez zegoelako gertatu zen ondoriora iritsiko zen. Azken ondorio horren esplikazioak ere egunerokoak izango ziren.

Barbara eta Domen? Barbarak gehiegi sufrituko zuen. Norbaitek Yonder asasinatu egin nahi zuela pentsatuko zuen. Ez zuen bake-une bakar bat ere izango. Ezin ziezaiokeeen horrelakorik egin. Denbora gutxi dela galduta zeukan Barbarak ama, eta bera orain ezin zekiokeen joan beste izugarrikeria bat kontatzera. Ez, ez zion esango Barbarari. Domeni esan ziezaiokeen, baina ez berari bakarrik. Une egokia aukeratu beharko zuen. Ia inoiz ez zen bakarrean egoten Domenekin. Baina bilatuko zuen era. Baretzen hasita zegoen; norbaiti kontatzearen ideiak baretu egiten zuen.

Ez zen erraza izan aitari eta Rieki ezkutatzea etxera itzuli zenean. Huskeriez eta Haranaz eta Mendietan interes handiegirik ez zegoelako eraikitzen ez zuten zubiaz hizketan ari ziren bitartean, Yonderrek gizona eta amildegia ikusten zituen, eta harriaz zer egin zuen, buruz gogoratzen ahalegintzen zen. Non utzi zuen? Ez zen maldan behera erori; oraindik eskuan zeukan, etsaia jo eta gero ere. Bertan ote zegoen, odoleztaturik? Amildegian behera bota ote zuen ala harkaitzaren gainean utzi ote zuen? Ez ote zuen eraman eta orain ez ote zegoen bidean, edozein bidaztiren ikusmenean? Orduan, azkenean aurkitu egingo zuten. Bazeuden arratsalde hartan amildegia ikustera joan zela aitortuko zuten lekukoak. Izerditan hasi zen. Oso goiz oheratu zen. Ezin zuen lo egin. Ahalegin guztiak gorabehera, ezin zuen gogoratu non utzi zuen harria. Bapatean zarata sor bat entzuten hasi zen: kanaloian korritzen zuen ura zen. Indarrez egiten zuen euria eta luzaroan ematen zuen. Harria bertan bazegoen, euriak garbitu egingo zuen odola, pentsatu zuen zama arindurik.

8 *Lost jauna*

ZENBAIT egun igaroak ziren. Yonderrek ez zion inori bere abentura ikaragarria kontatu. Egunkariek ez zuten ezer esaten desagerpenaz. Gertakariak pixkanaka bere arduren artean bigarren maila hartu zuen. Denda batean «*Masterbuilder, zientzigizona*» izeneko liburua ikusi zuen. Erosi eta irakurtzeari ekin zion. Liburua zaila zen ulertzen. Ingeniarientzat idatzirik zegoen. Doeve Masterbuilderrek bere urte laburretan teknologiaren alde egindakoaz hitz egiten zuen. Orrialde gutxitara utzi egin behar izan zuen. Argitaratu berria zela ohartu zen. Agian oraindik Rolling Millera iritsi gabe zegoen. Nor oroituko zen Masterbuilderren gurasoez?

Doeveren amari liburua oparitzea bururatu zitzaion. Seguraski irakurketa berari bezain zaila gertatuko zitzaion, baina poza emango zion edukitzeak.

Barbara lagun zuela joan zen ikustera. Masterbuilder andreak bihotzez eskertu zion oparia. Ez zekien liburua zegoenik ere. Apur batean gelditzeko eskatu zien. Ura jarri zuen berotzen petroliozko sukalde batean kafea prestatzeko.

—Gure bisitaren ondoren, beste pertsona bat etorri zen Doevez informazioa eskatzera —esan zuen—. Ez al deritzazue harrigarria dela? Urteak igaro dira inork ezer galdetu gabe, eta bapatean bi bisita.

—Nor zen? —galdetu zuen Yonderrek.

—Ez dut izena gogoan. Montura lodiko betaurrekoak

zeramatzan. Izen arraroa zeukan. Emez hasten zelakoan nago.

—Mislaid, agian? —galdetu zuen Yonderrek bi aldiz pentsatu gabe.

—Bai, horixe: Mislaid.

—Denbora guztia pareatuak egiten pasatuko luke, ezta?

—Pareatuak? Ez, ez dut gogoratzen. Entzun al zenion pareaturen bat, Dorus?

Masterbuilder jaunak ez zuen erantzun.

—Joren Mislaid: zer nahi zuen? —marmar egin zuen Yonderrek—. Ezer zehatzik galdetu al zizun, Masterbuilder andrea?

—Dena jakin nahi zuen, den-dena. Zuk baino ere oraindik gehiago. Hiru ordu eman zituen hemen.

—Esan al zuen zergatik nahi zuen informazioa?

—Ez. Interes hutsa, esan zuen, besterik ez.

Hartu kafea eta alde egin behar zutela uste izan zuten. Yonderrek Masterbuilder jaunari eskua eman zionean, honek ahots ozenez esan zuen:

—Bota egin zuten, ez zen erori.

Yonderri zauskada bat egin zion bihotzak.

Biharamunean, bere aldetiko harridura handiarekin, Joren Mislaid bera airepean terraza batean eserita ikusi zuen hiriaren erdian. Fraka estua, kirol-txamarra eta zetazko zapiarekin, gaztea eta pertsona jatorraren itxura zeukan. Ohizko pareatuez agurtu zuen Yonder, eta Yonderrentzat te bat ekartzeko eskatu zion kamareroari. Hau aspertzen hasita zegoen hainbeste bertsorekin.

—Uste diat Doeve Masterbuilderrengan interesaturik hagoela —esan zuen.

—Hi izan hintzen, ezta? —Mislaid defentsiban jarri zen. Jadanik ez zen pareatuez oroitzen—. Masterbuilder andreak esan zidak neska bat eta mutil bat joan zaizkiola ikustera. Mutila hi hintzen, noski.

—Bai.

—Eta nor huen neska?

—Nire adiskidea.

—Primeran! Iritsi besterik ez eta dagoeneko baduk adiskidea. Nola dik izena zorionekoak?

—Barbara.

—Izen horrek bazirudik txalaparta. Neuk egingo zioat bertso aparta —errezitatu zuen Mislaidek.

—Horrelako bertsoak neuk ere egiten dizkiat —esan zuen Yonderrek gogaiturik—. Masterbuilderren kasua zergatik interesatzen zaian galdetu diat.

—Orainaldia ulertzeko iragana ikertu, eta horrela baietz etorkizunaren sekretua lortu —segituan, saioa amaitutzat eman izan balu bezala, jaiki, txanpon batzuk mahaian utzi eta agur esan zion Mislaidek.

ZENBAT ETA GEHIAGO EZAGUTU Yonderrek Godelingengo hiria, gero eta gehiago erakartzen zuen bere arreta pobreziak eta bera ohiturik zegoeneko ugaritasunarekiko kontrasteak. Ulertu zuen garrantzizkoa zela arazoa konpontzeko zubi bat eraikitzea. Isolamendua gainditzea lortzen bazuen, Harana emankorragoa izango zen, bere merkatal jarduerak gehitu egingo ziren eta Mendietan zeuden ezagueren eta oparotasunaren parte bat azkenerako Haranera ere iritsi egingo ziren. Eta gainera, sufrimendu asko eztituko ziren. Bera izan zitekeen adibide on bat zentzu horretan. Laster itzuli behar zuen Mendietara. Bazeramatzan hilabete pare bat ezer egin gabe eta hala ez zegoen beti egoterik. Bizitza ez zen amaigabeko oporraldi bat. Domen Compagnek ere itzuli beharra zeukan, bere lan eta laguntza behar baitzuten. Barbarak biekin joan nahi zuen, baina arte dramatikoko bere ikasketek galarazten zioten. Aldiz, zubia balego, dena errazago izango litzateke. Zenbat bakardade eta miseria sortu zuen amildegi hark!

Orain bazekien zer egin nahi zuen: zubigintzan lan egin. Hasteko, Teknologi Unibertsitatera joango zen. Ez zen Doeve Masterbuilder bezalako jeinua, baina gutxienez ahaleginak egingo zituen. Agian lortuko zuen beste batzuk komentzitzea eta arazoari arreta gehiago eskainaraztea. Beharbada ordurako asmaturik zegoen atzerrian bere kasurako baliagarri zen zerbait. Nolanahi ere, norabide hartantxe lan egin nahi zuen. Aitak arrazoia zuen arazoa formulatzen zuenean; orain berak ekingo zion lanari arazoa konpontzeko.

Bere aldetik, Barbara deliberaturik zegoen Mendietara joateaz. Horrek esan nahi zuen uko egin beharko ziela arte dramatikoko bere eskolei. Beste ahalbideren batean pentsatu beharko zuen. Domen ez zegoen oraindik planaz gehiegi komentziturik. Bere ustez, tamalgarria zen arte dramatikoko eskolara ez joatea, zeren horixe baitzen bere talentu eta zaletasunari hobekien zihoakiena. Gainera, izeba Charlotterekin bizitzen gera zitekeen, izan ere bere laguntza guztia eskaini baitzion ama hil zitzaionean.

—Aita ezetz esaten tematzen bada —esan zuen behin batean Barbarak—, neure kabuz joan beharko dut hurrengo karabanan. Ez dakit zergatik nire prestakuntzaz azken zazpi urteotan interes apurrenik ere erakutsi ez duen norbaitek, supituki erabaki behar duen non bizi behar dudan. Badakit bakarrik moldatzen.

—Adin txikikoek beren gurasoen baimena behar dinate karabanan bidaiatzeko —esan zuen Yonderrek zentzu praktikoarekin.

—Orduan neronek idatziko diat baimen-gutuna —erantzun zion Barbarak kementsu.

Azkenean, Barbara eta aita ados jarri ziren. Domen Mendietako bakar-apartamentu batean bizi zen. Barbara ezin zitekeen berarekin bizi, txikiegia baitzen. Pisu handiago eta erosoago bat bilatuko zuen. Aldi berean ahaleginak egingo zituen Mendietako arte dramatikoko eskoletako batean plaza bilatzeko. Hilabete batzuk geroago, neska bere aitarengana joateko moduan izango zen.

Heldu zen azken astea. Yonder eta Barbarak ia denbora guztia elkarrekin ematen zuten. Garbitu arropa eta ezinbestekoa ez zenaz gabetu egin ziren. Barbarak bere liburuetako bat oparitu zion Yonderri. Haraneko norbaitek idatziriko erlato-liburu bat zen eta kontaturiko gertakariak eszenategi horretan jazotakoak ziren. Bidaian irakur zezakeen. Domenek jo ta ke lanean jarraitu zuen departamentuan, eta beste behin bisita egin zion meatzeari. Izeba Charlotte haserre zegoen oraindik ikustea lortu ez zuelako, eta adiskide zaharretako batzuk ere kexu ziren berentzat astirik ez zeukala zirudielako.

Alde egin baino bi egun lehenago, Yonder Barbararekin hirian barrena zebilen bitartean, kolpe bizi batzuk entzun zituen hiriko jatetxe baten leihoan. Egun batzuk lehenago Mislaid ikusi zueneko jatetxe bera zen. Eta han zegoen berriz ere poeta leihotik deika. Oraingoan barruan eserita zegoen. Hurbildu eta ezkerreko zangoa iheltsoturik zeukala ikusi zuten.

—Zer berri? —galdetu zuen Yonderrek.

—Onik ezer ez. Zangoa matxuratua zeukaat —esan zuen Mislaidek begia kliskatuz, baina Yonderri begiratu gabe—. Hau duk orduan Barbara eder hori. Zera baina zoliago... —jarraitu egin nahi zuen, baina Yonderrek berehala moztu zuen.

—Ez dik atsegin poesia.

—Zera pasatzen da —esan zion Barbarak— horri ez zaiola gustatzen niri inork loreak botatzerik. Zera baino zoliago... Nola jarraitzen du, Mislaid? Ez haiz minduko horregatik, Yonder, ezta?

—Inor baino zoliago eta ilargia bezain eder. Txairo eta xarmangarri, baina nirekin ez duzu nahi ezer—errezitatu zuen Mislaid, irribarrez.

—Oraingoz atsegin ditut zure bertsoak —esan zuen Barbarak—, baina nik dakidan baten aurpegia ikusita, entzulegoak ez du aho batez onartzen iritzia.

—Zer esan nahi didak? —errepikatu zuen Yonderrek.

—Ikaragarria! Poeta bat joan zen paseatzera, zapaldu zuen txakur-kaka eta han joan zen lurraren gainera. Ez zion atseginik sortu, zangoa baitzion zartatu —erantzun zion Mislaidek, bere baitan bilduta eta begiak sabaian josirik.

—Aski da pareatuz. Mesedez, esaidak besterik gabe zer gertatu zaian.

—Tamalgarria duk nire talentua hik preziatzea —esan zuen poetak—. Gaur inspiraturik negok, gainera.

—Hunkiturik negok, baina disimulatu egiten diat. Erori eta zangoa hautsi duk, gaizki ulertu ez badiat. Penagarria duk.

—Bai, penagarria duk —esan zuen Mislaidek, eta berriro pertsona normalaren tonuan hitz egin zuen—. Plaza bat erreserbaturik neukaan bi egun barru irtetekoa den karabanan. Orain gelditu beharrean negok, eta oso gaitzi zaidak. Badiat fardel bat neure sorkariz, hik, antza denez, sutsuki miresten ez dituan bertsoez betea. Baina nire argitaratzailearen eskuetara iristea nahi diat. Horien zain zegok ezinegonez. Berari eramatearen mesede handia egingo al didak? Pasaiarien zerrenda ikusi diat eta bazekiat joateko asmoa duala.

—Bai, noski —esan zuen Yonderrek—, hogeita bost kilo pisatzen ez baditu behintzat.

—O, ez! Ez dik askorik pisatuko. Uste diat etzi aterako haizela South Malora trenez. Neuk eramango diat paketea geltokira.

—Ederki —esan zuen Yonderrek. Ez zion begikotasun handiegirik poetari, baina ezin zion ukatzearen zakarkeria egin ere.

—Hirekin al zihoak Barbara ederra ere?

—Hilabete pare bat geroago joango duk —esan zion Barbarak zabaltasunez.

—Alde egin beharrean gaituk —esan zuen ahapean Yonderrek. Hizketaldia amaitu egin nahi zuen beste bertso-zaparrada batek azpian harrapatu baino lehen. Gainera ezin zuen onartu Barbara hain begiko egotea gizon harekin.

—Etzira arte, geltokian.

PENA HANDIA EMATEN ZION bere aitarengandik eta Riekengandik despeditzeak. Noiz ikusiko ote zituen berriro? Aita burutik oinetaraino ogi puska bat zen. Bere diferentzia eta eztabaida guztiak gorabehera, hizketaldi interesgarriak izan zituen berarekin. Riek maitatzera iritsi zen. Mendietara heltzean bien falta sentituko zuen. Zer pena hogeita hamar kilometrotara, baina hamalau bidai egunetara bizi izatea!

—Ezin al zaitezkete etor Mendietan bizitzera?

—Ez —esan zuen aitak—. Gure tokia hau duk. Itzuliko banintz, Haranari iruzur egingo niokeela uste izango niake. Pozten nauk ingeniaritza ikasteko erabakia hartu dualako. Zubiaren alde borrokan jarraituko duala hitzematen al didak?

—Badakizu baietz. Behin baino gehiagotan hitz egin dugu horretaz, gogoratzen?

—Gogoratzen diat, eta konfidantza diat hiregan. Bazekiat harro senti naitekeela neure semeaz.

Yonderrek ez zuen ulertu zertan oinarri zitekeen azken iruzkin hura egiteko, baina Haranean nagikerian eta oporretaz gozatzen ibiltzea besterik ez zuen egin, baina jakina da aitek eta amek horrelako gauzak esaten dituztela.

Barbararen despedidak sakon afektatu zuen, baina ez zen hain tristea izan. Laster ikusteko itxaropena zuen. Egia esateko, ez hain laster... hilabete pare bat denboraldi luzea da maiteminduentzat. Baina gutxienez bazekien, denboraldi hori igaro eta gero, elkarrekin egongo zirela.

—Gutun bat bidaliko dinat karabana bakoitzarekin. Eta noizean behin telefonoz deitzen saiatuko nauk.

—Nik ere aurreztu egingo dinat deitzeko —esan zuen Barbarak.

Mendien eta Haranaren arteko eta alderantzizko telefono-deiak oso garestiak ziren kableen mantenu-kostuak oso handiak zirelako, zeren material berezizkoak izan behar baitzuten. Yonder eta Barbara ezingo ziren telefonozentralera joan dei egitera gogoak ematen zien bakoitzean.

—Nire bizitzako hilabeterik hoberenak izan ditun —esan zuen Yonderrek. Absurdua iritzi zion, baina begiak malkoz beterik zeuzkan.

—Niretzat ere bai —esan zuen Barbarak. Irribarre egin zuen—. Bi hilabete barru ikusiko diagu elkar, eta beti hiregan pentsatzen egongo nauk. Ez hadi gamelutik eror.

Joren Mislaid herrenka hurbildu zen besapean zerbait zuela. Fardelak hildako batek bezala pisatzen zuen. Yonder konturatu zen altzairuzkoa zela eta hermetikoki itxita zegoela.

—Ez al dut giltza entregatu behar? —galdetu zuen.

—Ez. Paper-zati honetan telefono-zenbaki bat zegok. Van Dissel, nire argitaratzailearen telefonoa duk. Deitzen badiok, kaxaren bila joango duk edo elkar ikusteko toki bat adieraziko dik. Gutunazal honetan diru apur bat jarri diat gasturen batzuk egin behar izanez gero: taxi, telefono eta horrelakoetan. Eta erabiltzen ez baduk, eros ezak baloi bat edo antzeko zerbait. Eta milesker.

—Ederki —esan zuen Yonderrek.

—A, beste gauza bat! —esan zuen Mislaidek—. Hobe izango duk inork ez jakitea beste poema-liburu bat argitaratzera noanik. Ez hitz egin horretaz, e?

«Bai, bai, poemak —pentsatu zuen Yonderrek—. Noiz bidaltzen dituk poemak altzairuzko kaxa batean eta giltzapean? Baita zera ere!»

Gizon hark atzeratu mentaltzat hartu zuen nonbait edo erbikiaren ordez katukia eman ziezaiokeen lau urteko umetzat.

—Uste dut argitaratzaileak zizela erabiliko duela kaxa irekitzeko —esan zuen sarkastikoki.

—Badik giltzaren kopia.

—Zangoa lehenbailehen hobetzea opa dizut.

—Milesker.

Mislaidek une hari zegozkion bertso batzuk errezitatzea pentsatu zuen, baina eutsi egin zion gogoari. Ez zuen gehiago nekarazi behar mutila. Ez zen leloa, argi zegoen. Gainera, Yonderrek bira eman zuen eta bere neskarekin hitz egiten ari zen. Neska zoragarria, noski. Joren Mislaid herrenka urrundu zen geltokitik. Beste abagune hobe batean bertsoak errezitatzeari itxaron beharko zion.

GAMELUEN GAINEAN EMANDAKO egun guztiak berdinak ziren. Lehen etapan Yonderrek bidaiaren erritmoa berraurkitu zuen: ahalik eta gutxien mugitu, ordubetez behin urtragu pare bat hartu, beren tonu aldakorrekin ageri ziren sail hareatsuei begira egon. Urrunean, eskuinaldeko ikuskizunak itsasoa zirudien: hondartzako olatuak ere ikusten ziren, bits zuriarekin eta guzti. Bapatean hondarrezko laino bat sortzen zen, eta une batez dena lainopean balego bezala ageri zen, hondarrak tonalitate horiagoa hartzen zuen eta itsaso-itxura izateari utzi egiten zion. Han norbera garrantzitsuago sentitzen zen eguzkipean eserita, gameluaren mugimendua somatuz eta joan-etorrian zebiltzan irudiekin, une batean ikusi eta beste lilura bati leku egiteko handik gutxira desagertzen zirenekin horizontea begiztatuz. Gero, paisaia malkar eta harkaitsuago bihurtu zen, baina hondarra bazegoen eta ugari gainera.

Yonderrek bazeuzkan hamaika gauza buruan pentsatu ahal izateko. Bidaia hastean baino zalantza gehiagorekin zetorren Haranetik. Amildegiaren ondoko une lazkarriak, azken egunetan alboraturik eduki zituenak, orain indarrez agertzen zizaizkion. Beste pertsonaren batekin nahastu ote zuten? Bestela, gizon hark Yonder Sekoerri bizia kendu nahi izan zion. Zergatik? Egin al zion norbaiti berak kalterik? Ala norbaitentzat arriskuren bat ote zen? Birak eta birak ematen zizkion arren, ez zuen lortzen nola eta zergatik gertatu zen ulertzea.

Doeve Masterbuilderren gurasoengan pentsatu zuen berriro eta era berean haiek ikustera joan zen Joren Mislaid eroan. Bai pozik ikusiko lukeela kaxaren barrukoa! Baina ezina zen. Gainera, giltza izanda ere, erabiliko ote zuen? Ez seguraski. Hori ez zen bera portatzeko era. Doilorkeria bat zeritzan norbaitek beragan jarritako konfidantzari iruzur egiteari.

Bere aita eta amarengan ere pentsatzen zuen. Bere aita ezagutu ondoren, ulertzen zuen zergatik ez zuten elkarrekin jarraitu. Orain txanponaren bi alderdiak ikusten zituen. Haranera joan aurretik, barrenean bere amari botatzen zion errua. Aita benetan gizon ona zen; areago, amak ez zuen inoiz ukatu. Baina orain konturatzen zen amari ez bide zitzaiola batere erraza gertatu urtea joan eta urtea etorri bere arrazoiketa konplikatuak jasatea. Riekek bezala erreakzionatzen jakin behar zen. Honek ez zion inoiz zuzenean kontra egiten. Txantxaren bat egiten zion edo tea egiten hasten zen edo aurpegi serioa jartzen zuen, burua beste zerbaitetan jarrita zeukan bitartean.

Barbararengan ere pentsatzen zuen. Egia esan beragan pentsatu baino gehiago amets egiten zuen, emozioa eta fantasiaren olatuetan murgildu. Ordu luzetan gera zitekeen horrela nekatu eta aspertu gabe. Egunak bizkor zihoazen Yonderrentzat.

Arratsalde gehienak Domenekin egoten zen, baina beste pertsonarik ere ezagutu zuen. Karabanan Domenen ezagun bat zihoan: Huibert Tappenier. Lorimer & Bazkideko enplegatua zen eta enpresaren ordezkari zen Haranean. Yonderrek ez zuen interesik txikienik ere gizon horrenganako sentitu. Bazuen aurpegian halako arbuio-keinu bat eta nagusitasunez hitz egiten zion Yonderri. Bazuen sargune bat ere kokotsean. Ez zen zulotxo maitagarri horietako bat, baizik eta barrutik beti zikin zegoela ematen zuen zulotzar sakona.

«Tira —pentsatzen zuen Yonderrek—, begi onez ikusiko banik, ziur negok horren kokotsari zoragarri iritziko niokeela».

Domenek enpresaren bitartez ezagutzen zuen Tappenier eta berarekin ongi samar moldatzen zela ematen zuen. Gutxienez, sarritan ikusten ziren elkarrekin ahapean eta barrezka. Yonderrek nahiago zuen beste ezagutu berri batekin, Gerrit Lichteveld jaunarekin ibiltzea. Gizon gaztea zen, hogeita hamar urte pasatu berri, begi urdin oso alaiak, ilekizkur horail eta bibote labur zurikoa. Talentu-idorotzaile bat zen. Mendietako unibertsitateetan ikasi nahi zuten ikaslerik hoberenei bekak eskaintzera joan zen Haranera. Hautatuak jadanik iparralderantz joanak ziren aurreko karabanan, zeren eskolak irailean hasten baitziren. Bera luzaroago gelditu zen hurrengo urteko taldearen ahalbideak aztertu ahal izateko.

—Mendikoen detaile on bat da, ezta? —esan zuen Yonderrek, bere herrialdeaz harro.

—Halaxe duk —erantzun zuen Lichteveldek—. Ez gaituk hain gaiztoak. Unibertsitatera joaten al haiz?

—Teknologi Unibertsitatera joan nahi dut.

—Orduan Haranean hautaturiko ikasleak ezagutuko dituk. Kontuz ibili, oso azkarrak dituk.

HAMARGARREN EGUNA ATSEDENERAKO hartu zuten Fourth Dayn, West Malorako azken tramua baldintza onetan egin ahal izateko. Yonderrek palmondo bat aurkitu zuen oasiaren ertzean eta haren alboan jarri zen Barbarak oparitutako liburua irakurtzeko. Hainbesteraino metatu zitzaion hondarra inguruan, non bera ia zulo batean eserita zegoen eta inork ezin zuen ikusi. Handik ordu batera Domen etorri zen, norabide hartarantz baitzihoan. Bazirudien bidai lagunengandik urrundu egin nahi zuela. Yonderrengandik hamar bat metrotara eseri zen; bistan zegoen ez zuela ikusi. Yonder eztula egin edo zerbait esateko zorian zegoen, eta orduan Domen oineko benda askatzen hasi zela ikusi zuen. Mutu gelditu zen.

Harriduraz begiak zabal-zabal zituela, Domenek guraize batzuk atera eta ezker oineko atzazalak mozteari ekin ziola ikusi zuen. Ez zegoen ezer arrarorik horretan. Besterik izan zen Yonder zuloan makurrarazi zuena, ikus ez zezan. Domen Compagnek ezinobeki zeukan zangoa, ez zitzaion urraturik ere nabari. Zergatik kendu zituen aurpegiko bendak orbainak artean gordin zeudela eta, hala ere, oina bendaturik edukiz erabat sendatua egon arren?

ZORAGARRIA IZAN ZEN berriro amarekin egotea, eta sekulako ospaketa egin zuten. Amak era guztietako jakiak prestatu zituen. Pozez txoratzen zegoen semea berriz ere berekin zeukalako. Oso bakarti sentitu zen amona hil eta Yonder kanpoan zegoelako. Birgit eta Jonathan, Yonder ikustera joan ziren gau hartan. Bere bidaiaz hitz egiten ari zen bitartean, Yonder aldatu egin zela konturatu zen. Barbararen eraginez izan ote zen? Edo hilabete batzuetan bere eskuko izan zelako? Edo basamortuan zehar bidaia egin zuelako, gogoeta egiteko hainbeste denbora izan zuelarik? Edota aitarekiko hizketaldietan bera baino helduago zelako sentsazioa izan zuelako? Edota amildegian gertatu zitzaionarengatik?

Argi eta garbi, itzulingururik gabe, hitz egin zuen aitaz eta Riekez, bestela min egin baitziezaiokeen amari. Barbara eta zenbat maite zuen ere aipatu zien. Zorionez, inork ez zuen barre egin, ezta ahapean ere. Ahotsaren tonutik atera zuten Yonder benetan ari zela eta zera pentsatu zuten: «Lau hilabetetan bost urte hazi balitz bezala da». Gero esan zien teknologia ikastea erabaki zuela. Uste zuen ama ados egongo zela. Hala zegoen. Birgit eta Jonathanek ere uste izan zuten erabaki egokia zela.

Senideei ekarritako opariak ateratzeko motxila desegitean, Mislaiden kaxa aurkitu zuen. Biharamunean dei egitea erabaki zuen. Baina ez zuen inork erantzun, nahiz eta goizean eta arratsaldean saioak egin. Ia iluntzaldea zen Van Dissel jaunarekin hitz egitea lortu zuenean.

—Pakete bat dut zuretzat.

—Ederki, primeran. Jakinaren gainean nengoen hi hintzela ekarlea —esan zuen Van Dissel jaunak—. Jorenek telefonoz deitu zidan. Paketea Lovendaal Armsera ekartzeko bezain atsegina izango al haiz? Bai? Ongi al datorkik goizeko hamarretan? Ederki. Bihar arte, beraz. Ba al dakik hona etortzen?

—Bai, ongi ezagutzen dut tokia —esan zuen Yonderrek—. Han izango naiz hamarretan.

Nahiago izan zuen taxian ez joatea. Hobeki erabil zezakeen Joren Mislaiden dirua, adibidez, Haranera telefonoz dei eginez. Gainera, hogei minutuko ibilaldia zen. Van Dissel jauna ordurako bertan zegoen eta berehalaxe ezagutu zuen besapean zeraman paketearengatik.

—Eser hadi, mutil, eta kontaidak nola aurkitzen den Joren nire adiskidea. Asko sufritu al zian zangoarekin?

—Ez dut uste. Ia aipatu ere ez zuen egin. Irrist egin zuela besterik ez zuen esan eta segituan pareatuak batabestearen atzetik egiteari ekin zion.

Van Dissel jauna gizen samarra zen, baina denbora guztian mugi eta mugi zebilen. Bazirudien atsedenik ez zuela buruan, eskuetan ezta sorbaldetan. Begi handi eta biribilak zituen eta beheko matrailezurra zertxobait esekita zeukan. Irribarre egin zuen pareatuak entzutean.

—Bai —esan zuen—, horrelakoa duk Joren Mislaid. Beti bertsoak egiten. Eta hemen bidaltzen zizkidak bere azken obrak. Artega negok irakurri arte. Espero dezagun liburu bat argitaratzeko adina egotea.

—Utz itzazu berriketa horiek! —erantzun zion Yonderrek. Ezin zuen gehiago. Gizon hark umegorria balitz bezala tratatzen zuen.

Van Disselek ez zuen zirkinik egin Yonderren iruzkinaren aurrean. Huskeriez hitz egiten jarraitu zuen, besoei eragiteari utzi gabe, bekokia izerdiz estalita. Yonder kafea amaitu eta zutitu egin zen alde egiteko. Van Disselek berriro eskerrak eman zizkion gehiegizko keinuz eta galdetu zion ea Jorenek nahikoa diru eman zion gastuak estaltzeko. Yonderrek baietz esan zion. Agur esan eta urrundu egin zen.

Taxi-geraleku bat zegoen Lovendaal Armsetik berrehun bat metrotara. Yonder astiro-astiro hurbildu zen.

—Taxia nahi al duzu? —galdetu zion lehen kotxeko gidariak.

—Ez, milesker. Agian hemendik apur batera bai.

Ez zuen begietatik galtzen Lovendaal Arms. Ez zuen luzaroan itxaron beharrik izan. Van Dissel irten eta, Yonderrek imajinatu zuenez, atean aparkaturik zegoen autora igo zen. Yonder berehalaxe lehen taxira igo zen eta gidariari galdetu zion:

—Jarraituko al diozu kotxe horri oharkabean?

—Ahaleginduko naiz —erantzun zion taxistak.

Ordu laurden batez segi zioten Van Disselen autoari. Azkenean, Van Disselek kanalera begira zeuden etxe handi batzuetan aparkatu zuen.

—Hemen jaitsiko naiz —esan zion Yonderrek taxistari. Ordaintzen ari zen bitartean, ikusi zuen nola Van Disselek giltza atera, ireki ate nagusia eta sartzen zen etxean. Yonder, etxea nolakoa izan zitekeen kontuak ateratzen ari zen, poliki-poliki hurbiltzen ari zen bitartean. Hau izan behar zuen atea. Zurezko plaka bat zeukan 59. zenbakiak inskripzio honekin: «Lost eta Van Dissel, detektibe pribatuak».

«Argi zegok —pentsatu zuen Yonderrek—. Joren adiskideak materiala bidali dio detektibe pribatu bati altzairuzko kaxa batean eta giltzaz itxita. Eta telefonoz : «Hemen Lost eta Van Dissel, detektibe pribatuak» erantzun ez zezaten, Van Disselen zenbaki partikularra eman zidak. Horregatik ez zidak erantzun egunez, bulegoan zegoelako».

Yonderrek ere, detektibe bailitzen, berehala pentsatu zuen: «Horrek esan nahi dik Van Dissel ez dagoela ezkonduta edo bere emazteak ere etxetik kanpora lan egiten duela; gainera ez zeukak neskamerik». Sorbaldan xaflaka egitea merezi zuen bere dedukzio distiratsuarengatik, baina bere bekokiari zaplada bat ematea egin zuen. A zer leloa! «Lost» eta «Mislaid» pertsona bera ziren. Poetaska Van Disselen bazkidea zen; Lost zen. Mislaid izengoitia hartu zuen Haranean bere ikerketak burutzeko eta Yonder Seoker bezalako inozoak liluratzeko asmoarekin bertsoak egiteari ekin zion.

Buru-belarri bere pentsamenduetan murgildurik zebilen. Zer interes izan zezakeen detektibe pribatu batek Masterbuilderren kasuan? Norbaitentzat lanean ari ote zen? Era horretako enpresa batek diruarengatik lan egin behar zuen. Nor ote zegoen prest enkargu horrengatik ordaintzeko? Edo agian pentsatzen ote zuten detektibeek, Masterbuilderren kasua argitzen bazuten, gero dirua atera ahal izango zutela? Agentziara deitzea pentsatu zuen Van Disseli gauza guzti haiek galdetzeko, baina nahiago izan zuen ez egitea, orduan behintzat.

Egiten bazuen, gizonak igarri egingo zion jarraika ibili zitzaizkiola. Ez zuen batere atsegin izango zelatatua, hain zuzen ere, detektibea bera izan zela. Alderantzizkoa izango zatekeen normalagoa. Bigarren, Mislaidekin hitz egin nahiago zuen, tira, Lostekin. Nahikoa ongi ezagutzea lortu zuen eta, gainera, egoera bere alde jarriko zen. Orain poetak jasan beharko zuen Yonder. Gainera, gauzak halako molde onez antolatuko zituen, non Yonderrek, itzultzean, «halabeharrez berarekin topo egin beharko» zuen. Lost: bai deitura bitxia!

Goiz hartan gauza askoren berri jakin zuen. Arazo bakarra zeukan: zenbat eta gehiago jakin, hainbat eta galdera gehiago sortzen zitzaizkiola.

9 *Eragimen handiko gizona*

AMILDEGIAK, lurrean irekitako zauri hark, zehar-meharka gurutzatzen zuen herrialdea ipar-mendebalderako norabidean, basamortu kiskalgarritik mendi malkarretaraino. Herriak ez zekien besterik: amildegia bere munduaren parte zen. Toki nabarmena zeukan erlato, mito eta kantetan. Batzuek uste zuten bazegoela amildegiko deabru bat, haurrak zelatatzen ibiltzen zena eta barrualdera eramaten zituena: istripuak ziren superstizio horien elikagai, erantzun erraza baitzen esplikatu ezin zitekeenerako. Kalanderren esan ohi zuten, Lovendaaletik ipar-mendebaldera hogei kilometrotara kokaturiko herri batean, amildegiko jainkosen musika entzuten zela batzuetan, soinua iristea eragozten zion haizerik ez zenean.

Amildegia ederra eta mehatxugarria zen, eta beti han zegoen. Neska-mutikoek beren kometa-kordelak lotu, muturrean harri bat erantsi eta erortzen uzten zuten lurrean irekitako pitzaduraren sakonera ulergaitzaren sentsazioa somatzeko. Batzuek uste zuten bekatuan bizi izan ziren zenduen arimak amildegi hartara zirela kondenatuak, non laino eta hodeiekin nahastu eta sakonenean zirimolatzen ziren. Beste batzuentzat, ideia hori jentilkeriaren hondakina zen eta esaten zuten amildegia goitik bidalitako zigor bat zela, Haraneko biztanleen kontra iraganean egindako delituren batengatik.

Bakoitzak gogoak ematen ziona ikusten zuen amildegian: inspirazio-iturri, esplikazio, gauza batzuk egin edo ez egiteko aitzakia. Baina beti han zegoen, jende guztiaren atzeoihal gisa, bizitzea egokitu zitzaion gainalde mugatuaren zedarri gisa.

BITZIZA NORMALTASUNERA ITZULI ZEN. Yonderrek bere teknologi ikasketak hasi zituen unibertsitatean. Zertxobait atzeratuta zebilen, hilabete beranduago hasi zelako. Gogor lan egin behar izan zuen galdutakoa berreskuratzeko. Matematikak, mekanika, eraikuntza: lan handia zeukan eta batere erraza ez zen lana. Zorionez, bere ikasturtean behialako ikaskide bat zegoen, eskolan nabarmendu zen mutil bat. Noizean behin laguntza luzatzen zion, eta igarri egiten zuen.

Nola bere bizitza aurreko urteetakoaren aldean hain desberdina zen, hartzen zituen inpresio berriengatik eta harremanetan aurkitzen zituen pertsonengatik, gertatutako guztia pixkanaka bigarren maila batean gelditu zen. Hobeto esateko, dena Barbara izan ezik. Gutun luzeak idatzi eta hurrengo karabana abiatu arte gorde egiten zituen. Ez zuen Barbararen aita ikusi Mendietara itzuli zirenetik. Domenek bere helbidea eman beharko ziokeen, baina ahaztu egin zitzaion. Guztiarekin ere, Domen ohar bat bidaltzekotan gelditu zen, elkar noiz ikusiko zuten esanez. Oraindik ez zuen izan astirik, nonbait. Barbarak esan zion telefonoz oraindik ez zuela etxe erosoago bat aurkitu eta arte dramatikoko bi eskolak beterik zeudela. Hala eta guztiz ere, urtarrilaren 12an, South Malora abiatzekoa zen karabanarekin irtengo zelakoan zegoen.

Urtarrileko lehen egunak ziren. Oraindik eskolak hasi gabe zeuden, Eguberrietako oporren ondoren. Hiruhilabete berria prestatzeko, unibertsitateko elkarteetako batek hitzaldi bat antolatu zuen. Zientzia, Industria eta Gizartearen Elkarteburua, Villerius jauna, zen gonbidatu nagusia. Yonderrek bertara joatea erabaki zuen. Aretoa betebete zegoen. Unibertsitateaz kanpoko pertsonak ere onartu egin zituzten, eta partaide ugari bildu zen. Asko eta asko elkartekide ziren, nonbait, eta elkarteburuaren hitzak entzuteko gogoa zuten. Villerius jauna hizlari bikaina zen. Industriaren interesak agertu zituen eta, hedapenez, gizarteak aurrerapen zientifikoetan, eta bereziki teknikoetan zituen interesak. Azpimarratu egin zuen oraindik Haraneko beren senideekiko harremanak hain zailak izatearen tragedia. ZEOB, kontaktu horiek hobetzeaz interesaturiko elkartearen ahaleginak goratu zituen. Oso imajina esanguratsuak erabili eta azken aurrerapenen berri bazekiela erakutsi zuen. Bukatzean, txalo beroak jaso zituen. Kultur ekintzaren gidari zen ikasleak bere presentzia eskertu eta minutu batzuetako atsedenaldia iragarri zuen. Bigarren partean, Villerius doktoreak partaideek egin nahi zizkioten galderei erantzungo zien.

Jendea tabernan bildu zen. Iskanbilaren erdian, Yonderrek Domen Compagne ikusi zuen urrunean. Jende artean bidea urratzen ahalegindu zen, baina alferrik, zeren Domen beste muturrean zegoen pertsona baten bila zebilela ematen baitzuen. Domenek Yonderrek baino lehenago lortu zuen bere helburua. Honek harriduraz ikusi ahal izan zuen Villerius doktorearekin hizketan ari zela. Yonderrek ikusi zuen bihozkoi agurtzen zutela elkar. Villeriusek Domen sorbaldatik hartu eta bira eman zion, biak jendeari bizkarra emanik gelditu zirelarik, isilpeko zerbait kontatu behar balio bezala. Yonder oraindik gehiago hurbildu zitzaien. Domenek portafoliotik dokumentu bat atera eta Villerius doktoreari nola eskuratu zion ikusi zuen. Arazo profesionalen batekin ari zirela ematen zuen, eta Yonderrek ez zien trabarik egin nahi. Baina ez ziren gai oso serioak nonbait, zeren bapatean Yonderrek entzun baitzuen barrezka Domenek nola esaten zuen:

—O, bai zera! Ez zeukaat hegatsik. Oso txarra nauk igerian. Baina ikaragarri gustatzen zaidak zaldian ibiltzea eta oso teniszalea nauk.

Yonderrek ez zuen moztu nahi izan; agian geroago izango zuen Barbararen aitarekin hitz egiteko aukera. Baina ez zuen izan. Azkenean unibertsitateko lagun-talde batekin topo egin zuen eta elkarrekin garagardo bana hartzera joan ziren. Guztiek aho batez zioten hitzaldia bikaina izan zela, eta Villeriusek distiratsu erantzun ziela egin zizkioten galderei.

—Gizon hori denean sarturik zegok —esan zuen mutil batek—. Mendietako eragimen handieneko eta ongien informaturiko pertsona dela esango niake.

Yonderrek ez zion jaramon handiegirik egiten. Zerbaitek oharkabean ihes egiten zion sentsazioa zeukan, atzematea lortzen ez zuen zerbait, esanahi harrapaezina zuen zerbait gertatu izan balitz bezalakoa. Sarri gertatzen den esperientzia da. Maiz egoten gara kezkaturik, zergatik den zehatz jakin gabe. Zerbaitek urduri egonarazten gaitu zioa jakin gabe. Arrazoia argitu ondoren, urduritasunak alde egiten du.

Arratsalde hartan gertaturiko guztia buruz birpasatu zuen, baina ez zuen gauza garbirik atera. Pentsakor itzuli zen etxera. Ama oraindik oheratu gabe zegoen. Gauetan egin ohi zutenez, ordu erdi inguruz hizketan egon ziren. Gero Yonder bere gelara joan zen. Bere mahaiko kaxoitik 17. eta 35. orrialdeak hartu zituen. Noizean behin aztertu egiten zituen, ezer berririk aurkitu gabe. Mekanikoki begiratu zien, hitzaldian pentsatzen jarraitzen zuen bitartean. Bapatean, zergatik zegoen urduri aurkitu zuen. *Vil* hitza aurkitu zuen 35. orrialdean. Ordura arte letra haiek Geusko Vilder & Leerlooierij enpresaren izenarekin bakarrik kidetu ahal izan zituen, baina gau hartan dozena bat aldiz baino gehiagoz entzun ahal izan zuen *Vil* silaba, Villerius doktorea aipatzen zuten bakoitzean. Goiko partean *kartea* letrak ere ikusten zituen. «Villerius, Zientzia, Industria eta Gizartearen aldeko Elkartea»-ri ote zegozkion? Betirako ahaztu zen Vilder & Leerlooierij enpresaz. Pentsatzen ari zena egia baldin bazen... amonak «delako Villerius» batez hitz egin zion nonbait. Halako ñabardura mespreziozko bat hauteman irudi zitzaion. Ez zen hori errespetua iradokitzen duen norbaiten hitz egiteko modua. Berak ez zukeen inoiz «Zevenhovengo delako hori» inoiz esango bere metalurgi irakaslea aipatzeko, errespetu handia baitzion. Langabezia hitza Villeriusekin erlaziona zitekeen, zeren berak zerikusi handia baitzuen enplegu-eskaintzekin eta, ondorioz, langabeziarekin.

35. orrialdean lan egiten hasi zen. Hitz-multzoak egin zituen: *Lurrikara, zubia* eta *Harana; elkartea, Villerius* eta *gizon errespetagarria; aberats, susmo* eta *polizia.* Huts egin zezakeen, baina oker ez bazegoen, dena norabide berean zihoan. Zeinetan? Handia zera zen: formulatzen ez jakitea. Agian esan nahi zuen Villerius doktorea ez zela ematen zuen bezain jatorra, bere eragimenaz abusatu egiten zuela edo antzeko zerbait. Domenen adiskidea zen, arratsalde hartan ikusi zuenez. Gutxienez, konfidantzaz tratatzen zuten elkar. Zergatik ez zen ahalegintzen Domenekin hitz egiten? Seguraski gauza mordoa zekien Villeriusi buruz. Beharbada lagundu egingo zion sortzen ari zitzaizkion susmo lauso haiek burutik kentzen. Gogaikarria zen Domenek bere helbidea ez eman izana eta ohartxo bat ere ez bidali izana. Arratsalde hartan berarekin hitz egin behar zuen. Gainera, oin bendatua nola zeukan galdetu nahi zion.

Kezkatzen hasita zegoen. Ahots setati batek esaten zion Domenengan ere bazegoela oso ongi ez zebilen zerbait. Baina nahiago izan zuen ez adituarena egin. Lehenik, begiko zitzaion eta, gainera, Barbararen aita zen. Horregatik, ahots hura isilarazi beharra zeukan eta horretarako biderik egokiena argi eta garbi Domenekin hitz egitea eta argibideak eskatzea zen. Burutapen bat izan zuen: Lorimer & Bazkideri dei egin ziezaiokeen eta Compagne jaunaren helbidea eskatu. Han jakin beharra zeukaten, bertan lan egiten baitzuen.

Ondorio horretara iritsi ondoren, oheratu egin zen. Baina buruhausteak izaten dira loaren etsairik txarrenak. Yonderrek ordu luzeak eman zituen jira eta bira lorik egin ezinik.

ANTON SIEGFRIED VILLERIUS, zientzia ekonomikotan doktore eta gizarte-zientzietan ohorezko doktore zenak, adinez hirurogeita bi urtekoak, dotore jantzita, ile zuri eta laburra, baina sargunerik gabea eta bere buruaz oso pozik dagoenaren itxurarekin, bilera bat zeukan goiz hartan Teknologi Unibertsitateko eraikin nagusian. Pozik zegoen egun hartan unibertsitateko zuzendaritza-kontseiluaren bileran administrarigoko kideek ere eskuhartu zutelako. Horrek esan nahi zuen bertara joan zirenek aurreko eguneko hitzaldiaren bikaintasuna komentatu ahal izango zutela, izan ere guztiak bertan egon baitziren. Baina bilera une hartan egitea ez zen kointzidentzia hutsezkoa. Villerius doktoreak dena aurrez prestaturik zeukan eta gauzak ordena hartan egitea lortu zuen. Gauzei aurrea hartzea, gauzak aurrez ikustea, ezertxo ere halabeharraren baitan ez uztea, beti hedeak eskuetan edukitzea, ahal izanez gero inor ohartu gabe, horiek izan ziren Villerius doktoreak beti erabilitako armak bizitzan garaile izateko.

Unibertsitateko administrazio-kontseilukidea zen; horrek esan nahi zuen bertan gertatzen zenaz informaturik zegoela. Erabaki garrantzitsuak kontseilukideak presente zirela bakarrik har zitezkeen. Bera administrarigo haren buru zenez gero, erraz antolatu ahal izan zuen bilera hitzaldiaren ondoren.

Inoiz ez zuen pentsatzen norbaitek bere portaera kritika zezakeenik, alde batetik ia inoiz ez zuelako kritikarik hartzen eta, beste alde batetik, hitzaldi ona eman zuelako, horretaz ziur zegoen. Dena ongi egiten zuen; bestela ez zatekeen hain gora iritsiko.

Zorionak atergabeak izan ziren bilera hasi aurretik, kafea hartzen ari ziren bitartean. «Distiratsu» eta «zorrotz» eta «etorria» bezalako hitzak entzun ziren. Villerius doktorea poz-pozik zegoen. Gainera, berak nahi bezala joan zen bilera. Administrarigoaren kide zen, teknologi prozesuaren baitan eragina izatea atsegin zuelako. Ikerketa teknologikoetarako eman zitekeen dirua mugatua zen eta, horregatik, interesgune nagusienak hautatu beharra zegoen. Villerius ez zen ingeniaria eta ez zuen tutik ulertzen xehetasun teknikoez, baina primeran ulertzen zituen jokoan zeuden interes orokorragoak. Ez zitzaion axola nola gastatzen ziren txanponak diru-partida handiekin zer egiten zen jakinez gero. Goiz hartan onartutako erabakiak ados zeuden bere iritziekin. Ezer berezirik ez, beti gertatzen zen bezala. Villerius doktoreak galdetu zuen ea zuzendaritza-kontseilua pozik zegoen Haraneko ikasle bekadunekin. Onarpen-hitzak entzun ziren. Oso mutil azkar eta langileak ziren eta ez zuten arazo txikienik ere sortzen. Beka-dirua ongi gastaturiko dirua zen, ez zegoen zalantza-izpirik horretaz. Mutil haiek laster hartuko zituzten aurrerapenaren lehen postuak. Mendietako jendea pozik sentituko zen haietaz baliatzeaz.

Villerius doktoreak baietz esaten zuen isilean.

Administrarigoaren burua ere oso pozik gelditu zen bileraren hurrengo partearekin. Dena aurrikusita zegoenez atera zen. Bilera amaitzean, Villerius doktoreak erlojuari begiratu zion. Oraindik goiza zen. Bilera luzeak zentzugabeak ziren. Arazoak laster konpontzen ziren eskuhartzaileek gaiak zentzuz tratatzen jakinez gero. Astia zuen ibilaldi bat egiteko hurrengo zitara joan aurretik. Atsegin zuen ibilaldiak egitea. Ariketa egin, eta ondoren zer egin behar zuen pentsatzeko aukera zeukan. Gainera, Lovendaaleko biztanleek bera ikusi eta parean kapela erantzi ahal izango zioten.

Eskuhartu behar zuen hurrengo bilera petrolio-enpresa baten ordezkariena zen. Azken urte haietan petrolio ugari aurkitu zuten Mendietan eta enpresa oso ongi zihoan. Irabazi handiak zeuden eta gero eta langile gehiago zuten. Bilerak astun samarrak izaten ziren arazoak zeudenean, eta honetan aspertzearen beldurra besterik ezin zezakeen izan. Baina planteaturiko puntuetako batek erne jarri zuen Villerius doktorea.

Zuzendarietako batek Haraneraino oleoduktua egitea proposatu zuen. Hegoaldean ez zuten petrolio-tantarik aurkitu eta horrela inportatu egin ahal izango zuten.

—Oleoduktu bat... —esan zuen Villeriusek, pentsakor.

—Bai. Aztertu dugu eta erakargarritasun ekonomiko handiko proiektua da.

—Agian zuk uste duzu alderdi ekonomikoak bakarrik kezkatzen nauela —esan zuen Villeriusek—, baina kasu honetan alderdi teknikoak kezkatzen nau beste ezerk baino gehiago. Frogatu al duzue amildegia oleoduktuaz gurutzatzea *teknikoki* egingarria den?

—Behinbehineko ikerketa bat egin dugu eta egingarria dirudi. Ikerketa gehiago egin behar dugu, baina ez du ematen arazo gaindiezinik dagoenik.

—Ederki, ederki —esan zuen Villerius doktoreak.

—Oleoduktu estu samarra beharko litzateke, airean eskegia, ehunen bat metrotara.

—Ederki, ederki.

—Kezkatua dirudizu. Zer arazo egon liteke? Ez legoke hodiaren gainean oinez ibiltzeko erarik —esan zuen zuzendariak.

—Badakit. Baina jendea ideiak izaten hasten da. Eskertuko nizueke oraingoz proiektuari inolako zabalkunderik emango ez bazeniote. Eta hurrengo bilerarako Haranak gutxi gorabehera behar duen petrolio-kantitateari, oleoduktua egiten beharko den denborari eta kostuei buruzko estudio xehea nahiko nuke.

—Jakina, Villerius doktorea, geu arduratuko gara hori egiteaz.

—Eta, berriz diot, hitzerdirik ere ez honetaz. Patxadaz pentsatu nahiko nuke. Arazoak sor daitezke.

Eskuhartzaileetako batzuek baietz esan zuten buruaz. Bazekiten Villeriusek zer esan nahi zuen. Agian zuzen zebilen.

Uste baino gehiago luzatu zen bilera. Oraingoan Villeriusek nahiago izan zuen autoa erabili, izan ere atean baitzeukan itxaroten, txoferra bolantean zuela. Lehenik, une batean umezurtz-etxera joan zen, bertako tutoreen kontseilukide baitzen. Berehala aztertu zituen kontuak zuzendariarekin batera. Defizit txiki bat zegoen; beti sortzen ziren aurrikusitakoak baino gastu gehiago.

Villerius ez zen zikoitza diruarekin.

—Badakit nondik atera ditzakegun fondo gehiago —esan zuen—. Ulertzen dut gertatu dena ez dela zure errua. Gauzak modu eredugarrian ari zara egiten. Bihar esango dizut zer erabaki dudan. Ba al dago arazo berezirik haurrekin?

—Ez, Villerius doktorea, dena ezinobeki doa.

—Pozten nau hori jakiteak. Orduan, hurrengora arte. Nire idazkariak telefonoz deituko dizu elkar noiz ikus dezakegun esateko.

—Agur, Villerius doktorea. Eta milesker.

Ordurako ordu biak ziren. Villerius Lorimerrekin bazkaltzera zihoan, bere sukaldearengatik sona handia zeukan *Sei Godaletak* jatetxean. Iritsi zenerako, itxaroten zeukan Lorimer bere adiskidea. Aurpegi biribil eta gorria zeukan eta sabel irtenegia. Haren ondoan, Villeriusek atleta bat zirudien.

—Kaixo, bazkide! —agurtu zuen Lorimerrek alaitasunez.

Askotan deitzen zion Villeriusi «bazkide», bera baitzen ia inork ezagutzen ez zuen bazkidea.

—Arratsaldeon, Harry. Pixka bat atzeratu egin nauk. Sentitzen diat.

—Ez hadi kezkatu horregatik.

Arraina hartu zuten, parrilan egina, ardo pixka batekin. Villeriusek ez zuen eguerdian asko jaten, nekaturik ez sentitu eta bere eginkizunetan hobeki aritu ahal izateko. Otordukoan oso gutxi hitz egin zuten; kafe-garairako utzi zituzten negozioak. Ohizko gaiak amaitzean, Villeriusek esan zion:

—Kezkaturik negok Swankhuisenen proiektu horrengatik. Ezin zioagu aurrera joaten utzi. Behin betirako eten behar dik. Haraneko bisitariak etortzen bazaizkiguk dena konplikatuko duk. Ez duk zuzenean niri dagokidan zerbait, baina serioki aholkatzen diat arazo hori lehenbailehen bukatzeko.

—Ados negok.

—Zenbat denboraz jarraitu behar duk orain arte bezala —galdetu zuen Villeriusek.

—Hilabete agian. Ez gehiago. Swankhuisenek beste hilabete bat gehiagoz jarraitzeko prestamenak egin dizkik. Neurri ona dela uste diat. Eta enpresak irabazi egingo dik.

—Atzo halabehar hutsez topo egin nian berarekin. —esan zuen Villeriusek—. Arratsalde erdian ikustera etortzeko esan nioan. Agian xehetasun interesgarriren batzuk emango zizkidak. Erne ibili, Harry. Ezin diagu arrisku alferrik hartu.

—Baina gizon hori oso baliagarria izan diagu —baieztatu zuen Lorimerrek.

—Onartzen diat. Baina badakik ez zaidala gustatzen gauzak egiteko era hori. Tira, alde egin beharra diat. Ordainduko al duk kontua?

—Noski. Datorren astera arte. Egun berean eta ordu berean?

—Ados.

Villeriusek dotore altzariztaturiko langela zeukan. Altzariak oso modernoak ziren eta hormak koadroz estaliak zeuden. Leiho zabalak Lovendaalen ekialdeko muinoetara begira zeuden. Aztertu zuen posta bere idazkariarekin eta gutun pare bat diktatu zizkion.

—Zenbat bisita ditut gaur arratsaldean?

—Bi, Villerius doktorea. Lichtevelde jauna eta Swankhuisen jauna.

—Zer ordutarako dauka zita Lichtevelde jaunak?

—Lau t'erdietarako.

—Orduan, honez gero itxaroten egongo da. Bihar jarraituko dugu honekin. Pasarazi nahi al duzu Lichtevelde jauna?

—Bai, noski. Gaur arratsaldean nire beharrik izango al duzu?

—Ez, ez dut uste. Ea Berg hortik dabilen eta tea zerbitzatzen digun. Joan zaitezke etxera. Bihar arte.

Lichtevelde jauna sartu zen, Haranerako bidaian eguzkian beltzarandua. Eseri eta te apur bat hartu zuen.

—Tira, Gerrit —esan zuen Villeriusek—, bibotearekin jarraitzen duala ikusten diat.

—Atsegin diat —esan zuen Lichteveldek—. Halakoren batean kenduko diat.

—Sentitzen diat lehenago ezin ikusi izana. Zenbat denbora duk Haranetik itzuli haizela?

—Hilabete pare bat, Villerius doktorea.

—Unibertsitateko kontseilua pozik zegok hautatutako ikasleen errendimenduarekin.

—Pozten nauk! —esan zuen Gerrit Lichteveldek.

—Ez diate arazorik ikasketekin. Nola zihoak gainerako guztia?

—Ahal nuen guztia egin nuen, Villerius doktorea. Luze eta zabal hitz egin nuen hautagai bakoitzarekin eta bere ideia eta portaeren berri izaten saiatu nintzen. Zazpi kasutan zalantzak izan nituen behar bezain egonkoiak ote ziren: talde aktibistatako mutilak ziren, «Harana Haranekoentzat» elkartekideak edo antzeko antolamenduetakoak. Nahiago izan nuen ez arriskatzea eta ezabatu egin nituen zerrendatik. Tamalgarria da, zeren ahalmen intelektual handiko mutilak baitziren. Beharbada hoberenak.

—Ongi egina, Gerrit. Ez dugu Mendietan aktibistarik nahi. Pentsa al genezake, orduan, ekarri dituzun ikaslerik gehienak Mendietan geldituko direla titulua lortu ondoren?

Gerritek atseginez eman zion baiezkoa.

Villeriusek zarrastelkeriatzat zeukan Mendietako dirua Haraneko ikasleak prestatzen erabiltzea, baldin eta gero beren herrialdera itzuli eta lortutako ezaguerak han praktikan jartzen bazituzten. Gerrit Lichtevelde gorritu egin zen pozaren pozez. Ohore bat zen Villerius doktorearen onarpena pertsonalki hartzea.

—Beste kikara bat te?

Baina Lichteveldek bazekien elkarrizketa amaitu zela. Ez zuen nahi Villerius doktoreak behar-beharrezkoa baino denbora gehiago gal zezan, eta konplimentuzko hitzekin uko egin zion gonbidapenari.

—Egin dituzun gastuen ordaina aste honetan bertan sartuko dizugu kontuan. Datorren urtean ere zurekin kontatzerik izango al dut?

—Atsegin handiz, Villerius doktorea.

Bakarrik gelditzean, Villerius denboraldi batez paseatzen ibili zen gelan barrena. Lichtevelderengan fida zitekeen. Aurrekoa baino askoz hobea zen, ez baitzuen izan hainbesteko gaitasunik pertsonak ezagutzeko eta ez baitzen izan hain atsegina ere. Lichteveldek zehatz-mehatz zekien zer espero zuten beragandik. Bazekien zer zen baliagarria Mendientzat, inork azaldu premiarik gabe. Abertzalea zen, eta zorigaitzez bere modukoak oso gutxi gelditzen ziren jadanik. Bestalde, ez zen izango zailtasunik fakturaren igoera justifikatzeko. Seguraski, Lichteveldek gastuetako hartu zuen diruaren ehuneko hamarra baino gehiagorik ez zuen gastatu. Ez zegoen hartan inolako legearazorik. Ez zen inor arazo horietan sartzen eta kopuru hain kaxkarra ez zen kontzientzi arazoak sortzeko modukoa. Gainera, Lichteveldek ez zukeen onartuko beste baldintza batzuetan lan egiterik.

Villeriusek pentsatu zuen zer egin zezakeen arratsalde hartan. Emazteak asteroko *bridge*-saioa zeukan, eta oraingoan bere etxean zen. Seme-alabak aspaldidanik bizi ziren etxetik kanpora. Dagoeneko zazpi biloba eman zizkioten eta oso harro zegoen haietaz. A zer pena, Charles, bere bigarren semeak, hainbeste denbora kasinoan ematea. Villeriusek barren-barrenetiko higuina zion jokoari. Edozein pertsona errespetagarrik ez luke dadoen edo erruleta baten menpean erori behar. Nork bere ahaleginaz konpondu behar ditu arazoak, zoriaren eskutan utzi gabe.

«Arratsalde bikaina Kalanderrera joateko», pentsatu zuen. Bere ahuleziatxoa zen, bere zaletasun kuttuna, erabat justifikatu ezin zuen zerbait; baina ez zuen baztertzen ahaleginik ere egiten. Atera deitu zioten. Atezainak Swankhuisen pasarazi zuen.

—Pasa eta eser hadi, Swankhuisen. Ordu honetan har al dezakek koparik?

Swankhuisenek erlojuari begiratu, irribarre egin eta esan zuen:

—Arauak ez betetzeko egiten dituk. Nire araua ez duk seiak arte ez hastekoa, eta seiak laurden gutxi dituk. Lizentziatxo batek ez ziok inori kalte egiten.

Jerezedaria zerbitzatu eta berehalaxe negozioez hitz egiteari ekin zioten. Bi gizonek primeran ezagutzen zuten elkar. Swankhuisen bezero hotza ere bazen, bere buruaren kontrola inoiz galtzen ez zuen horietakoa. Villeriusek miretsi egiten zuen kualitate horrengatik. Berak ere ez zuen inoiz nerbiorik galdu, azken berrogei urteetan gutxienez.

—Baduk ahaztu behar ez duan beste zerbait, Swankhuisen —esan zuen—. Gure arteko aldeak ez dituk helburuei baizik metodoei buruzkoak. Nik hori lehenago jakin izan banu, ez huen gertatuko.

Swankhuisenek irribarre egin zuen.

—Horregatik informatu diagu berandu samar, bazekiagu nola gustatzen zaion egitea gauzak. Dena arauen ildotik eginbeharrekoa duk. Noski, noski. Laster ahaztuko duk dena eta inork ez dik ezer jakingo gaiaz. Hago lasai.

—Lasai egongo nauk horrekin ofizialki zerikusirik ez dudan bitartean. Gauza bat esango diat, Swankhuisen. Duela zenbait denbora epaileak delitutzat hartuko lukeen zerbait egin nian. Orduan egin beharra neukala uste izan nian. Eta oraindik ere hala uste diat. Baina luzaroan kezkaturik egon ninduan. Ez zaidak batere gustatzen.

Bigarren jereza edaten ari ziren. Ia zazpiak ziren.

—Alde egin beharrean negok —esan zuen Swankhuisenek—. Emaztea afaltzeko itxaroten izango duk. Agur!

—Ederki. Agur! Swankhuisen, argi eta garbi hitz egingo diat. Berriro kirurgia estetikoa egizak. Aurpegiko orbain horiek erabat desitxuratzen haute.

—Milesker aholkuarengatik, Anton. Agur.

Ohitura zuenez, poliki-poliki itxi zuen atea.

10 Domen Compagne

BI egun pasatu ziren. Udaberriko goiz eguzkitsua zen. Hiru egun falta ziren unibertsitatera itzultzeko. Yonderrek ordu pare bat eman zituen lanean eta orain bere gelan eserita zegoen, Barbaragan pentsatzen, bi egun geroago Mendietarako bidaiari ekitekoa baitzen. Zoragarria izango zen Lovendaalen eduki eta sarritan ikusi ahal izatea. Aurreko astean, Yonder amildegiaren ertzean izan zen. Handik argi eta garbi nabari ziren Godelingeneko argiak, bestaldean; harrikada batera zeudela esan zitekeen. Zoratzeko modukoa zen. Hain hurbil, eta hala ere hain urrun. Barbarak bi aste beharko zituen bidaia egiteko. Batzuetan, hosinaren ertzean zegoenean barrote artetik besoak ateratzen dituen presoa balitz bezalako zerbait sentitzen zuen tormentatzeko eraman dioten janarira iritsi ezinik.

Aita joango ote zitzaion West Malora itxarotera? Berak ere joan nahiko luke. Horretarako, Domenekin harremanetan jartzea izango zen hoberena. Erabakia hartuta zeukan. Telefono-zentralera joan eta Lorimer & Bazkideren zenbakia galdetu zuen. Eman zioten linea eta dei egin zuen. Telefonistak erantzun zion.

—Compagne jaunarekin hitz egin nahiko nuke, Domen Compagnerekin. Hor al dago?

—Noren partez?

—Yonder Sekoerren partez.

—Une bat.

Handik segundu batzuetara txaskada bat entzun zuen eta ezezagun batekin jarri zuten.

—Domen Compagnerekin hitz egin nahiko nuke.

—Esan al zeniezadake non aurkitzen den?

—Ez.

—Non bizi den? Emango al zenidake bere helbidea?

—Sentitzen dut, ez.

—Hor lan egiten du, Lorimer & Bazkiden, ezta? Noiz itzuliko da?

—Ez dakit.

—Baina —esan zuen Yonderrek, haserre samar—, ez al dago hor inor niri hori esango didanik?

—Zaude pixka bat.

Handik minutu batera ahots bera entzun zuen.

—Yonder Sekoer dela esan al duzu?

—Bai.

—Nola ezagutu duzu Compagne jauna?

—Haranean izan nintzen berarekin. Adiskidea naiz. Bere alabarekin irteten naiz. Bi aldiz zeharkatu dut basamortua berarekin. Badakit Haraneko agintarientzat lan egiten duela. Aski al duzu? Zergatik ez didazu esaten nola jar naitekeen kontaktuan berarekin?

—Sentitzen dut, hemen ez dago lagun diezaiokeen inor. Egunon.

Yonderrek eseki egin zuen, haserre bizian. Gero susmoak indarra hartu zion: gar txiki batetik hasi eta handik minutu batera infernu bihurtzen den sute bat bezalakoa zen. Bazegoen zerbait arraroa Domen Compagnegan. Bihurri zegoen zerbait. Ez zuten nahi Barbararen aita ikus zezan, baina bera erabat komentziturik zegoen bera ikusi behar zuelakoaz.

Bapatean, argitasuna izan zuen. Gizon hura ez zen Barbararen aita. Ez zen Domen Compagne. Haren itxurak egiten zituen. Baina, a zer lelokeria! Zergatik egin behar ote zuen halakorik? Zentzugabekeriak esaten ari zen. Yonderrek indarrez eragin zion buruari. «Goiko ganbaratik jota negok —pentsatu zuen—. Lo faltarengatik duk, seguraski. Zergatik nahi izan lezakek norbaitek Domen

Compagneren itxurak egitea? Benetako Compagneren postua lortzeko agian». Bera zorrotzegia zen Haranetiko metalaren erabilera kontrolatzean. Beharbada Lorimer & Bazkidek oso errentagarriak ziren beste helburu batzuetarako erabili nahi zuten.

Eta bendak? Kirurgia estetikoa Compagneren antza edukitzeko? Ez, orbainak izugarriak ziren. Nork onar zezakeen halako mutilazioak egitea? Eta oin bendatuarekiko bere portaera estrainioa? Gauza asko zegoen berak ulertzen ez zituenak. Baina berak ezagutzen zuen gizona Barbararen aita ez zela suposatuz gero, beste gauza batzuk argi gelditzen ziren. Adibidez, gizon haren kontrol eta hoztasuna. Aste batzuk lehenago emaztea istripuz hil zitzaion, bere herrialdera itzuli eta behin bakarrik joan zen hilerrira alabarekin. Eta gero Barbarak aipatzen zuenean bakarrik hitz egiten zuen gaiaz. Eta egunero etxetik kanpora egon zen, goizean goizetik gauera arte. Ingurumen haietan, ez ote zatekeen normalagoa izango alabarekin etxean geratu izana?

Bestalde, ez zen normala Barbara Mendietara joan ez zedin egiten zituen ahaleginak. Bistan zegoen han jendeak beste izen batez ezagutzen zuela. Telefono-dei hura... ez zuen nahi inork gehiegi hurbil zekion; erantzun zion gizonak bazekien zerbait bihurria bazegoela.

Yonder dardarka ari zen, urduri baitzegoen. Baso bat ur edatera altxa zen. Une hartan erretzaile izatea gustatuko zitzaiokeen; zigarroak nerbioak baretzen omen zituen. Zerbait behar zuen lasaitzeko, urdaila nahasturik eta baldokiak taupada bizian bait zeuzkan. «Erlaxa hadi», esaten zion bere buruari. «Eseri eta hausnar ezak».

Hala hobeto zegoen. Orain sistematiko izaten ahalegindu behar zuen. Lehen galdera: demagun Domen Compagne, edo hobeto, basamortuan ezagutu zuen gizona, ez zela esaten zuena; non zegoen egiazko Domen Compagne? Bigarren galdera: zergatik erabiltzen zuen gezurrezko Domen Compagnek oin sanoa bendaturik? Hirugarren galdera: zer ondorio izango zituen hark guztiak Barbarentzat, batez ere laster iristen bazen Mendietara? Zera...

arriskutsua izan zitekeen berarentzat. Salto bat egin zuen, kartera aztertu eta telefono-zentralera abiatu zen tximista bezala. Barbara ere izeba Charlotterekin bizi zen. Ez zuten telefonorik, noski, baina bazuten hurbil telefono-zentral bat. Zentral horiek bazituzten mandatu-mutilak, dei bat hartu behar zutenean interesatuei abisatzen zietenak. Barbara etxean egotea espero zuen.

Aulki batean, telefono-linea eman behar zioten kabinari begira-begira eseri zen. Begirada josita zeukan, seinalea noiz entzungo ezinegonez. «Tira, bizkor ibili», marmar egiten zion ahapean telefonistari. Hiru ordu laurden pasatu ziren. Denboraldi hartan zerebrua jo ta ke lanean aritu zitzaion. Oso garbi eduki behar zuen esan beharrekoa, zeren bi minutu bakarrik izango baitzituen Barbararekin hitz egiteko. Denboraldi hori igaro ondoren, deiak oso bizkor igotzen ziren prezioz eta berak ezin zuen ordaindu.

Telefonoak jotzean, indarrez hartu zuen aurikularra. Baretasun ederra hartu zuen bestaldean Barbararen ahotsa entzutean.

—Barbara, oso galdera garrantzitsu bat egin behar dinat. Ez zegon azalpenetako astirik. Hara zer den: hire aitak ba al zekin igerian?

Barbara bere onetik irtenda jarri zen Mendietatik dei egiten ziotela esateko mandatu-mutila joan zitzaionean. Yonderrek esan zion dei egin behar bazion aurrez abisatuko ziola. Izeba ez zegoen etxean. Gainera, mandatu-mutilak Barbaraz galde egin zuen. Zerbait gertatu ote zitzaion Yonderri? Edo aitari? Eta orain, galdera estrainio hura.

—Yonder, zer duk? —galdetu zuen—. Pozik negok hirekin hitz egiteaz, baina ikaratu egin nauk.

—Bai. Pentsatzen dinat, baina orain ezin dinat ezer esplikatu. Mesedez, erantzuidan. Ba al zekin igerian hire aitak?

—Arrainen pare. Egunero igeri egin nahi izaten zian. Amak esan zian behin errudun samar sentitzen zela ia inoiz laguntzen ez zuelako. Amak ez zian gogoko igerian egitea. Neuk ere ez.

—Ez alarmatu, Barbara, baina oso gauza serio bat esan behar dinat. Ia ziur nengon udan Haranean egon zen gizona, orbaindun gizona, ez dela hire aita.

Isiltasun-une bat sortu zen lineaz bestaldetik. Gero, neskak poliki-poliki esan zuen:

—Jainko maitea! Hori huen nire susmoa. Egia esateko, poztu egiten nauk hori jakiteaz —gero, tonua aldatuz, gehitu zuen—: Baina, orduan, non zegok nire aita?

—Oraindik ez zekinat. Bazekinat ehundaka galdera egin nahiko dizkidanala, baina ezin dinat esplikaziorik eman telefonoz. Mesedez, ez etorri Mendietara urtarrilaren 12an, entzuten al didan? Ez etorri. Arriskutsua izan liteken hiretzat. Karabana irtetean esan gripea daukanala.

—Egia esan ez nian joateko asmorik. Joan den astean nire... tira, gizon horrek telefonoz deitu eta esan zidaan hurrengo karabanari itxaroteko, zeren otsailaren azkenetarako izango zuela etxe handiago bat.

—Gaitzerdi! Ez ezan honetaz inorekin hitz egin. Datorren astean irtengo dun hemendik karabana bat. Gutun luze bat bidaliko dinat dena esplikatuz...

Komunikazioa bapatean eten zen. Yonderrek lasaitasunezko hasperen bat egin zuen. Orain pentsatzen hasi beharko zuen. Ez zeukan egin behar zuenari buruzko ideia-arrastorik ere.

BARBARA ESERI EGIN ZEN eta une batean negarrari eman zion Yonderrekin hitz egin ondoren. Baina laster baretu zen. Aurpegia garbitu eta gogoeta egiten hasi zen.

Orduan orbaindun gizona ez zen bere aita. Baina, zergatik egiten zituen itxurak? Ideia bitxi samarra zen, baina hala eta guztiz ere fidatu egiten zen Yonderrengan. Nolanahi ere, harriturik zegoen gizon hark zeinen maitasun gutxi sortu zion. Orain astiroago pentsatzen ari zelarik, gogoan zeukan nola batzuetan iraganeko zenbait gauza ez zituen gogoratzen, edo haietaz nola lausoki hitz egiten zuen. Eta jakina, iraganaz berak gaia ateratzean bakarrik hitz egiten zuela. Berak beti presenteaz, denboraz eta bere lanaz bakarrik hitz egiten zuen, baina ez zuen inoiz egiten bere familiaz, esate baterako. Sekula ez zuen interesik agertu aspaldiko adiskideak gonbidatzeko; «ez diat astirik», esaten zuen beti. Aitzaki tonto bat besterik ez zen; beldurra zion iraganeko gauzei buruz hitz egiteari edo norbaitek susmoa hartuko zionari. Bestalde, ez zen harritzekoa neskak aurpegia ikustean ez igarri izana ere. Hainbeste orbainekin...! Gainera, berak bederatzi urte besterik ez zituen aitarengandik aldendu zenean.

Ama bizi izan balitz, segituan igarriko ziokean... Berriro negarrari eman zion. Istripu hura... Beti ilun samarra iruditu izan zitzaion. Orain pentsatzen zuen berariaz hil zutela, iruzurtia agerian ez jartzeko.

Luzaroan negarrez jardun zuen, burua besoen gainean zuela, sukaldeko mahaiaren gainean. Ez zuen ezer egiten malkoei eusteko. Bai egintza mespreziagarria, eta ezin sinetsizko neurriraino zitala; negar egin zuen amarengatik eta halakoak egiteko moduko jendea zegoelako.

Pixkanaka lasaituz joan zen. Samina amorru bihurtu zitzaion. Errudunak aurkitu eta harrapatu egin behar ziren. Eta bere aita, non ote zegoen? Agian hura ere... Orain ulertzen zuen Yonderrek zergatik zeukan bere segurtasunaren beldurra. Mendietan mehatxu bihurtuko zen orbaindun gizonarentzat, eta bera eta beretarrak edozer egiteko gai ziren.

Yonderrengan pentsatu eta irribarre egin zuen lehen aldiz telefonoa eseki zuenetik. Yonder. Bai argia izan zela dena argitzean! Nola lortu ote zuen? Berataz oso kezkaturik ikusi zuen, bere neska txiki eta ahulaz. «Geldi zaitez lasai-lasai Haranean zer egitea komeni den nik erabaki arte». Zoragarria zen. Ahal bazuen, oraindik gauza gehiago aurkituko zituen. Baina hura arriskutsua gerta zekiokeen. Zernahi egiten zuelarik ere, arriskuan egongo zen. Ondotxo ezagutu zuen orbaindun gizona. Poliziari berri eman beharra zegoen. Ondorio hartara iritsi bezain laster, urtarrilaren 12an karabanarekin irteteko hasierako plana betetzea erabaki zuen. Tamalgarria zen iruzurtiak ere data jakitea. Yonderri ez zegoen esaterik. Baina informazioa iritsiko zitzaionerako beranduegi izango zen.

Inolako ezbairik Mendietarako bidaiak antolatzen zituen agentziara joan zen. Gelditzen al zen 12ko karabanan lekuren bat? Bai? Primeran. Aurretik egina zeukan erreserba, baina bi egun lehenago kantzelatu egin zuen. Orain berriro planak aldatu eta lehenbailehen alde egin beharra zeukan. Oraindik ez al zioten dirua bere kontura transferitu? Hobeto, horrela ez zegoen izapide gehiago egin beharrik. Adingabeko izateagatik eraman behar zuen baimenari zegokionez, ez ote zeukaten haiek oraindik beren fitxategietan? Ederki. Ez, ez, ez zuen behar instrukziorik arropaz eta bidaiari buruzko beste xehetasunez. Primeran zekien guztia. 12aren goizeko hamarretan han egongo zen West Malon. Ez zeukaten zertaz kezkaturik, haritza bezain sendoa zen. Ez zuen bidaia egiteko inolako arazorik izango. Etxeratzean, izeba Charlotte jadanik medikuaren bisitatik itzulita zegoen. Barbarak nahiago izan zuen ezer ez esatea, ordukoz behintzat, jaso zituen albiste sinestezinei buruz. Zergatik kezkarazi bere izeba gajoa? Gainera, Yonderri agindu zion ez ziola inori ezer esango.

—Aitak deitu du gaur goizean —esan zion gezurra komentzimenduz—. Azkenean, hamabian joango naiz karabanarekin. Adiskide batzuei esker, azkenean ere aurkitu du bila zebilen etxea.

Izeba Charlotte oso triste gelditu zen. Oso atsegin zuen Barbararen laguntasuna eta berarekiko egonaldia oso labur gertatu zitzaion. Noiz ikusiko ote zuen berriz?

Barbarak esan zion erosketa batzuk egin behar zituela bidaiarako. Besteak beste, botila bat sagar-likore erosi behar zuen aitarentzat. Bere ahulezietako bat zuen. Ez zela oso berandu itzuliko agindu zion.

Pauso irmoz, Ekialdeko Kairantz irten zen. Misterio batzuk argitu behar baziren, berak hondar-alea jarriko zuen Haranetik alde egin baino lehen ikerketak eginez. Gauza bat gertatu zitzaion, huskeria bat iruditu zitzaiona, baina orain garrantzia hartu zuela zeritzana. Izebarekin soineko bat erostera joan zen egunean gertatu zen, Yonder bizikletaz amildegira joan zen egunean. Gogoan zuen etxetik biak batera irten zirela. Yonderrek eskuinaldera jo zuen, Cotton Wayra, bizikletaren bila, bera ezkerraldera, izeba Charlotteren etxe aldera joan zen bitartean. Bapatean, sandaliekin zihoala eta ez zapatekin konturatu zen. Etxera itzultzea erabaki zuen oinetakoak aldatzeko. Orduan bi gizon ikusi zituen kotxe aparkatu batean. Haietako bat irten egin zen. Besteak leihatilatik burua atera eta esan zuen: «Gaur gauean, Kaiako neure etxean itxarongo diat». Oraindik gogoan zuen gizon haren aurpegia: aurpegi gogorra, aho handia eta bekain iletsuak. Autoa astiro abiatu zen, bazirudien distantzia batera aurrera zihoan Yonderri ez ziola aurrea hartu nahi. Eta gizon hura Yonderri segika ibili izan balitz? Orbaindun gizona iruzurti bat zela jakin ondoren, ez zeritzan ezeri estrainio. Une hartan erabaki zuen, zerbait aurkitzekorik baldin bazegoen, berak aurkitu egingo zuela. Kaia: ia ziur Ekialdeko Kaia zela. Beste kai asko zeuden, baina norbaitek «Kaia» esaten zuenean, besterik gabe, Ekialdeko Kaia esan nahi izaten zuen.

Tokira iritsi zenean, bere buruari galderak egiten jarraitu zuen. Nondik hasiko zen? Kaia oso luzea zen, baina eraikin gehienak biltokiak ziren. Etxe gutxi zegoen. Erdialdean zegoen etxe bateko txirrina jotzea erabaki zuen. Emakume batek ireki zuen. Barbarak galdetu zuen han bizi al zen izena gogoratzen ez zuen gizon bat, garaia eta sendoa, eta bekain iletsuak zituena. Konturatu zen galdera estrainioa gerta zitekeela, baina emakumeak erabat normala bailitzen erreakzionatu zuen. Ez zeukan ideiarik nor izan zitekeen gizon hura. Barbarak galdera bera egin zuen hurrengo etxeetan ere. Batzuek begirada fidakaitzez so egin zioten. Kasu batean, atea itxi ere egin zioten galdera amaitu baino lehen. Beste emakume batek esan zion itxura hori zeukan gizon bat ikusi zuela paseatzen kalean, baina jende asko zegoen deskribapen hori zegokiona. Gainera, ez zekien auzategian bizi zen ala ez.

Hogei bat saio alfer egin ondoren, asmatu zuen. Jo zuen

txirrina eta berrogei bat urteko emakume bat irten zen, ilean erruloak, amantala eta mauka bilduak zituela. Begikoa zirudien.

—Gizon baten bila nabil. Ez dakit nola duen izena, baina Kaian bizi da. Garaia eta indartsua da, aurpegi zabala eta bekain beltz-beltzak ditu. Ba al dakizu nor den?

—Jakina, neska! Inodoor izan behar din, Tanker Inodoor.

—Ezagutzen duzu orduan. Ederki. Esango al zenidake zerbait berataz?

—Bai horixe, neska. Sar hadi. Barkatu errulo hauek. Gaur gauean senarra eta biok teatrora joatekoak gaitun. A zer gauza, nortaz eta Tanker Inodoorrez galdetzea ere! Kontuz, alfonbraren ziria solte zegon.

Hizketan jarraitu zuen Barbara eskailera pikoan gora igotzen ari zen bitartean.

—Goazeman sukaldera. Bazeukanat kafe pixka bat egina. Esnea eta azukrearekin?

—Azukrearekin bakarrik, mesedez.

Euliak pilaturik zeuden mahaiaren gaineko lanpararen biran.

—Zer jakin nahi dun Inodoorrez?

—Dena. Non bizi den, zer egiten duen...

—Hara, neska, uste dinat gauza handirik ezin dinadala esan. Duela zenbait denbora gela bat alokatu zidanan. Sei hilabetez bizi izan huen hemen. Beti garaiz ordaindu izan zidanan, horretaz ez dinat kexurik. Baina egun batean aztarnarik utzi gabe desagertu huen. Irailaren hasieran edo izan huen. Eta handiena gauza guztiak hemen uztea izan huen. Oraindik hemen zeuden. Nik berarekin lehenago ikusita neukan gizon bat etorri huen berataz galdezka, Tappenier izeneko bat. Hiru aldiz etorri huen Tankerrez galdezka. Inodoor desagertu eta handik aste batera, Tappenierri esan nionan poliziari berri eman behar zitzaiola. Berak esan zinan ez zegoela premiarik; Tanker istiluren batean sar genezakeela. Nik esan nionan agian zerbait gertatu zitzaiola, baina Tappenierrek uste zinan Tanker zerbaitengatik auzitara eraman zutela eta poliziarengandik ezkutatzen ari zela. Egia esan ez zaidan gehiegi gustatzen poliziarekin gorabeherak dituen jendea. Konturatu gabe gaizkide bihurtzen haiz. Galdetu nionan ea zer eginbehar nuen bere gauzekin eta esan zidanan hemen uzteko edo ganbaran gordetzeko. Hiru hilabeteko alokairua aurrez ordaindu zidanan eta harrez gero ez dinat haren berririk izan.

Hitz egiten ari zen bitartean, denbora guztian zamauarekin jolasean ari zen. Ustezko zimurrak lisatzen zituen, ustezko hauts-aleak garbitzen zituen edo mendela hatzaren biran biltzen zuen.

—Tappenier horrek —galdetu zuen Barbarak—, zer itxura zeukan?

—Oso tipo normala huen, ile horaila, uste dinat, ez garaia ezta apala ere. Kokots bitxi samarra zinan, bitarte sakon batekin.

Barbarak buruaz baietz esan zion. Hari gero eta taiu handiagoa hartzen zion. Kotxetik jaitsi zen gizona zen.

—Ba al dakizu zertan aritzen den Inodoor?

—Askotan galdetu zionat neure buruari —esan zuen emakumeak—. Arratsaldeak beti etxetik kanpora pasatzen zizkinan eta gaua aurreratuta zegoela etortzen huen. Normalean eguerdiko hamabiak arte lotan egoten huen. Zertan aritzen zen galdetzen nionanean, erantzuten zidanan: «Merkataritzara». Egia esan —eta ahotsa beheratu zuen konfidentziaren bat egin nahi balio bezala—, zerbait arraroa zegoela uste dinat. Drogak edo horrelako zerbait. Tappenierrek gauza bera pentsatu behar zinan. Bestela, utziko zidanan poliziari abisatzen.

—Ba al dakizu non aurki dezakedan Tappenier?

—Ez. Zergatik aurkitu nahi dun Tanker? Nola habil bere bila, bere izena ere jakin gabe?

Barbara harritu egin zen lehenago galdera hura egin ez izanaz. Ez zitzaion erantzun bakar bat ere bururatzen. Adiskide baten adiskideaz zerbait marmarka esan zion eta segituan agur egin zion. Bazirudien emakumeak ezin ziola jadanik gauza handirik kontatu.

Kalean aurkitu zenean, une batez pentsatzen jarri zen. Baldin eta Tappenierrek Yonderrekin zerikusiren bat bazuen, edo hobeto esanda Yonderrek aurkitu zuenarekin, seguraski Mendietara joango zen. Agian zerbait jakin zezakeen basamortuko bidaiak antolatzen zituen agentzian.

Egun berean bidai agentziara joan zen bigarren aldiz.

—Zerbait ahaztu al zaizu? —galdetu zion lehen harrera egin zion arduradunak. Artxibategi baten ondoan zutik zegoen, fitxak aztertzen. Beste bat ari zen jendeari harrera egiten.

Barbarak galdetu zion ea begiratu bat ematen ote ziezaiekeen azken hilabeteetako pasaiari-zerrendei. Ordurako irtenbide bat prestatua zeukan, hori zergatik egin nahi zuen galdetzen bazioten. Baina gizon hura oso adeitsu izan zen eta batere jakinminik gabe. Inolako galderarik egin gabe, hartu karpeta eta eskura eman zion.

—Hemen daude zerrendak. Zerorrek begiraiezu.

Berak lanean jarraitu zuen. Barbarak karpeta ireki eta bizkor kurritu zituen izen-zerrendak. Bai, han zegoen Huibert Tappenier. Bai interesgarria! Yonderren eta... bere orbaindun gizonaren karabana berean joan zen. «Tappenier, Lorimer & Bazkide», irakurri ahal izan zuen. Beraz, berak ere Lorimerrentzat lan egiten zuen. Orduan, orbaindun gizonak ere ezagutzen zuen eta Yonderri segitzeko agindu zion. Edo Lorimer & Bazkideren instrukzioak jarraitu zituen. Yonder ez zen konturatu norbaitek segitzen zionik, bestela Barbarari esango ziokeen. Beti zihoan bere pentsamenduetan murgildurik, eta ia ez zen inguruan gertatzen zenaz ohartu ere egiten.

Ez zitzaion gustatzen aurkitzen ari zena. Delako Inodoor hura Mendietara joan ote zen? Ezin izan zuen bere izena pasaiari-zerrendetan aurkitu, baina gerta zitekeen izen faltsupean bidaia egin izana. Beste zein tokitan egon zitekeen? Bestalde, polizia haren bila bazebilen, ez zen karabanarekin bidaiatzea erraza izango. Poliziak arazorik gabe jakin zezakeen nork egin zituen erreserbak, bera une hartan egiten ari zenez.

Nolanahi ere, Yonder espiatzeko ahaleginarekin zerikusia zuen batek eta orbaindun gizona Mendietan zeuden orain. Yonderrek berak baino arrisku handiagoa zuen. Bazen besterik ere. Bere aita oraindik bizi bazen, Mendietan egongo zen. Horrek kezkatu egiten zuen. Ama hil egin zuten, ez zuen horretaz inolako zalantzarik; aita ere hil egin ote zuten? Gero eta erabaki irmoagoa zuen Mendietara joateko. Izugarria zen bidaiak bi aste irautea. Izugarria zubi bat ez izatea.

Urduri etxeratu zen, sartu bere gauzak motxilan eta urtarrilaren 12aren zain jarri zen.

URTARRILAREN 26KO ARRATSALDEA ZEN. Yonder eta ama, bazkaria bukatu eta biak ontziak garbitzen ari ziren. Txirrina entzun zen. Yonderrek atea ireki zuen. Barbara aurkitu zuen, eguzkiak errea eta begi distiratsuekin.

Harrituegi zegoen hitzik esan ahal izateko.

—Barbara Compagne naiz —esan zuen berak—, Haranekoa. Pozten naiz ezagutzeaz.

—Jainko maitea!

—Pasa naiteke?

Elkar besarkatu zuten. Hartu zion motxila eta amari aurkeztu zion Barbara.

—Beraz, azkenean hamabiko karabana hartu ahal izan huen. Baina esan ninan nik...

—Pozten haiz ni ikusteaz, ala ez?

—Jakina pozten naizela, baina...

—Arrazoi bat nian bidaia aurreratzeko. Berehalaxe azalduko diat, baina orain nekatuegi negok.

Ez zen egia nekaturik zegoela. Yonderren amaren aurrean ez zuen hitz egin nahi.

—Horixe —esan zuen Yonderrek—. Eser hadi, goseak hiltzen egon behar dun.

Theresak esan zuen oraindik bazeukala jateko zerbait despentsan. Yonder sukaldera joan zen janaria berotzera eta ama eta Barbara aretoan gelditu ziren arretaz hiz eginez, elkar ezagutzen saiatuz.

—Yonderrek asko hitz egin dit zutaz —esan zuen Theresak.

—Baita niri ere zutaz.

—Bakarrik egin al duzu bidaia? Esan nahi dizut ea ez al zenuen ezagutzen karabanan zetorren norbait.

—Ez —esan zuen Barbarak—, baina bidaia horietan azkenerako ia mundu guztia ezagutzen duzu.

—Hebaindurik egongo zinen.

—Hasieran bai. Gero ohitu egiten zara. Orain ez dut ezer somatzen.

—Ezagutzen al duzu Yonderren aita ere?

—Bai; sarritan ikusten genuen elkar, Yonder Haranean zegoenean. Oso begiko nuen.

—Eta zure aita —esan zuen Theresak—, West Malon itxarotera joan al zaizu?

—Beno... ez. Iparraldean egon beharra zeukan. Asko sentitu du. Horregatik etorri naiz hona, egun pare bat hemen egiteko itxaropenarekin.

—Bai horixe. Oso ongi. Nahi duzun denbora guztian gera zaitezke.

Theresa pozik zegoen. Atsegin zuen norbaiten laguntasuna izatea eta Barbarak oso inpresio ona egin zion. Ez zien usainik hartzen Barbara kontatzen ari zitzaion azpikeria eta errukizko gezurrei. Ez zen izatez fidakaitza, eta Barbarak berezko erraztasuna zeukan istorioak asmatzeko.

Yonder zerbait jateko beroarekin itzuli zen. Barbararentzat, hamabost egunez jaki lehorrak, gaziak eta latakoak jan ondoren, hondar haiek litxarreria batzuk ziren. Pixka batean mintzatzen jarraitu zuten, baina hizketaldia beheraka joan zen. Bistan zegoen Barbarak eta Yonderrek gauza asko zutela elkarri kontatzeko eta Theresak traba egiten zuela. Bera segituan konturatu zen. Laura bere adiskidea ikustera joan behar zuela esan zuen, kultur elkartearen urteroko bilerarako oraindik zintzilik zeuzkan arazoak konpontzera.

Yonder eta Barbara apur batean elkar besarkatuz egon

ziren. Baina Yonderren jakinminak gaina hartu zien sentimenduei. Zer ari zen gertatzen jakin nahi zuen.

—Kontatuko diat —esan zuen Barbarak— baldin aurrena erantzuten badidak azken hiru asteotan barrua erre didan galdera bati erantzuten badidak. Zergatik galdetu hidan ea nire aitak igerian bazekien?

—Haranetik itzuli nintzenean —esan zuen Yonderrek— halabeharrez ikusi ahal izan ninan, hire aitatzakoa egiten zuen gizon horrek, oina erabat sano zeukala, inolako lesio, zauri eta ezer gabe. Benda zerbait disimulatzeko zerabilen. Gogoan al dun beti kexuka ari zela zangoa zeinen astiro ari zitzaion hobetzen esanez? Geroago, Mendietan, bera ohartu gabe ikusi ninan. Halabeharrez izan huen, ez zelatan nengoelako. Norbaiti nola esaten zionan entzun ninan ez zuela igerian egitea atsegin, nahiago zuela zaldian ibiltzea. Eta Lorimer enpresan oso era estrainioan portatzen hituen berarekin hitz egiten ahalegindu nintzenean. Ez zekitenan ezer beratаz, ez nor zen, ezta non bizi zen ere. Eta une hartan gauza batzuk ulertu nizkinan. Gogoan ninan noiz edo noiz entzuna nuela hire aita igerizale amorratua zela eta tamalgarria zela igerian ezin egin ahal izatea oineko zauriarengatik. Zazpi urte hituen Haranean ez zegoela. Bere itxura fisikoaz harri zitezkeen adiskideak engainatzeko, orbainetara jo zinaten. Igeriarena gelditzen huen. Asko harritu egingo hituen bere kirol gogokoena ez praktikatzeaz. Bazituen zauriak aurpegian, zergatik ez jarri benda bat zangoari ere? Horrela konpontzen zen igeriketaren arazoa. Nik neuk baninan zerbaiten susmoa, baina hik nola esaten hidan hire aita oso igerizalea zela, zalantza guztiak uxatu egingo nizkinan. Horregatik egin ninan galdera.

—Oso azkarra haiz —esan zuen Barbarak—. Lehen unetik jakin ninan arrazoia huela. Sumatu egiten nian. Sekula ez nian maitasunik sentitu gizon harenganako.

—Bai, gogoan dinat nola esan huen. Negarrez egon hintzen egun hartan izan huen.

—Bai, gogoan diat. Izugarri pozten nauk nire aita ez izateaz. Ez nian sekula maitatu ahal izango. Izotza baino bihotz hotzagoa dik. Beldur nauk neure aitari ez ote zaion zerbait gertatu.

Bere ama nahita autoaz harrapatu ote zuten susmoaren berri eman zion. Yonder ados zegoen berarekin. Lehendik ere bazuen susmoa. Ikaragarria zen.

Une batean isilik egon ziren. Gero Yonderrek galdetu zion:

—Zergatik etorri haiz?

—Nik neukan arriskuaz hitz egin hidan. Handiago duk hirea. Gainera, neure aita bilatu nahi nian. Bestalde, gizon horrek ez zekik non nagoen. Horrela seguruago gaudek.

—Bost minutu baino gutxiago beharko linake. Aski din karabanako pasaiari-zerrendari begiratzea, eta tentelenak ere igarriko linake hire izena ikustean nirekin egongo haizela. Iruzurtia izango dun, baina ez dun batere leloa.

—Oraingoz uste dik Haranean nagoela lasai-lasai hurrengo karabana noiz irtengo zain.

—Zerk pentsarazten dik arriskuan nagoela? —galdetu zion Yonderrek.

Etxearen aurrean ikusi zituen bi gizonez eta Ekialdeko Kaira egindako bisitaz hitz egin zion. Berak hitz egiteari utzi zionean, Yonder hutsartera begira-begira zegoen.

—Ikaragarria, ezta? —esan zuen neskak.

—Bada, zer gertatu zen kontatuko dinat.

Laburki arratsalde hartan amildegian zer gertatu zen kontatu zion. Oraindik dardarka jartzen zen amildegira botatzeko asmoarekin gizon hura jaisten ari zen bitartean eta amildegira erori zenean pasatutako beldurraz gogoratzean. Ezezagun hark bazuen izena: Tanker Indoor.

—Beraz orain hilda zegon —amaitu zuen—, ni...

—Heuk hil huela esan nahi huen, hori ez duk egia! —oihu egin zuen Barbarak gartsuki—. Heure burua babestu behar izan huen. Gizon hark asasinatu egin nahi izan hinduen. Agian berriz ere ahaleginduko dituk, gehiegi dakialako. Ikusten al duk orain nolako arriskuan hagoen?

«Arrazoia dun», pentsatu zuen Yonderrek. Ez zuen berriro pentsatu nahi izan egun zorigaitzeko hartan amildegian gertatutakoaz. Nahiago izan zuen beste norbaitekin nahastu zutela pentsatu. Baina, barrenean, lehen unetik zekien bere buruari ziria sartu nahian zebilela.

—Zer uste dun: egin behar dugula? —galdetu zuen.

—Oso argi zegok —esan zuen Barbarak—. Poliziara joan behar diagu. Nire aita non dagoen jakin nahi diat.

Noski, poliziara. Begibistan zegoen. Biharamunean egin beharreko lehen gauza zen.

Izan ere, biharamun goizean biak Zadelhof inspektorearen aurrean eserita zeuden, polizi komisaldegian. Kosta egin zitzaien inspektorearengana iristea, eta asasinatze batekin zerikusia zuen zerbait zela esan zutenean, orduantxe utzi zien pasatzen.

—Asasinaketa oso gauza larria da —esan zuen Zadelhofek—. Nor asasinatu dute?

—Nire ama —esan zuen Barbarak.

—Zu Haranean bizi zinen, ezta? Nolatan bizi zen zure ama hemen?

—Ez, bera ere Haranean bizi zen. Baina krimena hemen prestatu zela uste dut.

—Hobe izango duzu krimena nola gertatu zen kontatzetik hastea.

Barbararen amaren ustezko istripuaz hitz egin zuten, bere aitatzakoa egin zuen orbaindun gizonaz, harramaskadarik eduki gabe bendaturik zerabilen oinaz, amildegian gertaturikoez eta Yonderrek Lorimer & Bazkiderekin izandako telefono-hizketaldiaz.

—Compagne jaunik ez balego bezala portatu ziren —amaitu zuen Yonderrek—, eta nik badakit Haranaren ordezkari ofiziala dela enpresan.

Zadelhof inspektoreak arretaz entzun zien.

—Aspaldi honetan entzun dudan istoriorik estrainioena da —esan zuen—. Agian egon liteke esplikazio logikoren bat gertatuarentzat. Xehetasun guztiak aztertuko ditut.

—Noiz izango ditugu zure berriak? —galdetu zuen Barbarak—. Oso kezkaturik nago neure aitarengatik, egiazkoarengatik.

—Ulertzen dut. Zerbait jakin bezain laster, ezagutaraziko dizuet.

Jaso zuen Yonderrek helbidea eta eskua emanez agurtu zituen.

Alde egin zutenean, telefonoz dei egin zuen zita bat atzeratzeko eta Lorimer & Bazkidera joan zen. Arazo handiegirik gabe hartu zuen Lorimer jaunak bere bulegoan.

Inspektoreak ezagutzen zuen Lorimer bistaz, baina ez zuten inoiz elkar agurtu. Poliziak gogoratzen zuen baino oraindik gizenago zegoen Lorimer. Idazkariak Zadelhof pasarazi zuenean, Lorimer mahaitik altxatu zen bere esku mamitsua inspektoreari luzatzeko.

—Eser zaitez —esan zion. Besaulki pare bat eta mahai biribil bat seinalatu zizkion gelaren bazter batean.

—Zertan zerbitza zaitzaket, inspektore jauna?

—Domen Compagne jauna, Haranak zure konpainian duen ordezkaria non ikus dezakedan jakin nahiko nuke, Lorimer jauna —esan zuen Zadelhof inspektoreak.

Lorimerrek harriturik begiratu zion. Ala agian harridura-itxura bakarrik egin zuen? Inspektoreak arretaz behatu zuen mahaiaz bestaldeko aurpegi biribila, zeinean begi txikiek tarta biguinegi batean murgilduriko arakatzak zirudíten.

—Ez al dakizu? Compagne jauna duela bi hilabete hil zen lantegian gertaturiko ezbehar negargarri batean.

—Lovendaaleko poliziak ez du ezbehar horri buruzko informazio txikienik ere izan —esan zuen hotz eta motz inspektoreak.

—Sentitzen dut. Uler ezazu, biktima bakarra Haranekoa zenez gero, bere jaioterrian jakinarazi genuen. Egokiagoa izango zatekeen aurrena zuri aditzera ematea. Baina badakizu nola izaten diren gauza horiek. Zehatz hitz eginez, ez genuen hemengo poliziari berri eman beharrik. Enpresak ez zion inolako zabalkunderik eman nahi gaiari, ulertzen duzu...

Eten bat egin zuen, inspektorearen onarpena espero balu bezala. Baina honek ez zirudien prest zegoenik hori egiteko.

—Azaldu nahi al didazu zehatz-mehatz zer gertatu zen?

—Nola ez! —esan zuen Lorimerrek mespreziozko tonuz eta ahotsari bere burua enpresari garrantzitsutzat zeukanaren segurtasun osoz. Oso lasai zegoen, zeren egiaren parte handi bat esan baitzezakeen ezbeharra deskribatzean—. Joan den maiatzaren hogeita seian leherketa bat izan zen gure lantegiko sotoetan. Edo hobeki esateko, ez zen izan leherketa bat zehazki. Potentzia handiko baterietako batek zirkuitulabur bat izan zuen. Segundu gutxitan egundoko berotasuna jaregin zuen. Une hartan bi pertsona zeuden sotoan: Haranaren ordezkaria, Compagne jauna, eta gure enpresako kide bat, Swankhuisen. Esan berri dizudanez, dena oso bizkor gertatu zen, eta lehen laguntzak iritsi zirenerako, Compagne jauna hilik zegoen. Swankhuisenek zori hobea izan zuen, nahiz eta erredura handiak izan aurpegian eta, oker ez banago, baita oin batean ere. Ikaragarrizko oinazeak izan zituen, baina egun hartan kontrol harrigarria erakutsi zuen. Ospitalean sartu aurretik berak berri eman zion Compagneren familiari, oso adiskide baitzituen, eta baita Haraneko poliziari ere.

—Ez zuen ez bata eta ez bestea egin —esan zuen inspektoreak.

—Ez nekien.

—Ez zuela horrelakorik egin errepikatzen dizut.

—Tamalgarria —esan zuen Lorimerrek—. Orain ulertzen dut. Behin baino gehiagotan galdetu dut zergatik ez duten Haranetik beste begiralerik bidali. Ez da gure egitekoa ordezkoa bidal dezatela eskatzea. Gainera, begiraleak ez dira beharrezko. Enpresak zorrotz betetzen ditu Haranak titanioa emateko ezarritako baldintzak.

—Zure lankidea den Swankhuisen —esan zuen inspektoreak Lorimerri begietara zuzen-zuzen begira—, Haranera joan zen eta, aurpegia orbainez beterik zuela, Domen Compagne bailitzen ibili zen.

Lorimerrek ahora eraman zuen eskua. Inspektorea aktore txar baten keinuz oroitu zen.

—Zer diostazu? Izugarria da. Bai gustu txarreko broma! Zergatik egin ote du?, galdetzen dut. Zer asmo izan ote zezakeen?

—Uste dut Haraneko agintariak engainatu nahiko zituela. Eta uste dut, Lorimer jauna, zu jakinaren gainean zeundela eta partehartu ere egin zenuela gertakarietan.

Lorimerrek harro-itxurarekin begiratu zion.

—Baina hori frogatu beharko duzun salaketa da. Inoiz ez naute hain gauza lotsagarriz salatu. Honez gero amaitu duzulakoan nago, ezta?

—Swankhuisenen helbidea lortu nahi nuke. Une honetan hementxe bertan lanean ari ez bada behintzat —esan zuen Zadelhofek maltzurki.

—Zaude pixka bat.

Lorimer gelatik irten eta txartel batekin itzuli zen. Inspektoreak hartu, bira eman eta alde egin zuen. Eskuratu zioten helbiderantz abiatu zen. Faltsua zen, noski. Hilabeteak ziren Swankhuisen ez zela han bizi. Nora zihoan esan gabe alde egin zuen.

—Alferrikako bidaia hau egin beharrik ez neukan —marmar egin zuen inspektoreak. Itzuli bulegora, Swankhuisenen deskribapen bat diktatu, Yonder eta Barbararen hitzetan oinarrituz, eta gizon hura bila zezatela agindu zuen. Gero berriz irten zen, oraingoan Yonderren etxera. Jo zuen txirrina eta, zailtasun handiarekin, aita zortzi hilabete lehenago hil zela kontatu zion Barbarari. Adorezko hitz batzuk esan ondoren, alde egin zuen, neskatila bere saminarekin utzirik.

11 *ZEOB*

BIHARAMUNEAN, Villerius eta Lorimer eserita zeuden *Sei Godaletak* jatetxean, elkarrekin afaltzeko, astero bezala.

—Zerbait higuingarria esan behar diat —esan zuen Lorimerrek.

—Zadelhof inspektorearena. Entzun diat zerbait.

—Zerbait entzun duala? Jainkoarren, nola litekek?

—Harry maitea, hainbeste denbora pasatu ondoren ezagutu beharko nindukek: nire armarik hoberena informazioa duk. Hik erabili dituan metodoen aldean askoz hobea duk. Nik neure neurriak hartzen dizkiat guztiaz informaturik egoteko.

—Orduan badakik Zadelhofek badakiela Swankhuisenek Haranean egindakoa.

—Bai —esan zuen Villeriusek—, baina ez zekiat zer esan hioan Zadelhofi.

—Jakina, enpresak ez daukala batere zerikusirik horretan. Ezin duela ezer frogatu. Swankhuisenek bere kabuz egin zuela. Hori izan huen hitzartua eta, harrapatzen badiate, gure bertsio bera errepikatuko dik. Eta egiten ez badu ere, ez zeukak ezer idatzirik enpresa konprometitzeko modukorik.

—Hala ere uste diat kirtenkeria bat izan zela legezko kanpoko bideetara jotzea —esan zuen Villeriusek.

—Bai, noski —esan zuen bazkideak, haserre—, baina ez ezak ahaztu zer egin huen herorrek orain hogeita bost urte. Gainera, aitortu beharrean hago mesede egin digula. Bapatean aukera azaldu huen eta hartaz baliatu egin gintuan.

—Eta orain Haranak askoz ere begirale zorrotzago bat bidaltzen baziguk? Edota, oso litekeena dena, horniketa erabat eteten bazigutek?

—Kasu horretan ere irabazian aterako gintuzkek. Sakon esperimentatu dizkiagu orain arte hartutako materialak. Geure defentsa-sistema propioak hobetu ditzakegun punturaino iritsi gaituk. Egin ditugun erreserbak aski dituk beste produktu interesgarri bat jaurtitzeko. Arma berri horiek fabrikatik irtendakoan, Haraneko agintariak su eta gar protesta egingo diate, zalantzarik gabe; baina orduan beranduegi izango duk. Ezin izango diate ezer egin. Enpresak irabazi bikainak lortuko dizkik eta, Villerius maitea, pentsa ezak Mendietako defentsaren alde ari garela lanean. Herrialde honetako hiritar on haizen aldetik, ez diat uste axola ez zaianik.

—Ez horixe. Ederki, ez dezagun gaiaz gehiago hitz egin. Egina egina zegok. Hori bai, saia hadi enpresa auzitegiez kanpo edukitzen. Niri dagokidanez, eskuak garbitu egiten dizkiat. Nik ez diat ikustekorik izan horrekin guztiarekin, ados?

Lorimerrek baietz esan zion buruaz. Batzuetan Villerius akabatzeko gogoa sentitzen zuen. Gizon sakratua. Itxurazale porrokatua. Baina bere sentimenduak disimulatzen ahalegintzen zen.

Edalontzia jaso zuen.

—Topa! Mendien eta Lorimer & Bazkideren garapen eta aberastasunerako!

—Hire osasunerako!

Arratseko eguzkia lehioetatik sartzen zen eta, berentzat eta beren herrialdearentzat ona zenaz, hain ziur zeuden bi gizon haien aurpegietan isladatzen zen.

LOVENDAAL ETA AMILDEGIAREN arteko distantziarik laburrena hamabi kilometrokoa zen. Autoz ordu erdi baino askoz gehiago ez zen behar. Bizikletaz, berrogei bat minutu behar ziren, eta oinez, ordu pare bat. Igandetan, eguraldi ona zenean, jende asko joaten zen bizikletaz edo oinez. Azken berrogei urteetan betetzen zen ohitura bat zen, amildegiaren bestaldea ikustea galarazi zuten lurrikararen ondorengo laino eta hodei lodiak altxatu zirenean. Jendea betaurrekoekin joaten zen bestaldera begiratzera, hondamendiaz geroztik ikusi gabe zeuzkan senide eta adiskideak nabarmentzeko asmoarekin.

Denborarekin ikuskari turistiko bihurtu zen. Eguraldiak laguntzen bazuen, txangoa oso atsegina izaten zen. Jende ugari biltzen zen. Jolasguneak sortu ziren Haranaren Ikusmira edo Hosinaren Ikusmira bezalako izenekin, amildegiaren ertzean terraza handiak zituztela, hesiez babesturik. Bazeuden txanponak sartuz hiru minutuz funtzionatzen zuten prismatikoak ere. Handik Haranaren alderdian eraikitako kafetegiak ikusten ziren eta terrazak eta igandetan ikuskizunaz gozatzera joaten ziren jende-taldeak. Freskagarriren bat ere har zezaketen, haurrentzako izozkiak erosi edota eguzkipean arratsalde atsegin bat eman ere bai.

Beste leku ugari zeuden Mendietako eta Haraneko biztanleek elkar ikusteko, eta berorietan asko kexuka eta aritzen ziren eta sumindu egiten ziren elkarrekiko harremana eragozten zuten kilometro ergel haiek gaindituko zituen zubirik ez zegoelako. Birgit eta Jonathan senaremaztegaiak ziren garaian, Jonathanek Haranera joan behar izan zuen sei hilabetez bertan lan egitera. Leku jakin bat hautatu zuten igande arratsaldetan urrunetik elkar agurtzeko ikuspen ona zegoenean. Sarritan egiten zuten. Baina oso esperientzia gogorra zen: han prismatikoekin egon, elkar ezagutu, besteak ongi segitzen zuela egiaztatzearen poza sentitu, gero ezintasunaren menpean gelditu behar izateko. Zubia balego, pentsatzen zuten, hamar minutu barru elkarren besoetan egongo liratekeela. Aitzitik, hilabete luze haietan itxaron behar izaten zuten hori egiteko unea iritsi arte. Amildegi madarikatua! Ingeniari tentelak, zubi bat egiteko gauza ez zirenak! Haraneko guraso asko pasatu ziren esperientzia hartatik: han hiru urte lehenago etxetik joan eta bidaia ordaintzeko dirurik ez zuelako oraindik itzuli gabe zegoen bere semeari begira egotetik.

Mendietako ama asko hara joaten ziren Haranean ezkondurik zeuden bere alabei, agian amonak bere magalean inoiz eduki ez zituen bilobez ingaturik zeudenei begira egoteko. Haraneko merkatari txikiek bestaldera, jendeak dirua zeukan alderdira, begiratzera joaten ziren, izan ere han erraz salduko baitzituzketen beren emaitzak garraiatu ahal izanez gero.

Mendietako ezindu ugari joaten ziren, Haranaren hegoaldeko senda-urekin amets eginez, non hartuko baitzituzten hezueri-oinazeen kontrako bainuak; arazoa karabanaz bidaia ezin egin izatean zegoen.

Herrialdearen historia bitan banatzen zen: lurrikararen aurrekoa eta ondorengoa. Berrogeita hamar urte edo gehiago zituztenek gogoan zuten lehen aldia; adin gutxiagokoek, gehienek beraz, kontatutakoa bakarrik ezagutzen zuten garai hartaz. Batzuetan barre egiten zuten adinekoenez eta hondamendiaz aurretik bizitza zeinen ederra zen esanez kontatzen zituzten istorio hunkigarriez. Haien iritziz, lehen dena hobea izan zen. Idealizatu egiten zituzten garai haiek, orduan ere jendea borrokan ibili zela ahaztuz, edo gaixotasunak izan zituela eta hil egiten zela. Horregatik, adinekoek nahiago izaten zuten gazterik inguruan ez zeuden uneak, berak bakarrik zeudeneko aintzinako garaiak gogora ekartzea.

Haraneko albisterik garrantzitsuenak zuzenean iristen ziren telefonoz eta hurrengo egunean Mendietako egunkarietan agertzen ziren. Garrantzi txikiagokoak Haraneko egunkarietan iristen ziren, zenbait astetako atzerapenarekin. Horregatik, Mendietako biztanle askok ez zuten Haranean gertatzen zenari buruzko interesik, eta alderantziz. Hala eta guztiz ere, bazegoen Mendietako pertsona-talde bat kezkaturik Haraneko arazoak segitzen zituztena eta haientzat soluzioak bilatzeaz arduratzen zena. Elkarte bat sortu zuten Haranekoekiko harremanak hobetzeko helburuarekin. Oraindik zubia eraikitzea posibletzat, arazoa teknikoa baino ekonomikoagotzat jotzen zen garaian sortua zen. Elkarteak ZEOB zuen izena. Orain, zubia teknikoki ezinezkoa zela uste zelarik, ZEOBeko kide gehienek jadanik ahazturik zeukaten inizialak «Zubia, eta oraintxe berton» esloganari zegozkiola.

ZEOBek honela lortu nahi zituen bere helburuak:

Haranarekiko telefono-kontaktuak gero eta errazago eta merkeagoak ziren. Oraindik gutxi ziren beren telefono propioa zutenak; elkarrizketa gehienak zentral batetik egiten ziren. Mendien barruan deiak azkarrak ziren eta ez garestiegiak. Baina norbaitek Haranera dei egin nahi bazuen, konferentzia eman arte luzaz itxaron behar izatea gainera, diru asko ordaindu behar izaten zuen. Zergatik ez zeukaten telefono-linea gehiago? Ez ote zitezkeen zertxobait garestiago kobratu Mendien barruko elkarrizketak superavit hori Haranerako deien kostuak murrizteko erabiliz?

ZEOB aspaldian borrokan ari zen, gutunak bidaltzeko sistema lasterrago bat eraikitzearen alde. Elkarteak uste zuen egingarria zela hodi bat eta kable bat amildegiaren gainetik hedatzea. Gutunek aireaz bultzaturik hodian zehar zirkulatuko zuten, edo kordel baten bidez, edo beste edozein sistemaz. Harana eta Mendien arteko komunikaziorako egundoko eragozpena zen gutunek lautik sei hilabeterakoa behar izatea iristeko. Gainera, karabana gehiago ere behar ziren eta erdi prezioan gainera. Uste zuten gobernuak diruz lagundu behar zituela nola edo hala.

Baina ZEOBen egitekorik nagusiena behin eta berriz ekitea zen, beharrezko ikerketak gara zitezen zubia egiteko material egokienei buruz.

ZEOBeko kide gehienek ez zuten zuzeneko interesik Haranean. Ez zuten seniderik bertan eta ez zuten lurralde hartan beren negozioak zabaldu beharrik ere. Zentzu horretan lan egiten bazuten, gizakorra eta duina ez zela uste zutelako zen alde bateko eta besteko biztanleak prismatikoez elkarri begira egotekoa. Onartezina zeritzaten Haranekoak, beren anaia-arrebak, pobrezian bizi behar izateari amildegiaz bestaldetik jaioak zirelako bakarrik. Ogi gainean zabaltzen zuten marmeladari gustu txarragoa hartzen zioten pentsatzen zutenean bestaldean arazoa ez zela zein marmelada ogian zabaldu, baizik ogirik izango zuten ala ez.

Askoz gehiago mugitu beharra zegoen, argi eta garbi uzteko, Mendietakoek ez zeukatela inolako asmorik Haranekoek miserian hondoa jo zezaten, pentsatzen zuten ZEOBeko kideek. Gaiari buruzko panfletoak idatzi eta bilerak egiten zituzten. Mendietako agintariei galderak egiten zizkieten, Lovendaaleko udalari eta beste hirietakoei ere bai. Beren kezka ulerkuntzaz eta errespetuz hartzen zuten, baina besterik ez. Ahal zuten guztia egiten zuten, baina zoritxarrez ez zegoen ahalbide handirik. Gutunak trukatze-sistema ideia bikaina zen. Estudio bat egingo zen, baina ez omen ziren ahaztu behar zeuden arazo teknikoak eta horrek eskatuko zituen egundoko gastuak ere. Mendien barruan telefono-deiengatik gehiago kobratzearen ideia, Haranerako deiei laguntzeko kontutan hartzekoa zen; hala eta guztiz ere, horrek atzeratu egingo zuen neurri handi batean Mendietako telefono-sarearen hedakuntza. Baina, bai, ideia ona zen. Adorea galtzekoa zen ikustea nola guztiak ados zeuden, baina inork ez zuen ezer egiten. Batzuetan, ZEOBeko kideek uste izaten zuten Mendiak tauleria eskerga bat zela milioika botoirekin eta dena zerbait gerta zedin sakatu beharreko botoia jakitean zetzala. Ba al zegoen sistema ezagutzen zuen jenderik? Nortzuk ziren? Ala gauzak bere kasa gertatzen ziren, inork erabakirik hartu gabe?

Birgit eta Jonathan ZEOBeko kideak ziren azken sei urte haietan, Jonathan Haranera joan zenetik. Ez ziren kide jardunkorrenetakoak; bere izaera arruntak eragotzi egiten zien. Ez zen ia inoiz bileretara joaten. Hala ere, ZEOBeko buruaren, Karel Wildschuten, adiskide onak ziren. Hau hogeita sei urteko gizon gazte ilegorri, bizargabe eta zurbila zen; etsita zegoen oraindik aknea jasan behar izaten zuelako. Baina horrek ez zion traba egiten bere kemen eta denbora libre guztia elkarteburu izateak eskatzen zizkion lanetan buru-belarri murgiltzeko.

Arratsalde batean Birgit eta Jonathanekin hizketan egon zen. Errieta egin zien aurreko bileran partehartu ez zutelako eta hauek hurrengoan, hutsik egin gabe, partehartuko zutela hitz eman zioten. ZEOBen jarduera desberdinen arrakastaz hizketan egon ziren, eta eguraldiaz, eta Karelen lanaz (Lovendaaletik hurbil zegoen herri batean irakaskuntza ertaineko ikastetxe batean eskolak ematen zituen) eta egoera politiko orokorraz. Gero, hizketa berriz ere Haranera, amildegira eta elkartera itzuli zen.

—Jenderik gehienak ez du ezertxo ere jakin nahi —zioen Karelek—. Suhartasun handiz ematen dute baiezkoa, denak ados daudela dirudi. Baina gero kopakada bat hartu eta gauzak zeuden-zeudenean uzten dituzte.

—Gu ere errudunak gara —esan zuen Birgitek apaltasunez—. Horiek bezalakoak gara, badakit.

—Ez; zuek bestelakoak zarete, benetan —esan zuen Karelek—. Nagi samarak, baina gutxienez sinesten duzue horretan. Aldiz, badut susmoa jende asko pozik ez ote dagoen gaurko egoerarekin. Ez dute esaten; badakite ez dutela esan behar. Ofizialki, guztiek nahi dute zubia. Baina, benetan nahi al dute? Demagun, bihar bertan daukagula zubia. Haraneko haur guztiak gure ikastetxeetara etorriko lirateke. Gure diru-sarreren parte bat beren txabolak egokitzen gastatu beharko genuke. Ulertzen al duzue?

—Mendietako jendeak ez duela nahi zubirik egoterik esan nahi al duzu? —galdetu zuen Jonathanek.

—Horixe bera.

—Hori dela zubirik ez egotearen arrazoia ere esan nahi al duzu? Nahi duen nahiko jende ez dagoelako?

—Ezin dut zientifikoki frogatu —esan zuen ZEOBen buruak—, baina ez nintzateke harrituko.

Wildschuti begira gelditu zen Birgit. Gehiegitzen ari zen, pentsatu zuen. Nahimena bera bakarrik ez da aski harri bat bestearen gainean ezartzeko. Bazirudien Karelek pentsamendua irakurri ziola, zeren honela jarraitu baitzuen:

—Inolako zalantzarik gabe bagenekien hemendik urte batera edo bitara, Mendietan ez dela jatekorik izango, eta aldiz Haranean ugari izango dela, ez al duzu uste denboraldi horretan lortuko genukeela amildegiaren alde batetik bestaldera jatekoak pasatzeko aukera emango ligukeena? Hodi bat, amaigabeko zinta bat, edozer gauza.

Birgit pentsatzen egon zen. Teknikak egundoko ahalbideak eskaintzen zituen; gauzarik sinesgaitzenak asmatu ziren.

—Agian arrazoia izango duzu —esan zuen.

—Eta lortuko bagenu —esan zuen Karelek—, ez al duzu uste komunikabide hori erabiliko genukeela datozen bost urteetan zubi bat lortu arte? Beti derrigor eginbeharrekoa dela suposatuz, goseari ihes egiteko beste irtenbiderik ez legokeela.

Birgit eta Jonathan txunditurik zeuden Karelen argudioen aurrean.

—Diodana egia bada, zergatik ez diogu lanari oraindanik ekiten? Goserik ez dugulako pasatzen. Premiaz zubiaren beharrik ez dugulako. Edo okerrago dena, Haraneko arazoetatik aparte egotea komeni zaigulako.

Jonathanek baietz esan zuen buruaz.

—Beste hitz batzuetan esateko —esan zuen—, Haraneko jendeak zubia egiteko interesa izatea, ez da behar den besteko arrazoia guk egin dezagun.

Azkenean iritsi ziren elkarteari indarrean eusteko inoiz baino arrazoi gehiago zegoela. Agian denbora gehiago eman behar zien trataturiko gaiei, besteei serioski beren usteak zeintzu ziren pentsarazten ahalegindu behar zuten.

—Baina —esan zuen Jonathanek —alderdi praktikoa ez da begietatik galdu behar. Denbora luzea behar da jendearen mentalitatea aldatzeko. Ideia bat bururatzen zait. Nahi al duzue entzutea?

—Bai horixe —esan zuen Karel Wildschutek.

—Uso mezulariak, uso mezulari tipikoak. Karabana guztietan bidal genitzake. Uso horiek hegaz egin dezakete Lovendaaletik Godelingenera bost minututan. Ez al litzateke komunikatzeko era ona?

—Bikaina! —esan zuen suharturik ZEOBen buruak—. Nola ez zait lehenago bururatu? Mendietako agintariek gamelu bat gehiago ordain dezakete karabana bakoitzean, eta hori uso-kaiolaz beterik joango litzateke. Axola ez badizu Villerius doktoreari iradokiko diot. Bihar dut berarekin zita.

—Oso ongi deritzat —esan zuen Jonathanek, bere proposamenak izan zuen harrerarengatik, poz-pozik.

Hirurek hizketan segi zuten zenbait orduz, gero eta adore handiagoarekin; beti izaten da atsegina hitz egitea elkarren arteko adostasuna dagoenean.

ZEOBen buruak aldizkako bilerak izaten zituen Villerius doktorearekin, izan ere beti agertu izan baitzuen interes handia elkartearekiko. Beti zegoen prest bere iritziaz laguntzeko, eta zenbait alditan dirua ere lortu zuen elkartearentzat. Sarritan esaten zion Wildschuti zer pertsonak eman ziezaioketen informazioa ere. Villerius doktoreak itxuraz oso harrera ona egin zion uso mezularien ideiari, eta aste hartan ikustera joateko eskatu zion, zeuden ahalbideen berri izan eta jarduera hartarako zeintzuk ziren usorik egokienak jakiteko. Villeriusek biologoari abisatuko zion Karelen bisitarako, plana aurrera eramateko beharrezko informazioa prestaturik eduki zezan. Karel Wildschutek eskerrak eman zizkion Villerius doktoreari eta agur esan zion. Arratsalde erdian, De Bouter adiskide biologoaren etxera joan zen Villerius. Azaldu zion plana eta zorakeria bat besterik ez zela esan zuen amaieran. Jendeak telefonoak erabil zitzakeen premiazko mezuetarako. Usoen zarramaltza guzti hori denborapasa bat besterik ez zen batzuentzat, gainera gastuak gobernuak ordaindu behar izatearen alde txarrarekin. De Bouterrek baietz esan zion buruaz. Ados zegoen epai harekin.

—Zer deritzak? Gauza izango ote huke uso bat, kaiola batean sartuta, hamabost eguneko bidaian bizirik irauteko basamortu kiskalgarrian zehar? —galdetu zuen Villeriusek.

—Hori bere janariarekin izan beharreko arretaren baitan zegok —erantzun zuen De Bouterrek.

—Hoberena kontuz erreakzionatzea izango huke Wildschten planaren aurrean —esan zuen Villeriusek—. Horrela hoztu egingo zaizkiek beren berotasuna.

De Bouterrek baietz esan zuen buruaz beste behin. Biek primeran ulertzen zuten elkar.

12 Atzamar arinak

BARBARA oso triste gelditu zen, aita hil egin zela jakitean. Orbaindun gizona ez zuela aita jakitean baino askoz tristeago. Aspaldidanik zuen susmoa, beldur zen. Ikaragarria zen, baina berriak ez zuen harritu. Yonder eta Theresak kontsolatu egin zuten ahal bezain ongi eta distrakzioren bat bilatu zioten. Theresak pena sentitzen zuen hain denbora laburrean ama eta aita galdu zituen neskarengatik. Bera ere kezkaturik zegoen. Yonder eta Barbarak ezin izan zuten estaltzea lortu bien artean zeukaten gauza susmagarri hura. Ez zekien ziur zer, ezta zergatik ere, ez zuen jakin ere nahi. Bera halakoxea zen. Berak ez zuen galdetzen, eta semeak ez zizkion gauzak kontatzen. Baina mehatxu bat hautematen zuen neska iritsi zenetik. Barbara xarmangarria zen, noski, eta begikotasun handia zion, baina zer gertatu zen entzun ondoren ez zuen nahigabe handiegirik sentituko alde egiten bazuen.

Barbara lasaitu egin zen, gutxienez, aita istripu batean hil zela jakitean. Kontsolamendu oso eskasa, pentsa zitekeen, baina berak hala ikusten zituen gauzak. Gehien kezkatzen zuena ama asasinaturik hil izana zen. Orain bera eta Yonder komentzituagorik zeuden asasinatze bat izan zela, eta inspektoreak ere ziurtasun osoa zuela zirudien. Barbarak ezingo zuen jasan aita era berean hil izana. Azken zazpi urteetan bera ikusi gabe egon izanak ere bazuen eraginen bat horretan. Ez zuen hainbeste sentitu. Sarritan amets egiten zuen aitatzat hartu zuen gizonarekin. Beti irudi bera ikusten zuen: aurpegiko orbainak zerrenda odoltsu bihurtzen zitzaizkion, gizonak musu eman nahi zion masailean, baina berak lasterka ihes egiten zuen, gizonak segi egiten zion, besoa luzatuz, eta ukitzera zihoan unean, neska esnatu egiten zen. Gizabidez, baina barrenean kriminal errukabea izan zen gizon batekin etxe berean bizi izan zelako sentsazio ikaragarria sentitzen hasi zelako zen, nonbait.

Yonder egunero joaten zen unibertsitatera. Theresak sarri irten behar izaten zuen lan arazoengatik. Barbara arduratzen zen etxea txukun egoteaz Theresa itzultzen zenerako; erosketak egin eta batzuetan otordua prestatzen zuen. Denboraren gainerakoa irakurtzen ematen zuen, baina ezin zion amari gertatutakoan pentsatzeari utzi. Ez zen animatzen Yonder etxeratu arte.

Aste bete pasatu zen Zadelhof inspektorearen berririk izan gabe. Theresak esan zuen:

—Mutilak, gaur atera egingo gara. Denbora gehiegi daramagu etxean otorduak eginez. Barbarak olgatu egin behar du. Gaur goizean alde zaharrean izan gara, eta ba al dakizue noren emanaldia dagoen? Eskamorena. Gaur gauean du saioa. Horretaz hitz egin zenidan, ezta, Yonder?

—Bai horixe. Barbara eta biok bere emanaldietako batean izan ginen Godelingenen.

—Ikusgarria da —esan zuen Barbarak.

—Ederki —esan zuen Theresak—. Berriz ere ikustea atsegin izango duzu. Nik bai behintzat. Joango al gara gaur arratsaldean? Neuk gonbidatzen dut.

Yonder eta Barbara pozez txoratzen jarri ziren. Yonder harritu egin zen Eskamo Haranetik hain bizkor itzuli izanaz. Bederatzi hilabete han emateko asmoarekin joana zen. Gauzak ez bide zitzaizkion oso ongi joan. Eta pentsa zitekeen dena gaizki zihoala Haranean. Ezin zitekeen pentsa Eskamoren erruz zenik. Profesionari bikaina zen, bere begiez egiaztatu ahal izan zuenez.

Zortziak laurden gutxiagotan iritsi ziren teatrora. Leihatilaren aurrean erreskada luzea zegoen itxaroten. Argi zegoen Mendietan dirua zegoela. Yonderrek bere burua eskaini zuen erreskadan egon eta sarrerak hartzeko, baina. Theresak esan zuen:

—Ez, ezta pentsatu ere. Gaur neuk gonbidatzen dut, eta erreskadan egotea gonbidapenaren partea da.

Itxaroten zeuden bitartean, Yonder eta Barbara kartelei begira ibili ziren. Teatroaren hormak eta aurrealdeko leihoak kartelez estaliak zeuden, non iragartzen ziren emanaldirik garrantzitsuenak, eta beraien artean Eskamorena ageri zen, zeina agertzen zen kapa beltz handia, kapelu altu eta errealitatean zituen baino atzamar hiru aldiz luzeagoekin. Bapatean, Barbarak besotik heldu zion Yonderri.

—Ez eman bira. Begiraiok leihoko errainuari. Ikusten al duk?

—Nor? Sekulako jendetza zegon.

—Ez bira eman. Ezagutu egingo gintuzkek. Bera delakoan negok, han dagoena, larruzko berokidun emakumearen atzean.

Yonderrek ikusi egin zuen. Iduna goratu zuen. Hegal zabaleko kapela eta betaurreko ilunak zeuzkan jantzita. Bizar luzea zeukan, bizar hain beltzak azalari kolore grisaska ematen zion. Zaila zen bere hazpegiak bereiztea iduna eta betaurrekoen artean. Baina bere jarrera, mugitzeko era, hain ezagunak zitzaizkion, non ez zuen huts egiteko inolako ahalbiderik: Domen Compagnetzat bere burua pasarazi zuen gizona zen.

—Uste dinat ez duela teatroan sartzeko adorerik izango —xuxurlatu zion Yonderrek—, polizia bila dabilkiola jakinik. Hago hor. Talde haren atzean ezkutatuko naun eta gero hurbildu egingo natzaion bera konturatu gabe.

Erantzunaren zain egon gabe urrundu zen. Zertxobait makurtu egin zen. Gizona, orain Swankhuisen deitzen zuena, ez zegoela erreskadan ikusi zuen. «A zer zortea ama izatea, eta ez Barbara edo ni, sarrerak erosten dagoena! —pentsatu zuen Yonderrek—. Bestela ikusi egingo gintuzkeen». Bistan zegoen norbaiten bila, txartelak erosi nahi zizkion norbaiten bila zebilela. Noren bila? Buruz galdera hura egiten ari zen bitartean, berriro eskutik heldu zioten. Barbara ez zen bere lekuan gelditu. Hurbildu egin zitzaion, ez baitzuen ulertzen zergatik urrundu zen beregandik.

—Noren bila ote dabil? —esan zuen Yonderrek ahapean.

—Beti galderak egin eta egin habil, eta ez zaidak gaizki iruditzen —erantzun zuen Barbarak ere ahapean—, baina nik nahiago diat kriminal hori atxilotuko duen polizia bat bilatu. Askoz lasaiago lo egingo niake gaur gauean, giltzapean dagoela jakingo baniake.

Arrazoia zuen. Yonder beti filosofatzen aritzen zen, Barbara soluzio praktikoen bila zebilen bitartean. Yonderrek bira erdi eman zuen. Ez zen poliziarik ageri.

—Baten bila joango naun —esan zuen. Orduan Barbarari heldu zion besotik.

—Hara!

Ez zegoen zalantzarik. Swankhuisenek bila zebilen gizona aurkitu zuen. Hurbildu erreskadara eta zapladaka egin zion sorbaldan gizonari.

—Tappenier dun! —esan zuen Yonderrek—, Huibert Tappenier. Haranetik etxerako bidaian ezagutu ninan. Gizon sumingarria dun. Swankhuisen eta biak ordu luzetan egoten hituen txutxuputxuka.

—Nik gure etxearen aurrean egon zen egunean ikusi nian. Gogoan al duk nola esan nian? Autoan Inodoor asasinatzailearekin eserita zegoena huen, gogoratzen?

—Hara! —esan zuen berriz Yonderrek.

Swankhuisenek hitz batzuk esan zizkion Tappenierri eta paper-zati bat eskuratu zion. Tappenierrek buruaz baietz esan eta alkandora-sakelean gorde zuen txartela. Gero, Swankhuisenek bira eman eta alde egin zuen.

—Ez bistatik Tappenier galdu —esan zuen Yonderrek presaka—. Esaion amari nire sarrera txarteldegian uzteko. Ahal dudanean itzuliko naun. Swankhuisen nora doan ikusi nahi dinat. Gero arte.

Eta Barbarak protestatzeko astirik izan baino lehen, Yonder urrundu egin zen. Barbara ikaraturik zegoen. Gizon hura edozer egiteko prest zegoen inork aurkitu ez zezan. Zer egin zezakeen Yonderrek haren kontra? Yonder indartsua zen, baina ez zeukan maliziarik. Swankhuisenek, bai. Edozertarako gai zen. Eta seguraski armaturik zebilen. Yonder atzetik segika zebilkiola konturatzen bazen, zerbait ikaragarria gerta zitekeen.

Ikusi zuen Theresak sarrerak erosita zeuzkala. Zerbait asmatu beharrean zegoen eta laster gainera. Theresak igartzen bazion semea zertan ari zen, eroaren pare jarriko zen. Barbara Theresarengana hurbildu zen eta esan zion Yonder erori eta orkatila bihurritu zuen atso bati laguntzera joan zela.

—Emankizuna jadanik ikusita dauka eta ez zaio gehiegi axola lehen minutuak galtzea —esan zuen—. Bere sarrera txarteldegian uzteko esan dit.

Theresak harritua zirudien, baina komentzitu egin zen. Joan zen leihatilara eta hantxe utzi zuen Yonderren sarrera. Gero sarrerako atera joan zen, baina Barbarak Tappenier zelatatu nahi zuen. Hogei bat pertsona zeuden haien aurretik sarrerak hartzeko. Beste istorio bat asmatu beharra zeukan. Theresaren arreta hodeien forma eta koloreetara zuzenaraz zezakeen, baina zerua erabat goibel zegoen, eta trikimailu hark ez zion balioko. Kaleaz bestalde zegoen dendara Theresa eramatea otu zitzaion erakusleihoko jantziak ikustera, baina azken unean ulertu zuen Tappenier begietatik gal zezakeela. Esan zezakeen pixka bat gehiago kanpoan egon nahiago zuela, ondoegi sentitzen ez zelako, baina Theresa zenarekin zuzen-zuzen medikuarengana eramango zuen. Pentsatzeko zeukan geldotasunak zeinen urduri zegoen erakusten zuen. Gehienetan oso erraz asmatzen zituen desenkusak, batzuetan inolako nekerik hartu gabe buruan metatu egiten zitzaizkion.

—Sartuko al gara? —esan zuen Theresak.

—Ongi da.

Teatroko sargela handian barrena paseatuz konpondu zuen arazoa, aktoreen argazkiei begira, Mendietan zegoen luxua aipatuz, ate nagusia inoiz ere begietatik galdu gabe. Tappenier sartzen ikusi zuenean, oso hurbiletik segi zion.

Une batean areto, palko eta oihal handiaren tamainak, neskatila eserarazleen gonatxoek eta entzute handiko teatroko giro guztiak zirrara eragin zioten eta ia ahaztu ere egin zitzaion Tappenier non esertzen zen begiratzea. Hogeigarren lerroan eta pasilutik zenbatuta hirugarren aulkian eseri zela, gutxi gorabehera ikusi zuen. Buruz gogoratu zuen lekua. Eseri ondoren, zehaztasun handiagoz zenbatu zuen: hemeretzigarren lerroa zen.

Itzali ziren argiak eta Eskamo agertu zen. Bost musikariz eta gerritik behera arropa asko baina gerritik gora oso gutxi zeukan neska batez osaturiko taldeak laguntzen zuen. Neskak gauzak hartzen eta uzten laguntzen zion. Haraneko egunean ez bezala, Barbarak begiak eszenategian josita zeuzkan, baina etengabe alboan zeukan eserleku hutsean pentsatzen zuen. Nola ote zegoen Yonder?

Yonderrek ez zuen zorte handirik izan: galdu egin zuen Swankhuisen. Hasieran dena ongi atera zen. Swankhuisen presaka zihoan, aurrera begiratuz. Eskuinera bira egin eta plaza gurutzatu zuen, gero Regenboog kalean barrena jarraitzeko eta Yonderrek ezagutzen zuen baina nola zeritzan ez zekien karrika batetik ezkerrera bira emateko. Ia ziur zegoen gizona ez zela konturatu inor segika zebilkionik, zeren ez baitzuen inoiz atzera begiratu. Karrikaren amaierara iristean, Swankhuisenek eskuinaldera hartu zuen eta kaleska mehar batetik behera jaitsi zen. Supituki aztarnarik utzi gabe desagertu zen. Ezta argi-errainurik ere. Iluntasuna eta hutsartea. Presaka batean ateren batetik sartu bide zen argirik piztu ere egin gabe. Yonder pixka batean ingurumari haietan zelatan ibili zen, bihotza bularretik irteteko zorian. Baina alderdi hura ez zuen batere gogoko; begiratu zion kalearen izenari eta nahigabeturik itzuli zen teatrora. Leihatilatik sarrera hartu zuen. Sartu aretoan eta bere lekura joan zen. Hain isilik egin zuen, non Barbara bera ere ikaratu egin zen alboan esertzen ikustean.

—Ihes egin zidan —xuxurlatu zion—. Eta Tappenier?

—Hemeretzigarren lerroan, hirugarren besaulkian, erdiko pasabidetik eskuinaldera.

Ez zen erraza ilunpetan ikustea, baina berdin zion. Yonderrek ideia bat izan zuen. Ez zuen ia ezer emanaldia ikusi; beste gauza batean pentsatzen ari zen.

Atsedenaldira iristean, esan zuen:

—Kamerinoetara noa. Eskamo agurtu nahi dinat. Zuek hemen gelditu; hiru gehiegi izango ginateke.

—Berriz ere ba al hoa? —galdetu zuen Theresak—. Aurrena esaidak nola dagoen orkatila bihurritu zaion andrea. Non bizi duk? Medikurik aurkitu al diok?

Orkatila bihurritu zaion andrea? Baina, zertaz ari zen hizketan? Barbarak ukalondokada bat eman zion. Jakina, bere ausentzia justifikatzeko aitzakiaren bat asmatu zuen, nonbait. Oso ongi gogoratzen zituen bere hitzak: orkatila bihurritua, andrea eta medikua. Ulertzen zuen.

—Bi kale beherago bizi da. Bazegoen etxean familiakoren bat eta bera arduratu da emakumeaz. Asko eskertu dit eraman izana. Txokolatina bat oparitu dit, baina jan egin dut.

Txokolatinari buruzko azken gezurra sobera zegoela konturatu zen. Barbararengadik ikasten ari zen; gustua hartzen ari zitzaion istorioak asmatzeari. Amak xehetasun gehiago jakin nahi zituen, baina berak Eskamo ikusi beharra zeukan eta beste behin Barbara eta ama bakarrik utzi zituen.

Aise aurkitu zituen kamerinoak. Inork ez zion eragozpenik jarri handik mugitzeko. Aurrena gela pare bat zeharkatu zituen eta bertan musikariak garagardo bana hartzen ari ziren. Eskamoren gela azkenekoa zen. Atea barrutik itxita zegoen. Deitu egin zuen. Eskamok ireki egin zuen. Eszenategian ez bezalako disfraza zeukan soinean. Afektuz agurtu zuen Yonder.

—A zer ustekabea! Yonder nire adiskide gaztea!

—Kaixo, Eskamo! Miragarria haiz oraindik ere!

—Milesker!

—Ez nekian jadanik Haranetik itzulita hengoenik. Uste nian luzaroago geldituko hintzela handik.

—Azken aldiz elkar ikustean esan nianez, gauzak ez zihoazek oso ongi Haranean eta itzulera aurreratzea erabaki nian. Hemen teatroa gauero betetzen duk. Tira, eta zer moduz hago hi? Hirekin al zegok laguna... nola dik izena?

—Barbara. Bai, teatroan zegok amarekin. Ez zioat egoki iritzi hirurak etortzeari. Jende gehiegi izango gintuan.

—Hurrengoan ez izan erreparu hori.

—Baduk beste arrazoirik ere. Mesede bat eskatu nahi diat eta ez nian amak horren berri jakiterik nahi.

—Esaidak.

—Zerbait arraroa duk.

—Ez izan beldurrik.

—Teatroan gizon bat zegok: hemeretzigarren lerroan, erdiko pasilutik eskuinaldera hirugarren eserlekuan. Paper-zati bat zeukak alkandoraren sakelan. Paper hori ikusi beharrean negok. Pentsatu diat...

—Harritzen nauk, Yonder. Ni artista nauk, ez karterista. Zerbait hartzen dudanean, beti itzultzen diat.

Yonder gorri-gorri jarri zen. Zaplaztekoak emango zizkiokeen bere buruari tentu ezagatik.

—Barkaidak —esan zion—. Mesedez, barkaidak. Tentel hutsa nauk.

Eskamo ohartu zen bere lotsaz eta aurpegira begiratu zion.

—Ederki, ederki —esan zuen—. Bazekiat ez habilela benetan. Baina esplikaidak gauza bat: zergatik duk hain premiazko paper hori?

«Ez zekiat zergatik den horren atsegina —pentsatu zuen Yonderrek—. Gizon ospetsua duk, bere aurpegia hiri guztian zehar agertzen duk karteletan, ehundaka pertsona etortzen zaizkiok gauero ikustera eta, hala ere, astia zeukak iraindu ere egin duen ni bezalako mutil ziztrin batentzat».

—Barbararen ama asasinatua diate —esan zuen. Eskamok sinesgogor zirudien, baina entzun egiten zion—. Polizia arazo horretan eskuhartu zuen gizon baten bila zebilek. Barbara eta biok arestian aurkitu diagu. Orain hemeretzigarren lerroan dagoen gizon bati paper bat eskuratu ziok. Papera alkandora-sakelan zeukak.

—Mmmm... —Eskamo pentsakor gelditu zen—. Eskuinaldeko hirugarren besaulkia?

—Tira, eszenategitik ezkerraldean, erdiko pasilutik ezkerretara.

—Zer itxura dik?

—Kokots-bizar erdibitua dik —esan zion Yonderrek.

—Ederki. Ahaleginduko nauk txartela sakelatik atera eta irakurtzen. Gero bere lekuan utziko zioat eta esango diat zer dioen. Dena ongi ateratzen baduk, noski.

—Munduko pertsonarik maitagarriena haiz.

—Eta orain hoa heure lekura. Jadanik jo dik bigarren abisuak.

—Bai. Milesker. Gero arte!

Yonder segituan itzuli zen aretora. Ama eta Barbara ordurako eserita zeuden. Diskretuki lerratu zen bere lekuraino.

—Zergatik berandutu haiz hainbeste? —xuxurlatu zion Barbarak.

—Txartela irakurtzen saiatuko dun. Ez ezan ezertxo ere gal.

Eskamok untxiak atera zituen kapelatik, neska bat erditik ebaki zuen eta gero bizi-bizirik agertu zen, medikuntzaren miraria bat bailitzen; soka-zatiak lotu zituen korapiloak ikusten ez zirela eta era guztietako trikimailuak egin zituen. Egunen batean gartzelan sartzen bazuten, ez zitzaion askorik kostako handik ihes egitea. Gero besaulkipatiora jaitsi zen. Bazirudien Haranean ikusi zuen saioa bera, gizon lodiarena, egitera zihoala.

Barbara oso urduri zegoen.

—Begira, begira. Tappenierrengana zihoak.

Yonderrek ere orduirako ikusi zuen. Ez zion zirkinik txikienak ere ihes egiten. Eskamok bere txanpon eta puxtarriekin jolasean segitzen zuen, alderdi guztietatik ateraz. Horrela jendea distraitzen zuen, erlojuak kentzen zizkien bitartean. Yonder eta Barbarak bazekiten, baina ez zuten nola egiten zuen ikusterik lortzen; bizkorregia zen. Ez zuten ikusi Tappenierren sakelatik papera hartzen ere hemeretzigarren lerrora iritsi zenean. Ikusi zuten nola irakurtzen zuen aretoaz bestaldera zihoan bitartean.

—Hartu din —esan zuen Yonderrek bero-bero.

—Bai. Hori duk hori!

Eskamok eszenategira itzuli eta zer ordu zen galdetu zuen. Erloju-multzoa zeukan eskuan. Tappenier zen galdu zuenetako bat. Nahiago izan zuen eszenategian ez gelditu Eskamoren trikimailu berriei ihes egiteko, baina bere lekura itzultzean sakelan zeraman paper-zatia.

Saioa amaitzean, Yonder laster batean kamerinora joan zen. Eskamok nekatua zirudien. Ez zen harritzekoa, hainbeste malabarismo egiteko behar izan zuen kontzentrazio handiaren ondoren.

—Sinestezina duk egiten duana —esan zion Yonderrek.

—Ikusi al nauk papera sakelatik ateratzen?

—Ez, ez ateratzen eta ez sartzen. Baina irakurtzen ikusi haut.

—Ez zian gauza handirik esaten —esan zuen magoak—. Tori, apuntatu egin diat. Zerbait esan nahi al dik hiretzat?

Yonderrek oharrari begiratu zion. Hau besterik ez zioen: *042315 Varenbaan.*

—Varenbaan Lovendaaleko kale garrantzitsu bat duk —esan zuen—, baina ez zekiat zer esan nahi duen zenbaki honek. Ziur al hago zero batekin hasten zela?

—Bai noski.

—Poliziak jakin beharko dik zer den —esan zuen Yonderrek—. Gustatuko litzaidakek nola edo hala eskertzea, baina ez zekiat nola. Nolanahi ere, eskerrik asko.

—Hago lasai —esan zuen Eskamok— eta gogoan izan: hurrengoan dohaineko pase bat eskatzera etorri.

Yonderrek pentsatu zuen zuzen-zuzen poliziara joatea, baina konturatu zen ezin ziezaiokeela garraztu Theresa elkarrekin pasatzera zihoazen arratsalde bakarra. Gainera, ez zeritzan egoki berriz ere bakarrik uzteari. Nahiago izan zuen oharraz ezer ez esatea.

—Poz handia eman dit Eskamo ikusteak —esan zuen—. Xarmangarria da.

Gauerdia pasatu zenean, ama eta Barbara lotan zeudela, etxetik irten zen. Gutunazal batean gorde zuen Eskamoren oharra. Buruz zekien. Ez zegoen ahazteko arriskurik. Ordu laurden bat behar izan zuen komisaldegira iristen. Ordu haietan ez zegoen Zadelhof inspektorea. Goardiako polizi gizonak bere etxeko helbidea eman zion. Ordu erdi batera zegoen. Ez zen urrunegi. Ilargia zegoen eta Yonderrek ez zuen eragozpenik ilunpetan orientatzeko. Gainera, bere eskubarnea bezala ezagutzen zuen Lovendaal. Etxetik irten aurretik, abisu bat idatzi zion inspektoreari eta bertan larriki azaltzen zion nola lortu zuen zenbakia eta kaleari buruzko informazioa, baina Eskamo aipatu gabe.

Inspektorearen postakutxan utzi zuen gutunazala eta etxera itzuli zen. Zorionez, biharamunean larunbata zen. Ez zuen eskolarik eta lasai geldi zitekeen ohean. Ez zion askorik balio izan. Ordu biak baino gehiago ziren oheratu zirenean eta, beti bezala, zerbait berezia gertatzen zenean, luze jotzen zion loak hartzeak. Ez zuen ohean gehiegi gelditzerik ere izan. Ama bederatzi t'erdietan joan zitzaion esnatzera. Ez bide zeraman denbora luzerik zutik, zeren oraindik txabusina jantzita eta ilea zinta batez bilduta baitzeukan.

—Yonder, esna hadi. Gizon batek ikusi nahi hau.

—E? Zer?

—Gizon bat hitaz galdezka ari duk.

Yonderrek nagiak atera eta begiak igurtzi zituen errealitatearekin kontaktua hartu nahian. Norbaitek ikusi egin nahi zuela? Jakina, Zadelhof inspektoreak: informazio gehiago nahiko zuen postakutxan utzi zion oharraz.

—Banoa.

Laster batean jantzi zituen txabusina eta abarketak, garbitu aurpegia eta egongelara joan zen.

Ez zen Zadelhof inspektorea. Joren Mislaid edo auskalo nola zeritzon hura zen.

—Kaixo, Yonder! Ohetik atera al haut?

—Oso ohartzailea haiz —esan zion Yonderrek isekati—. Poeta batek bakarrik igarriko liake. Edo... detektibe batek.

—Zer esan nahi duk horrekin?

—Ezer ez, ezer ez, Lost.

—Jakinaren gainean hago —esan zuen poetak.

—Ez duk zailegia izan —esan zuen Yonderrek—. Nola zebilek oin hori?

—Hobeto, Jainkoari eskerrak. Oreinak bezala korrika egiten diat.

—Noiz itzuli haiz? —galdetu zuen Yonderrek—. Ez hintzen 12ko karabanan itzuli, bestela Barbarak esango zidakean. Iaz itzuli al hintzen?

—Ez, atzo iritsi ninduan; karabana berezi bat izan huen, merkantziaduna. Harreman onak dizkiat antolatzaileekin eta taldeari biltzen utzi zidatean.

—Eta hemen larunbat batean aurkezten haiz goizeko hamarrak hogei gutxiagotan.

—Bai, Yonder, detektibe naizen aldetik galdera pare bat egin nahi dizkiat. Bazekiat ez naizela hire debozioko santua. Aitortzen diat ez nintzela oso ongi portatu hirekin. Ez zitzaidaan beste erremediorik gelditzen. Baina agintzen diat bertso gehiago ez egitea.

—Zer nahi duk oraingoan?

—Haranera oso gauza zehatz bat jakitera joan ninduan. Nire susmoen arabera, negozio zikin batean tarteko izan diren bi gizonen aztarnaren atzetik nebilean. Tappenier eta Inodoor dituk.

Yonderrek sentitu zuen odola buruan metatzen zitzaiola. Gorri-gorri jartzen ari zen. Erantzun nahi ez zituen galderak egingo zizkion.

—Gizonetako bat, Tappenier —jarraitu zuen Jorenek—, Mendietara itzuli duk. Hire karabana berean etorri huen.

—Kokots-bizar erdibitua dik —esan zuen Yonderrek.

—Egia. Hori duk. Bestearengatik negok hemen, Inodoorrengatik. Arrastorik utzi gabe desagertu duk. Ba al duk aztarnarik non egon litekeen?

—Zerk pentsarazten dik nik zerbait jakin nezakeela?

Tonu erabat normalean hitz egiten saiatu zen, baina aurpegiaren koloreak iruzur egiten zion.

—Gizon horrek zelatatu egiten hinduen. Hurrengo galdera hau duk: zergatik segitzen zian Inodoorrek?

Yonderrek ez zekien zer esan behar zuen eta zer komeni zen ezkutatzea. Fida ote zitekeen detektibeaz, ala ez?

—Erantzun baino lehen —esan zuen—, norentzat ari haizen lanean jakin nahi niake.

—Neuretzat. Lost eta Van Dissel detektibe-agentziarentzat.

—Baina norbaitek aginduko zian lan hori.

—Jakina.

—Nork?

—Sentitzen diat baina ezin diat esan. Entzuidak, Yonder, argi eta garbi hitz egingo diat. Susmagarri baten arrastoari segika joan ninduan Haranera. Ez zaik gustatuko jakitea, baina...

—Domen Compagne huen, baina Domen Compagne ez zena —esan zuen Yonderrek.

—Hori ere badakik!

—Geroago jakin nian.

—Egia esateko gutxietsi egin haut —esan zuen detektibeak—. Nire teoriaren arabera, orbaindun gizonak hiri jarraitzeko aginduak eman zizkian. Ba al dakik zergatik? Ez zian atsegin benetako Compagneren alabarekiko hire adiskidetasuna. Alabak Mendietara etorri nahi zian, eta bera ez zegoan prest hori onartzeko. Beharbada Barbarak gaizki hartuko zuen zerbait aurkitzea espero zian. Beste neska batzuekin ibiltzen hintzela edo antzeko zerbait, berari esan gabe.

—Bere asmoak askoz txarragoak hituen —esan zuen Yonderrek, detektibearengan fidatzea erabakiz—. Inodoorrek amildegian behera bota nahi izan nindian.

Horrek txunditurik utzi zuen Joren.

—Jainko maitea! Benetan?

Yonderrek gertatua kontatu zion. Joren Lostek adi-adi entzun zion.

—Orain ulertzen dut gertatua —esan zuen—. Tanker Inodoor nazkante hutsa huen, eltxoak baino buru txikiagoa zeukana. Bazekian arazo hintzela nagusiarentzat. Ideia ontzat jo zian hitaz libratzea zidor bakarti hartan ikusi hinduenean. Ez da derrigor pentsatu behar gezurrezko Compagnek hil nahi hinduenik, bestela berriz ere ahaleginak egingo zizkian. Tira, orduan Tanker Inodoor amildegian desagertu huen. Bere errua izan huen, kontatu didaanez.

—Nola hautsi huen zangoa? —galdetu zion Yonderrek—. Ez diat inoiz hire esplikazioa sinetsi.

—Tappenierren erruz izan huen. Gogoan al duk nola egon ginen behin tea hartzen terraza batean toldopean eta nola atera nintzen handik lasterka? Plazaren bestaldeko taberna batean eserita zegoen Tappenierri jarraitzen ari ninduan. Bera irten zenean, neuk ere irten egin behar izan nian. Tentelkeriaren bat egin nian, nonbait, aurkitu egin baininindian. Kaleska mehar batera jo zian eta eskuetan burdin barra bat zuela itxaron zidaan. Harrapatu nuenean, zangoa jo zidaan indar guztiaz. Halaxe izan huen.

—Barkaizkidak hainbeste galdera —esan zuen Yonderrek, izan ere orain askoz begikoago baitzuen bertsoak egin nahian ibiltzen zenean baino gizon hura—. Zergatik ibiltzen hintzen poetarena egiten?

Jorenek barre egin zuen.

—Van Disselekin detektibetzan lanean hasi aurretik bertsoak egiten nizkian merkataritzarako lokal handi batean eta batzuetan baita eszenategian ere. Beti izan diat pareatuak egiteko erraztasuna, eta praktikarekin hobetu egiten duk. Poetarena egitean, inork ezingo zian pentsatu ere ni izatez detektibea nintzenik. Tira! Joan beharrean negok. Yonder, egundoko laguntza eman didak. Botoi harekin azaldu hintzenean ematen huen baino askoz ere azkarragoa haiz. Berriz ere ikusiko diagu elkar.

Segituan zutik jarri zen. Zangoa primeran zeukala ematen zuen.

—Detektibe —esan zion Yonderrek—, *«042315 Varenbaan»* dioen ohar bat ikusiko bahu, zer aterako huke ikertzaile profesional gisa?

—Ez al zegoan zenbakiren bat *Varenbaan*-en aurretik?

—Ez, atzetik bakarrik.

—Nola topo egin duk horrekin?

—Aipatu duan Tappenier horrek sakelan zeukaan oharra, eta edukia esandako hori huen.

—Nola dakik? —galdetu zuen Jorenek jakinminez.

—Ezin diezaaket esan.

—Nik aterako niake *Varenbaan* kalean zerbait gertatzear dagoela. Ez zekiat kalearen zein tokitan, baina bai noiz. Data-ordua deitzen den multzo bat duk. Lehen zenbakiak eguna esan nahi dik. Zeroak ez dik ezer esan nahi. Orduan lauan duk, gaurko egunean. Hilabeterik ez duk adierazten; data-ordua multzo horietan ez duk aipatzen. Gero ordua zetorrek; beraz gaur gauean hamaikak eta laurdenetan dela, 23 ordu 15 minututan. Zer gertatzen den ikustera joango naizela uste diat.

—Polizia ere handik ibiliko duk —esan zuen Yonderrek.

—Milesker. Gero arte.

Eta bere pentsamenduetan buru-belarri murgildurik joan zen.

13 Lovendaal gauez

EGUN hartan bertan zen, otsailaren 4an, gauez. Hamar t'erdiak pasatuta zeuden. Theresa eta Barbara ordurako ohean zeuden. Aurreko gauean oso berandu lotaratu ziren eta logura zuten. Yonderrek Barbarari kontatu zion Joren Lostekin izandako hizketaldia eta oharreko zenbakiak zer esan nahi zuen. Bere buruari galdetu zion ea esan behar ote zion inspektoreari data-ordua multzo horietako bat zenik, baina berarentzat iraingarri izan zitekeelako ondoriora iritsi zen. Ziur zegoen inspektoreak bazekiela inork azaldu beharrik gabe.

—Oraindik Varenbaan kalera joan ala ez joan erabakitzen ari haiz, ezta? —galdetu zion Barbarak.

Yonderrek ezin izan zuen ukatu.

—Uste dinat inspektoreari ez zaiola ongi irudituko.

—Balitekek.

—Detektibe bat muturra sartzen ikusteak ere ez zion graziarik egingo.

—Egia— aitortu zuen Yonderrek—, baina letrek zer esan nahi zuten jakin nahi ninan, eta errazago izango huen Jorenek esatea horren truk informazio interesgarriren bat eskaintzen banion.

—Aginduidak ez haizela joango —erregutu zion Barbarak.

Yonderrek ez zion ezer agindu nahi, baina neskak koipekeriak erabiliz lortu zuen agindua. Ez legoke ongi joatea, pentsatzen zuen Yonderrek, bere gelako aulkiaren atzealdeko hanken gainean urduri zabuka.

Varenbaan kalearen zein tokitan ote zeuden? Lorategidun egoitza handiak alboetan zituen kalea zen. Han bizi zen Villerius doktorea. Agian bere etxea zen. Ordurako oharturik zegoen Varenbaan kalea amonaren egunkarian agertzen zela, *Vil* edo, oker ez bazegoen, Villerius agertzen zen orrialde berean. Izan behar zuen bien arteko erlazioren bat.

Hala eta guztiz ere, egunkariko 35. orrialdeari begiratu zion. Hantxe zegoen, orrialdearen erdia baino zertxobait beherago, *Vil* baino bi lerro beherago. *Va*-ren *v*-a letra maiuskula bat izan zitekeen. Izatez, maiuskula areago zirudien minuskula baino. Supituki ulertu zuen. *Varenbaan* hitzari *Va* kenduz gero, zer gelditzen zen? *Renbaan*, hau da, hipodromoa, Lovendaalen bestaldean gelditzen zena, Varenbaan kalearen alderantzizko norabidean.

Yonderrek ohean erortzen utzi zion bere buruari. Ba ote zitekeen? Amonak agian idatzi ote zuen Varenbaan kalea aipatzen zen bakoitzean *renbaan* bezala interpretatu behar zela? Dedukzio hura zuzena zen. Zadelhof inspektorea eta Joren Lost hotza alferrik pasatzen zeuden egoitza-gune hartan. Zer ordu zen? Hamaika t'erdiak. *Varenbaan*-era joan, inspektorea aurkitu (ahal izanez gero behintzat), hipodromora joan (inspektoreak sinesten bazion), hori egiteko gutxienez ordubete beharko zuen; ez, ordu t'erdi iristeko. Baina zuzenean hipodromora joaten bazen han egongo zen gauerdian eta zerbait aurkitu ahal izango zuen.

Zapatak janzten hasi zen. «Eta Barbarari egindako hire promesa?», ziotsan barne-mintzo batek. «*Varenbaan*-era ez joatea agindu zioat, eta ez nauk hara joango», erantzun zuen. «Lelokeriak», esaten zion barne-mintzoak. «Ez haizela irtengo agindu diok, eta kito».

—Ondotxo dakik zer ari den gertatzen —esan zuen Yonderrek ia goraki—. Ikaraturik negok. Beldurra ematen zidak bakarrik eta gauez *renbaan*-era joateak. Hori koldarkeria duk. Honetatik guztitik ihes egin nahian nebilek Barbarari egindako promesa erdi batean neure burua babestuz.

Joren Lostengandik jasotako gorespenak gogoratu zituen. Kementsua eta argia zela esan zion. Eutsi egin behar zion bere erabakiari. Joan egin behar zuen. Azkenean zapatak jantzi, hartu artilezko txamarra eta sakela-linterna bat eta zaratarik egin gabe irten zen etxetik.

Farola gehienak itzalita zeuden ordurako eta dena ilun zegoen. Hala eta guzti ere, Yonderrek linterna gabe ikustea lortzen zuen. Bi minutu igaro eta gero, bere begiak ilunpetara ohitu zirenean, aski argiro ikusi ahal zuen inolako zalantzarik gabe hipodromora abiatzeko. Ia ilargi betea zegoen, baina hodeiek estaltzen zuten. Hipodromoa bilatzen ahalegindu zen. Alderdi guztia hesiz babesturik zegoen. Leku batzuetan ez zegoen zulorik ere barruan zer zegoen ikusteko. Pistak forma obalatua zuen. Bi muturretan kurba egiten zuen tokian, baziren gune batzuk kanpoaldetik barruan gertatzen zena ikusteko aukera ematen zutenak. Larunbat arratsalde batzuetan, hamabi bat urte zituenean, Yonder hara joan izan zen lehiaketak ikustera. Oker ez bazegoen, ezkerretara bulegodun lokal bat zegoen eta alboan taberna moduko bat. Kortak eskuinetara zeuden. Bere informazioen arabera, lasterketa-egunetan bakarrik erabiltzen ziren; normalean han ez zuten zaldirik edukitzen. Zenbat eta gehiago gogoratu nahi zuen hipodromoa, gero eta argiago zeukan leku abandonatu baten irudia, lasterketa-egunetan izan ezik. Horiexek ziren izateko bere arrazoi bakarra. Leku bikaina izan behar zuen bilera sekretu bat ospatzeko, pentsatu zuen Yonderrek.

Ez zuen ia inor ikusi kalean. Nor egongo zen ordu horietan kalean otsailaren erdi-erdian? Egon pixka bat: errementaldegiaren ondotik zihoan bidezidorra hartzen bazuen eta gero zelaian zehar joaten bazen, tribuna aurrera irtengo zen. Lehendik gogoratzen zuen. Horrela inguru egin ahal izango zion igerilekuari eta erraz ikus zezakeen ingurumarietan norbait zegoen ala ez. Laster nabarmendu zituen hesiak. Eta berriro hamabi urte balitu bezala, lurtzoruan, sastraka artean ikusi zuen bere burua, garai hartan egiten zuen bezala. Ahaztuta zeuzkan abentura haiek, baina orain dena bapatean gogoratu zuen, ilunpetan murgildurik. Sastraken ondoan herrestan ibili zen eta, bai, han zegoen oraindik ere zuloa. «Ez dituk nonbait gehiegi arduratzen instalazioak zaintzeaz», pentsatu zuen. Laster egon zen hesiaz bestaldetik. Oinpean legar moduko zerbait zegoela sumatu zuen. Obaluaren barnealdean beti belarrez estalirik egoten zen, baina zaldiek lasterka egiten zuten eta hesiraino iristen zen pistak legar moduko bat zeukan; «errautsa bide duk, errauts-pistetakoa bezalakoa», pentsatu zuen.

Arreta handiz ibili zen hesiari jarraika eraikin nagusiranzko norabidean. Ez zuen inolako mugimendurik ikusten, inolako argirik, ezertxo ere ez. Gero, eraikinera hurbiltzean, bi gurdi ikusi zituen, zaldiak erantsita zituztela. Zaldiak mantaz babesturik zeuden eta ez zuten zirkinik egiten. Lotan zeuden antza. Ez zen kotxezainik ageri. Baina, kotxeak bazeuden, eraikinean jendea zegoela pentsa zitekeen.

Yonderrek uste zuen bihotza bularretik irtengo zitzaiola. Nor zen bera han sartzeko? Zergatik ausartzen zen tartean sartzera? Bazekien kriminal arriskutsuei aurre egiten ari zela eta inolako akiakularik gabe garbituko zutela egoki irizten bazioten. Hesiko zuloraino atzera egiteko tentaldi gogorra izan zuen. Hura profesionalentzako lana zen.

Baina ez zuen halakorik egin. Arretaz aurrera egin zuen, pausoz pauso, leku lau bat aurkitu zuen horma apal baten atzean eta eseri egin zen. Norbait irteten bazen, ez zuen ikusiko, berehala behintzat eta, aldi berean, zelatan segi zezakeen. Poztu egin zen esertzeko aukera zuelako. Ez zuen ordu erdiko paseoak nekatu; tirandurak baizik.

Hotza sumatzen hasi zen. Orain ez zegoen hain tentso; bere kemena berreskuratzen hasi zen. Eraikinean sartzea ere pentsatu zuen. Agian ez zen inor egongo. Ez zuen pasatu nahi han gaua inolako arrazoirik gabe. Gerta zitekeen goizean inspektorea ikustera joatean *Va*-rik gabeko *Varenbaan*-aren hori kontatzera, Swankhuisen harrapatu zutela eta une hartan zelda batean ogia eta urarekin zegoela entzutea. Baina, orduan, zer esan nahi zuten zaldiek? Noiztik uzten ziren zaldi tresnatuak itxaroten pistan? Irekita ote zegoen burdinesia? Jakin egin nahi zuen. Baina horretarako inolako babesik eskaintzen ez zion gune bat gurutzatu beharra zeukan. Baina jakin egin behar zuen. Bizkor-bizkor pasatu zituen kotxeak eta eraikin nagusiko atea burdinesiraino iritsi arte. Itxita zegoen, kandadu eta katea lodi batekin. Aurreko gordelekura itzuli zen. Argi-errainu ahul bat nabaritu zuen ate azpitik. Une batez, entzuteko belarria atera hurbiltzeko tentaldia izan zuen, baina une hartan zaldietako bat irrintzika hasi zen, eta herio-susto bat eman zion. Urrats-luzeka bere lekura itzuli zen. Denbora doi-doia izan zuen, zeren berehala atea ireki eta ahots bat entzun baitzen, esanez:

—Zer duk, Blackie? Zerbait entzun al duk?

Gizon batek muturra laztandu zion zaldietako bati eta manta ongi jarri zion. Gero burdinesira joan eta azkenean Yonder zegoen aldera itzuli zen. Mutila bere ezkutalekuan kuzkurtu zen, izerdi hotzez estalia. Gizonak laster utzi zion bilatzeari. Eskuak igurtzi eta txalo batzuk jo zituen berotzeko.

—Hotz arraioa! —esan zuen ahapean.

Eraikinaren barrura itzuli zen. Yonderrek atearen sarraila nola ixten zuen entzun zuen. Zarata hartatik ulertu zuen, lasaiturik, alferrik zela sartu nahi izatea. Hobe zen seguru samarra zen puntu hartan gelditzea. Baina beste hamar minutu pasatu ondoren, hotza sentitzen hasi zen. Lehen bezala, zenbat eta hotz handiagoa zeukan, hainbat gehiago berreskuratzen zuela kemena zirudien; berriro handik mugitzeko gogoa zeukan. Ba ote zegoen beste sarrerarik? Eraikinari inguru egitea erabaki zuen. Erne, ateskadun leiho batzuk zeuden. Ez ote zen hura argi-errainua? Bai, ziur. Jendea zegoen leiho haien atzean. Yonderrek belarria hurbildu zuen ateskak batzen zireneko zirrikitura. Ahots lausoak entzun zituen, baina ahotsak. Norbait hitz egiten ari zen. «Amona —pentsatu zuen Yonderrek—, ez zenuen arrazoi faltarik!» Haietako ahots bat, ia ziur, Swankhuisenena zen. Tamalez ezin zuen jakin zer esaten zuten. Ezin zen kontzentratu, artega zegoen, norbaitek supituki lepotik oratuko ote zion beldurra zeukan.

Bere txokora itzuli zen. Lasai pentsatu behar zuen. Swankhuisen, polizia bilatzen ari zen gizona, hipodromoan zegoen hitz egiten, gutxienez, pertsona batekin. Bidezkoa zen pentsatzea ez zegoela bakarrizketa poetiko bat errezitatzen gauaren erdian. Bidezkoa zen pentsatzea beste pertsona Tappenier zela, Eskamok eskuratutako oharraren arabera. Bazitekeen talde oso bat han egotea. Bazirudien bi kotxezainak ate itxiaren atzean itxaroten zeudela. Zer egin behar ote zuen? Poliziara joan, noski. Gizon haiek irteten baziren, berak ezin zuen ezer egin. Zortea izan zuen orain arte ez aurkitzeaz. Imajinatzen zuen zer gerta zitekeen. Irtengo ziren gizonak, irekiko zuten burdinesia kotxezainek eta aterako ziren, itxiko zuten berriro burdinesia, eta berak han jarraituko zuen, adorez murruaren atzean ezkutaturik, kotxeek urruntzean egiten zuten triki-traka entzuten. Gero poliziara joango zen eta kotxeek zer bide hartu zuten kontatuko zien. Ez, ez zuen ezertarako balioko. Berehalaxe Zadelhof inspektorearengana joan behar zuen, zeina seguraski birak ematen ibiliko zen Varenbaan-etik, hotzak hilda eta ezer ez zela gertatzen ikustean haserretuta. Zalantzarik gabe horixe egingo zuen. Han gelditzeak ez zuen ezertarako balio. Jakin zuen berak jakin zezakeen guztiaren berri.

Zutitu, gorputzadar sorgortuak luzatu eta hesiko zulora itzuli zen. Kalea hutsik zegoen. Oso berandu zen. Kalea gurutzatzeko zorian zegoela, sarrera nagusiaren alboan zerbait entzun zuen. Zalapartaka ezkutatzeko leku bat bilatu zuen. Han, sasi haien artean. Ziztu bizian, sastraken azpian ezkutatu zen, une egokian. Sarrailari albora eragin eta atea ireki egin zen. Lau gizon irten ziren. Yonder urrunegi zegoen hainbesteko iluntasunean nortzuk ziren jakiteko. Haietako batek burdinsarera hurbildu eta giltzarrapoa ireki zuen. Gero zaldiari bridetatik heldu, alokairuko kotxe beltz bati erantsirik zegoena, eta kanpora atera zuen. Beste kotxea *lando* bat zen. Beste gizon batek atera zuen. Orain bi kotxeak Yonderrengandik hurbil zeuden. Ikusi zuen nola lehen gizonak ixten zuen burdinesia eta lehen kotxearen atea irekitzen zuen. Bi gizon sartu ziren. Yonderrek zin egin zezakeen haietako bat Tappenier zela. Kotxezaina autoaren aurrealdera igo zen. Laugarren gizona lehen kotxearen leihora hurbildu zen une batean. Swankhuisen zen.

—Une batez zirkulaziotik desagertuko nauk. Kalanderrera joango nauk —esan zuen argi eta garbi.

—Uste diat zentzuzko erabakia dela —esan zuen Tappenierrek autotik.

—Agur.

Kotxea urrundu egin zen. Swankhuisen landora hurbildu eta autoaren aurrealdera igo zen. Berak gidatu behar zuela zirudien. «Ez duk inortaz fidatzen», pentsatu zuen Yonderrek. Hartu zuen harri bat eta letra handiz hondarrean: KALANDER idatzi zuen.

Landoa urrundu egin zen. «Hor zihoak gezurtia», pentsatu zuen Yonderrek. Joren Lost, errakuntza bat egin zuela konturatu zen arte lelotzat eduki zuena gogoratu zuen. Berak ez zuen hain erraz utziko pertsonaia hark hain erraz ihes egin zezan. Salto batez zutik jarri eta kotxearen atzetik lasterka ekin zion. Zaldia abiadura hartzen hasita zegoen, baina Yonderrek atzematea lortu zuen. Ekipaitegi bat zegoen kotxearen atzealdean. Hutsik zegoen. Yonder haraino igo eta gauean galdu zen landoarekin batera.

URTEAK ZIREN, IGANDETAN Yonder aurrena jaikitzen zela tea prestatzeko. Theresak astearen gainerakoan egiten zuen hori. Goiz hartan ez zirudien Yonderrek presa handirik zuenik, pentsatzen zuen Theresak. Beste bira bat eman eta lo apur bat gehiago egin nahi zuen, baina lortu gabe. Erloju zaharrari, lehen egongelan kokaturik eta, modaz pasatua zegoelako, orain logelara kondenatua zegoenari begiratu zion. Jaapek ez zukeen bere tiki-taka ozena jasango, baina berari berdin zion. Nola! Hamar t'erdiak! Aldrebeskeria zen hain berandura arte ohean egotea. Zer gertatzen zitzaion Yonderri? Jaiki, jantzi kimonoa eta sukaldera joan zen. Yonder ez zen inondik ageri; lotan zegoen nonbait, alferrontzi hura. Aharrausi egin zuen teontzia prestatzen ari zen bitartean eta Yonder esnatzera joan zen. Han ere ez zegoen. Begibistan zegoen ez zela ohera sartu. Agian gainean lo egin zuen, koltxa zimurturik baitzegoen. Zer gertatzen zen? Segituan Barbara lotan zegoen gonbidatuen gelara joan zen. Ohean irakurtzen ari zen, zerbait harriturik ere, bizi-seinalerik izan ez zuelako.

—Yonder ez dago etxean —esan zuen Theresak—. Ez du bere ohean lo egin.

—Nola?

Barbararen lehen erreakzioa amorruzkoa izan zen. Guztiarekin ere, Varenbaan-era joan zen. Gero eta artegago sentitzen zen. Joan izan balitz ere, zergatik ez zen oraindik itzuli? Komisaldegian deklaratzen egongo zela pentsatu zuen. Zadelhof inspektoreak susmagarria harrapatuko zuen eta zegozkion inprimakiak bete beharko zituen. Yonderrek gauza asko zekien eta lagundu egin beharko zion. Bai, hori izango zen. Theresa lasaitzen ahalegindu zen, lekukoei eta «gauza guzti horiei» buruzko teoria nahasi batekin. Presaka batean jantzi eta komisaldegira joan ziren.

Yonder ez zegoen han. Ez zuten handik ikusi. Ikusi al zuten inspektorea? Ez, hura ere ez. Inspektoreak konplikazioren bat izan zuen aurreko gauean; goizaldeko lauretan agertu zen komisaldegitik eta gero etxera joan zen. Ez zen berarekin hamasei urteko mutilik etorri, baina bistan zegoen oso umore txarrean zegoela. Orain ohean zegoen seguraski.

—Orduan neure semearen desagerpena salatu beharrean nago —esan zuen Theresak, malko bat masailan behera zetorkion bitartean.

—Izan behar du horrek esplikazio sinpleagoren bat —esan zuen Barbarak—. Bere adiskideekin dago edo antzeko gauzaren bat. Nonbait egon behar du.

Goardiako poliziak arazoaz berri emango zuela agindu zuen. Ahal zuten guztia egingo zuten aurkitzeko, eta arratsalde hartan bertan esango zioten Zadelhof inspektoreari; bazekiten mutilarekin kontaktuan egon zela. Ez zegoen kezkatzeko arrazoirik; Yonder bezalako mutil bat ez zen hain erraz desagertzen.

Hitzerdirik esan gabe itzuli ziren etxera. Theresa isiltasunean negarrez ari zen. Barbarak kafea egin zuen eta gero lasterka Birgit eta Jonathanen etxera joan zen, zeina zorionez irten gabe zegoen. Birgit berarekin segituan itzuli zen Theresa kontsolatzen saiatzeko. Barbara Yonderen gelara joan zen. Ohearen ertzean eseri zen. Non ote zegoen? Berak dena esan zion, ezta? Orduan, non egon zitekeen?

Entzun zuen kaleko txirrina eta zalaparta batean jaitsi zen. Agian albisteak egongo ziren. Zadelhof inspektorea zen, gertatuaren berri entzun eta Barbararekin hitz egitera zetorrena. Ba ote zuen ideiaren bat? Beste behin gertakariak banan-banan begiztatu zituzten: Swankhuisenek Tappenierri eman zion gutuna; kontatu zion Eskamoren laguntza eta Joren Losten bisita eta Varenbaan-era ez zela joango Yonderrek egindako promesa ere.

—Ni bai joan nintzela —esan zuen inspektoreak—. Ez zen ezer gertatu, ezertxo ere ez.

—Zer egin dezakegu —galdetu zuen Barbarak. Azpiko ezpainak dardar egiten zion.

—Bitxia da —komentatu zuen inspektoreak—. Oso bitxia. Zerbait dakidanean, jakinaraziko dizut.

Inspektorea irtetean, Barbara Yonderren gelara itzuli zen. Ziur zegoen ikerketak egitera joan zela. Jakina, ezin zuen onartu etxera bahitzera espreski etorri zitzaizkion ideia; entzungo zituzkeen zaratak. Ziur zegoen zerbait gertatu zitzaiola. Baina, zer? Idaztegiaren gainean ezarri zen. Paper-zatiak zeuden, zenbait formulaz idatzirik, berak ulertzen ez zituenak. Gurpil horztun-eskemak eta txirrikak eta horrelako gauzak ikusten zituen. Paper-zatietariko batean bazegoen zerbait berak ulertu zuena. *Varenbaan* hitza ikusi zuen, azken bi silabetan azpimarratua eta, beherago, *Renbaan* berba R maiuskulaz.

Varenbaan, Renbaan. Yonder ez zen joan Varenbaanera, *Renbaan* hipodromora baizik. Ez zuen ulertzen zergatik. Baina hara joan zen. Seguru zegoen.

Txamarra arin-arin jarri eta irten egin behar zuela esan eta komisaldegira joan zen korrika. Oraingo honetan Zadelhof inspektorea aurkitu zuen. Hitz azpimarratuarena eta Varenbaan eta *Renbaan*-en arteko lotura azaldu zioen. Inspektorea eszeptiko agertu zen. Gaia ez zitzaion oso frogagarria iruditu, baina oso gizon kezkatia zen.

—Egia esanda, esan behar dizuet ez dudala azalpen horietan sinesten —esan zuen—, baina begirada bat bota dezatela aginduko dut. Etor hadi bihar goizean, bederatzietan, hire laguna oraindik agertu ez badun, *Renbaan*-en zerbait topatzen badinagu esango dinat. Ados?

—Bai, inspektorea —esan zuen Barbarak.

Pena sentitzen zuen neskarengatik. Bere gurasoak hil berriak zituen eta orain bere laguna galduta zegoen.

—Aurkitu dun lanik? —galdetu zuen tonu atseginkorrez—. Edo oraindik eskolan al habil?

—Arte dramatikoko eskolara joatea gustatuko litzaidake —esan zuen Barbarak—, baina zoritxarrez ez dago ikasposturik.

—Agian datorren urtean lortuko dun tokiren bat. Eta gauza berriren bat aurkitzen badinat, bihar jakinaraziko dinak, ados?

—Eskerrik asko, inspektorea —esan zuen Barbarak.

Etxera itzuli zen berriz. Birgitek eta berak jadanik ez zekiten zer esan Theresa kontsolatzeko. Kezkatuegi zeuden disimulatzeko. Zerbait egin beharra zeukaten baina itxarotea beste irtenbiderik ez zuten. Jadanik ez zuten gogoratzen nolakoa izan zen bizitza tirandura haren aurretik. Irakurtzeko edo idazteko ez ziren gai, itxarotea beste aukerarik ez zitzaien gelditzen beldurrak barrena erretzen zien bitartean.

Pasatu zen arratsalde amaigabea. Ez zekien ezer Yonderri buruz. Azkenean, ohera joan ziren baina ezin zuten lorik egin. Bira eta bira eman zuten gau osoa.

Barbara komisaldegian zegoen bederatziak laurden gutxiagotan. Bederatziak minutu bat gutxiagotan txirrina jo zuen. Zadelhof inspektorearen langelara pasarazi zuten.

—Ezer ez —esan zuen—, ezertxo ere ez. Hipodromoa zaintzeaz arduratzen den gizonak lagundu nau. Sartu eta dena miatu dugu, goitik beheraino. Ez dut ezer anormalik aurkitu. Eta Yonderren arrasto txikienik ere ez. Banuen beldurra: sasi-aztarna bat izan da.

Barbara deslilura garratzarekin urrundu zen. Sasi-aztarna bat? Hain zegoen ziur, non ezin zuen onartu. Hipodromoaren zuzendaritzaz informatu eta bertaraino hurbildu zen. Erraza zen bertara iristea; adierazgailu ugari zegoen. Lekua erabat jenderik gabe zegoen. Ez zegoen bizi-seinale txikienik ere. Sarrerako atea hermetikoki itxia zegoen; ez zen kristaurik ikusten. Barbarak inguru osoa egin zion, eta horrek hogei minutuko paseoa esan nahi zuen. Ahaleginak egin zituen Yonder han imajinatzeko, beste pertsona batzuk zelatatzen imajinatzeko. Non ezkutatu ote zen? Seguraski, sarrera nagusitik hurbil. Itzuli hara eta ezkutatzeko leku bat bilatu zuen. Harako sastraka haien atzean, agian. Oinarrastoak bilatu eta ehundaka aurkitu zituen. Haurrak jolas egitera joaten zirela hara ematen zuen. Txerri-puxika bat ere ageri zen, baloitzat erabili zutena nonbait. Eta zaborra ugari. Erne! Zerbait zegoen idatzita letra maiuskulaz: KALANDER; oker irakurtzen ez bazuen. Yonderrek idatzi ote zuen? Ongi ezagutzen zuen bere letra, baina zirkunstantzia haietan ez zioten askorako balio.

Pentsatzeko ahaleginak egin zituen. Gogoan zuen Kalander Lovendaaletik hurbil zegoen herri bat zela. Yonderrek hitza idatzi zuela uste bazuen, Kalander garrantzitsua zen zerbaitengatik. Hara joan zen seguraski. Oso gerta zitekeena zen.

Luzaroan lurtzorua miatzen aritu zen, baina ezer garrantzizkorik aurkitu gabe. Berriro Zadelhof inspektorea ikustea erabaki zuen. Oraingoan inspektorea zakar samar egon zen. Gehiegitan nekarazi zuen, eta beti egiantzekotasunik ez zuen kontakizunekin.

—Entzun, neska —esan zuen, adeitsua izaten ahaleginduz—. Aurrena ohar batetik kopiaturiko beste ohar batekin zatozkit, bertan Varenbaan hitza aipatzen delarik. Varenbaan-en ez da ezer gertatzen. Orduan esaten didazu norbaitek *renbaan* hitzak azpimarratu dituela. Han ere ez da ezer ageri. Orain esaten didazu hondarrean Kalander hitza ageri dela idatzirik. Kalanderrera joan eta harri guztiak banan-banan mugitzea nahi al duzu? Ez al duzu ikusten ezin dudala hori egin? Hitza ematen dizut begiak zabalik edukiko ditugula eta ahal duguna egingo dugula. Baina denak dauka bere muga.

Barbarak onartu egin behar izan zuen inspektoreak arrazoia zuela. Zer balio zuen hondarrean idatzitako hitz batek? Eta hala eta guztiz ere...

Etxerantz abiatu zen, nahigabeturik. Bi egun igaro ziren. Ez zekiten ezer Yonderri buruz. Theresa lur jota zegoen, ez zen ezertarako gauza. Aldiz, Barbara, asperturik zegoen besoak tolesturik itxaroteaz. Joan bere gelara eta fraka batzuk eta oinetako eroso batzuk bilatu zituen. Jertse lasai bat eta Yonderren artilezko txano bat ere hartu zuen ilea estaltzeko. Yonderren motxila bat aurkitu eta dena bertan sartu zuen.

Ez zuen izan adorerik egitera zihoanaren berri Theresari emateko. Idatzi ohar bat eta sukaldeko mahaiaren gainean utzi zuen: «Kalanderrera joan naiz —idatzi zuen—. Beharbada egun pare batez kanpoan izango naiz. Ezin dut gehiago itxaron. Afektu guztiarekin, Barbara».

Hogei kilometro zeuden Kalanderreraino. Ez zuen garraiabiderik zegoen ere jakin nahi izan. Ibiltzeko gogoa zeukan, erretzeko energia. Hainbeste itxaron beharrak eta ezer ez egiteak lelotu egin zuten. Egintza, odola bazebilkiola sentitzea behar zuen. «Hiru ordutan iritsiko naiz», pentsatu zuen.

Erabaki hura hartu ondoren zerbait hobeto aurkitzen zen, nahiz eta ez jakin zer egin behar zuen Kalanderren. Etxeko atea itxi eta bideari lotu zitzaion.

14 *Kotxetegia*

LANDOAK, Yonder polizoi zuela, isiltasunean korritu zituen Lovendaaleko kaleak. Kotxezainaren alde banatara bi petrolio-kriseilu piztuta zeuden. Hodeiak saretu egin ziren eta tarteka ilargia agertzen zen. Ez zen zaila bidea bereiztea. Yonder konturatu zen hiriaren ekialdeko herbarrenera iritsi zirela; hau da, Kalanderrera zihoazela: dena uztartzen ari zen. Laster aurkitu ziren hiritik kanpo, Kalanderrera, Lovendaaletik hogei kilometrora, ipar-mendebaldean zegoen herrira eramaten zuen alkitranezko bidean. Swankhuisenek utzi egin zion zaldiari trosta erosoan aurrera egiten. Yonderrek lasterketaldi zoro bat imajinaturik zeukan gau ilunean, uste zuen edozeri heldu beharko ziola kotxetik abiadak bota ez zezan. Baina huts egin zuen. Swankhuisenek dena zuhurtasun eta patxadaz egiten zuen.

Errepidea ez zegoen oso ongi zaindua, eta landoak ohi baino trikili-trakala handiagoak ateratzen zituen. Hasieran ez zen asko igartzen, baina gero nekea sentitu zuen. Bidaia gehiegi luzatzen ari zen: astia izan zuen egiten ari zen zorakeria hausnartzeko. Zer gertatuko zen Kalanderrera iristean? Jaitsiko ote zen abiadura handiegian. Ordu t'erdian berriro etxean izango zen. Baina ez zen jaitsi. Ez zekien hain setatia izan zitekeenik. Erabakita zeukan: jakin egin behar zuen non ezkutatzen zen iruzurti edo asasinatzaile hura. Jakin bezain laster, agindu zion bere buruari, poliziara joango zela.

Ordubete baino geroago iritsi ziren Kalanderrera. Herri txikia zen. Etxeen erdiak baino gehiago amildegian lurperaturik gelditu ziren lurrikara gertatzean. Elizak dorre apala zuen, hondamendiaren ondoko arkitekturaren ezaugarri. Aurreko eliza, bere orratz zorrotzarekin, lurrikarak irentsi zuen. Eskola ere berria zen, leiho zabal eta adreilu gorrizko hormekin. Yonder behin batez bertan egona zen. Jakinmina zeukan Swankhuisen nora joango zen jakiteko.

Lotan zegoen herria zeharkatu zuen kotxeak. Abiadura gutxitu egin zuen, seguraski trikili-trakala eragotzi eta zarata gutxiago ateratzeko. Minutu pare batean hiriaz bestaldean aurkitu ziren. Amildegitik oso hurbil zihoazen. Yonderrek primeran ikusten zuen ilargitan. Dardar egin zuen amildegia ikustean, ezin zuen eragotzi Haraneko egun hartatik. Alderdi hartako biztanle guztiek ezaguna zuten lurreko urradura hari zerion mehatxuzko sentipena. Mehatxua oso serioa zen Yonderren kasuan.

Swankhuisenek gero eta bide mehar eta pikoagotan barrena gidatu zuen landoa. Lurtzorua harkaitzez estaltzen ari zen heinean, landareak urritzen ari ziren. Laster aurkitu ziren lur soildu batean, harri eta harkaitzez betean. Kotxea oso astiro zihoan. Yonder aise jaits zitekeen. Swankhuisenek oso ongi ezagutzen zuen nonbait bidea, zeren ez baitzirudien ibilterraza zenik, eta gutxiago ilunpetan. Eskuinaldera, amildegiaren ertzean, etxe bat zegoen erdi hondaturik eta goraxeago, eraikin trinkoago bat. Swankhuisenek inguru egin zion eraikinari landoarekin. Ezin zuen aurrerago jarraitu, bidea meharregia baitzen. Yonderrek salto egin zuen, kotxea gelditu baino lehen. Hormetako baten atzean desagertu zen, presaka ibiliz baina zaratarik atera gabe. Belaunikatu eta zelatan jarri zen. Swankhuisenek eraikin berrieneko atea ireki zuen, sartu eta argia piztu zuen. Gero zaldiari eraikinaren barrurantz atzera eragin zion. «Orduan hori duk kotxetegia», pentsatu zuen Yonderrek. Zaratak entzun zituen barruan eta suposatu zuen Swankhuisen, batzuetan oraindik ere Domen deitzen zuena, zaldiari pildak kentzen ari zela eta ganbelan lotzen ari zela. Handik gutxira, Swankhuisen eskuan kriseilua zuela irten zen. Itxi kotxetegia eta etxera hurbildu zen. Ireki atea eta sartu egin zen. Piztu zuen argia, baina leihoak gortinaz estalirik zeuden. «Orain lotara joango duk —pentsatu zuen Yonderrek—eta nik hemen gelditu beharko diat hotzez hilik ilunpetan». Baina ilunegi zegoen erlojuaren orratzak ikusteko.

Ordu laurden batez bere lekuan jarraitu zuen. Etxeko argiak piztuta zirauen. Yonder hausnarketan hasi zen. Kalander lotan zegoen. Hodeiek berriro estali egin zuten ilargia. Ez zion grazia handirik egiten bidea bilatzearen ideiak amildegitik hain hurbil zegoelarik; gainera ezingo zuen ezer egin ordu haietan hain hilik zegoen herrian. Zer aukera zituen han? Aulki batean eserita egon eguna argitu arte eta gero poliziaren bila joan?

Zutitu eta, oin-puntetan, inguru egin zion kotxetegiari. Etxeaz bestaldean leiho erdi ireki bat zegoen. Han barruan gutxienez ez zuen hainbesteko hotzik egingo, pentsatu zuen Yonderrek. Oso zaila gerta zitekeena zen Swankhuisen berriz etortzea. Zergatik ez zen sartzen eta pixka batean landoan esertzen? Hala erlaxatu eta berotu egingo zen eta ondo prestatuta egongo zen Kalanderreraino joateko eguna argitu orduko.

Berriro etxe aldera begiratu zuen. Oraindik argia piztuta zegoen, berak nabari zezakeenez. Agian Swankhuisenek gauaren gainerakoan piztuta uzteko asmoa zuen. Ederki, esan eta egin. Leihoa alderen alde ireki zuen inolako eragozpenik gabe eta barrura sartu zen. Une batez arnasari eutsi zion zaldiaren irrintzia entzutean, lehenago hipodromoan egin zuen bezala. Soinua zetorren norabidearen arabera, aberea atzealdean zegoen, eskuinetara zegoen txokoan. Yonderrek ez zuen ezer ikusten. Zirkinik egin gabe gelditu zen minutu amaigabe batean. Zaldia jaten ari zela ematen zuen; irrintzi egiteari utzi egin zion. Ez zuen entzun hurbiltzen ari zen pauso-hotsik, ezta beste seinale kezkagarririk ere. Begiak pixkanaka ohitu egin zitzaizkion iluntasunera eta kotxearen isla lausoki bereizi ahal izan zuen inguru emateko bezainbateko argitasunarekin. Ez zen linterna erabiltzera ausartzen. Ireki landoaren atea eta poliki-poliki barrenera sartu zen. Haztamuka eserlekua bilatzen saiatu zen. A zer nahas-mahasa! Era guztietako pakete eta poltsak zeuden; Santa Klausen trineoa bezalakoa zen. Gauzei albora eragin zien, hutsune bat egin eta bertan esertzeko. Hobeto sentitzen zen. Luzaroegi egon zen makurtuta, arrastaka edo zutik eta hori dena izotz-tenperatura batean. Unaturik zegoen. Begiak itxi zituen. Ordubeteko lotaldiak ezin zion inori kalterik egin. Seguraski hotzaren hotzez esnatu egingo zen.

Handik hiru minututara harria bezala lo zegoen.

ZALAPARTAKA ESNATU ZEN. Berehalaxe jakin zuen non zegoen. Behar baino gehiago lo egin zuela ere bazekien. Kanpoan argia zegoen. Orduan ikusi zuen landoan zer zegoen: ogi-barrak, irin eta pasta-poltsak, patatak, latako barazkiak, barazki freskoak, eta antzekoak. Zenbait egunetarako jakiak. Kotxetegian zegoenaz ere jabetu zen. Eskuinaldean, atzealdean, zaldiak patxada ederrean jaten zuen ganbela. Eskuinaldeko horman, lasto-balak. Ezkerraldekoan, lanerako banku bat zegoen erremintekin, eta bankuaren azpian oloz beteriko kutxa handi bat. Ezkerraldean kokaturiko leihoaren eskuinetara, kotxetegiaren atzean, alfonbra zahar bat zegoen zoruan, aterpe eta ikuilu moduko baten artean zegoen gunean txukun ezarria. Landoa erdi-erdian zegoen, atetik metro bat edo bira.

Berehala ulertu zuen zerk iratzarri zuen. Norbait kotxetegiko atea irekitzen ari zen. Sartu baino lehen, Yonder kotxearen zoruan kuzkurtu zen, eserlekuen artean, poltsaz eta paketez inguraturik. Baina bazekien etorri berriak leihotik begiratzen bazuen, inolako zailtasunik gabe ikusiko zuela. Eulia bezain txiki izan nahi zuen.

Etorri berria Swankhuisen zen.

—Kontxo, orain ere leihoa zabalik utzi diat! —esan zuen ahapean—. Orain ez zegok kiratsik. Berriz itxiko diagu, e, Blackie?

Hala egin zuen. Gero aulki bat hartu zuen hormako gako batetik eta ate ondoan ezarri zuen.

Zaldia zelatu zuen. Atea giltzaz itxi zuen. Yonderrek urruntzen ari zen trosta-hotsa entzun zuen. Taupadaka zeukan bihotzera eraman zuen eskua. Ozta-ozta salbatu zen. Ireki zuen kotxearen atea eta jaitsi egin zen, lehen-bailehen alde egiteko asmoarekin. Hurbildu zen leihora eta irekitzen saiatu zen. Ezin zuen. Ez zuen zirkinik egiten. Tira egin, bultzatu, jiratu, eskutokiari birak eman, baina hark ez zuen zirkinik egiten. Sarrailen bat edo berak ezagutzen ez zuen eragingailu mekanikoren bat zeukan antza. Leihoa hautsi egin beharko zuen. Sarde bat hartu eta indar guztiarekin jo zuen leihoa. Armatuzko hormigoi pareta baten kontra jo balu bezalaxe zen. Kristala indarturik zegoen. Yonder ikaratzen hasi zen. Aizkora behar zuen. Lanerako bankuari begiratu zion, alderdi guztietatik bilatu zuen. Denetik zegoen aizkora edo mailu astun bat izan ezik. Joan zen atera. Ezin zuen ireki. Swankhuisen laster itzuliko zen. Agian ariketa egitera bakarrik irten zen. Azken finean, nahiago zuen zaldian ibiltzea igerian egitea baino. Laster itzuliko zen landoko jakiak hartzera. Ia ziurra zen. Leku bat aurkitu behar zuen ezkutatzeko. Olo-kutxa beterik zegoen. Argi zegoen lastopean ezkutatzea beste irtenbiderik ez zuela. Hori ere ez zen erraza izango: ez zeuden behar adina bala. Baina ahalegindu beharra zeukan. Lastopean sartu zen. Zorte apur batekin ez zen inor berataz ohartuko. Bertan gelditu behar zuen ala kotxetegia miatzen segi, harik eta Swankhuisen bazetorrela entzun arte? Ez zuen izan deliberatzeko astirik, zeren beregana zetorren zaldiaren trosta-hotsa entzun baitzuen. Etzan eta geldi-geldi egon beharko zuen lastoak zaratarik egin ez zezan.

Sartu zen Swankhuisen, kendu zion zela zaldiari eta sartu zuen kortan. Yonderrek kotxetegitik ikusten zituen bere mugimenduak. Joan atera eta arreta guztiarekin itxi zuen. Barruan gelditu zen. Gero ezkerreko txokora joan eta alfonbrari albora eragin zion. Zer egin behar ote zuen?

Kotxetegia antolatu behar ote zuen? Yonderrek jasan ezinezko hazkura sentitzen zuen lepoan. Baina ikusten ari zenak distraitu egin zuen: tranpa bat zegoen alfonbrapean! Swankhuisen zutitu egin zen. Jaitsi zen hutsunetik behera eta bere pauso-hotsak entzun zituen harmailak zirudItenetan. Berpiztu egin zitzaion itxaropena. Beste irtenbideren bat ote zegoen tranpapean? Ez, ezina zen: kotxetegia zoruaren parean zegoen. Swankhuisenek minutu pare bat egin zituen barruan. Yonderrek ez zuen ezer entzuten. Soto handiren bat zegoen kotxetegiaren azpian. Igo zenean, Swankhuisen kotxera joan zen eta hornizioak atera zituen. Burko-azal moduko batean sartu eta berriz jaitsi zen. Yonderrek hasieran pentsatu zuen sotoan gordetzera zihoala. Baina hark ez zeukan taiu handirik. Ogia sotoan? Eta ozpin-botila bat? Gainera, ez zen erosoa hornizioak metatzea etxetik hain urrun zegoen soto batean. Etxe barruan honda zitezkeen produktuen kasuan bakarrik izan zezakeen zentzurik. Gainera, Swankhuisen denboraz luzatzen ari zen hain gauza sinple baterako. Ezin zezakeen hain luze jo gauza banaka batzuk sotoan uzten.

Bestalde, leihoa zegoen, hermetikoki itxia, eta hori ez zen normala kotxetegi batean. Ez zegoen oso azkarra izan beharrik horri antz emateko. Swankhuisen bera ere tipo estrainioa zen: pikaro galanta jaun prestu baten itxurapean. Kontua zen Yonder egoera aski konplikatuan aurkitzen zela.

Ordu laurden bat pasatu zen Swankhuisen berriz igo baino lehen. Itxi zuen tranpa, estali zuen berriz ere alfonbraz eta ezkerreko txokora joan zen, non baitzegoen urponpa bat lanerako banku eta hormaren artean. Yonderrek ordurarte ikusi gabe zeukan. Bere ezkutalekutik ez zuen oso ongi ikusten, baina nola funtzionatzen zuen entzun zuen. Swankhuisen suil bat betetzen ari bide zen zaldiarentzat. Gero hamar minutu luzez ponpaketan jarraitu zuen. Zertarako? Yonderrek ez zuen ikusten eta ez zen mugitzera ausartzen.

Azkenean, Swankhuisenek amaitu egin zuen egiten ari zena. Irten egin zen kotxetegitik, atea ixtea ahaztu gabe.

Yonderrek lasaiturik egin zuen hasperen. Beste pixka batean lekuan segi zuen, harik eta Swankhuisen etxean egongo zela uste izan zuen arte. Bere ezkutalekutik irten zen, ahalik eta zarata gutxien eginez.

Zer egin zezakeen? Nola irtengo zen eragozpide hartatik? Kili-kiliak sentitzen zituen urdailean. Zaldiak irrintzi egin zuen. Zalaparta bat egin zuen, entzuten zuen bakoitzean bezala, nahiz eta zaldiek sarri samar egiten dutela jakin. Berriro leihoa irekitzen saiatu zen; baina giltza koadratu berezi bat behar zuela konturatu zen. Ez ote zuen aurkituko balioko zuen zerbait? Erreminta bat baino gehiago zegoen lanerako bankuan: limak, zizelak, orrikak... Agian giltza bat egin zezakeen, baina orduak beharko zituen eta, txarrena, zarata atera beharko zuen. Zoruan, leihopean, burdinazko barra bat zegoen. Baina limatzen hasten bazen, sortuko zuen istiluak berehalaxe salatuko zuen. Irtenbide bat zegoen: Swankhuisen zaldiz berriro irtetean lanari ekitea, eta luzaroan kanpoan egon zedin hatzak gurutzatzea. Bitartean pazientzia izan eta ez zion beldurrari gaina hartzen utzi behar. Gosetzen ere hasita zegoen. Tamalgarria zen aurreko gauean kotxean zeuden gauzetako batzuk ez jan izana.

Goizeko hamaikak ziren. Lotsatu egin zen etxekoez, etsipenak jota egongo ziren amaz eta Barbaraz, gogoratzen zen lehen unea zuela konturatzean. Amak aurpegia ubeldurik edukiko zuen negarraren negarrez. Irten egin behar zuen handik, eta laster. Bai, bai, lasai, hori pentsatuta zeukan. Baina hori egiteko Swankhuisenek... Agian ez en biharamunera arte zaldian ibiliko. Arratsalde osoa kanpoan eman zezakeen, lanean edo edozer gauza egiten. O, ez! Ezina zen; azken finean, poliziatik ezkutatzen ari zen. Lehen aldiz izan zuen Swankhuisen han ezkutaturik zegoen eta handik alde egin ezin zuen kontzientzia.

Beste zer eratara ihes egin zezakeen? Poliki-poliki aztertu zuen eraikina, horman kolpeak emanez harri solterik ba ote zegoen aurkitzeko. Ur-ponpa bazter batean zegoen, mangera ahoan zuela. Ez zen irudimen handirik behar konturatzeko gizon hura hainbeste denboraz ponpaketan aritu izan bazen, lurretik hamar bat zentimetroz irtenda zegoen hodi batera mangeran zehar ura pasarazteko izan zela. Seguraski hodia noizean behin bete beharreko gordailu batean amaituko zen. Baina arraro zeritzan. Teilatuan gordailu bat balego izango zukeen zentzua bakarrik. Zer zentzu du lurzorupeko gordailu batek? Ura ponpatzen ote zuten handik etxera? Konplikatuegia zen.

Yonderrek arretaz aztertu zuen alfonbra ordu bete batez; azpian zer zegoen ikusteko albora eragin nahi zion. Zoritxarrez, etxean zer gertatzen zen ezin zuen ikusi. Leihoa beste aldera begira zegoen, eta amildegiaren ertza ikusten zen eskuinaldean, eta aurrean eta ezkerraldean doi-doi lurzoru malkar eta zakarra. Agian hobe zen leihotik etxea ez ikustea, zeren orduan lurretik arrastaka ibili beharko zukeen inork ez ikusteko.

Alfonbraren azpia begiratzetik hasi izan balitz, aspaldi itzuliko zatekeen bere gordelekura. Bestalde, Swankhuisenek jadanik egina zeukan egin beharreko guztia eta ez zen arrazoizkoa laster itzultzea. Arriskatu egingo zen. Zernahi egiten zuela ere, arriskuan zegoen. Swankhuisenek zaldiari lastoa aldatzea erabakitzen bazuen ere aurkitu egingo zuen. Yonderrek indarrez tira egin zion alfonbrari. Bai, han zegoen tranpa. Aro bat zeukan, erraz altxatzeko aukera ematen zuena. Azpian gune ilun bat zegoen. Yonder lasto-metara itzuli zen linternaren bila. Lehen aldiz zerabilen, orain aspaldi dela, etxeko despentsatik hartu zuenetik. Tranpapean zegoen pareta harkaitsuan harmailak egin zituztela ikusten zen. Ez zen sotoa, pasagune bat amildegiaren kontrako norabidean baizik, haitzulo bat.

Yonder eskaileretan behera jaitsi zen. Bazirudien bihotzak irten egin behar ziola bularretik. Kotxetegiaren azpitik hogei bat metrotara petrolio-kriseilu handi bat ikusi zuen hormazulo batean kokatua. Swankhuisenek bertara lehen aldiz jaistean piztu zuena zelakoan zegoen Yonder. Kriseilua piztu eta aurrera segitzeko ausardia izan zuen. Argiaren garrek mamuzko itzalak proiektatzen zituzten murruen gain. Giro goibela zegoen, baina Yonderrek aurrera jo zuen. Batzuetan geure buruak inoiz egiteko gaitzat jotzen ez ditugun gauzak egiten ditugu. Berrogeita hamarren bat metro korritu ondoren, askoz pasagune zabalago batera iritsi zen; pasabidea bapatean amaitzen zen amildegiko paretean. Burdinesia ezarria zeukaten, segurtasun-arrazoiengatik. Yonderrek burua luzatu eta sakonera neurgaitzak ikusi zituen. Hain hurbiletik, barrutik kanporantz ikusita, amildegiak inoiz baino kezkagarriagoa zirudien. Itzulerari ekin zion.

Beste kriseilu bat zegoen pasabide hartako nitxo batean eta piztu egin zuen hura ere. Orduan ikusi zuen ate bat zegoela murruan, giltzez beharrean morroiloez itxitako burdinazko ate lodi bat zegoela. Irekitzeko, gauza bakarra egin behar zen: morroiloei albora eragitea. Ez zen ausartu. Gainera zerbait etorriko zitzaion beldurra zuen, ateaz bestaldean zegoen zerbait: hartz eskerga bat agian, edo lehoi bat. Bapatean hainbesteko izularria sentitu zuen, non lasterka alde egin zuen, eta harmailetan gora igo zen kotxetegiko iluntasunera itzultzeko. Segurtasuna? Hara iritsi bezain laster ohartu zen bere egoera ikaragarriaz.

Ikusi berria zuen atearen atzean poliziak jakin beharreko zerbait zegoen; ez zeukan inolako zalantzarik horretaz. Norbait preso zegoen. Ez hartz edo lehoi bat; sakonera haietan gizaki bat zeukaten ezkutaturik, ziur. Bestela, norentzat izango zen janaria? Preso bat! Eta Swankhuisenen presoa izan behar zuen. Denbora galtzeari utzi eta presoa askatzea erabaki zuen. Bien artean errazago irtengo ziren, bakarrik baino. «Tira, igo heure zaldi zurira, zalduna». Zoragarria izango zen norbait hain zulo ilunetik jaregitea.

Astiro, baina erabakitsu, haitzulora itzuli zen. «Kriseiluak itzali beharko nituzke», pentsatu zuen zeinu bat eginez. Belarria atera hurbildu zuen. Ez zuen ezer entzun. Ala bai? Egundoko isiltasuna zegoen han, lurraren erdian, eta hala ere isiltasunak biziz betea zirudien. Ez ote zen hura lurrean arrastaka zebilen aulki batek ateratako zarata? Ez ote zen hura pauso baten hotsa? Yonderrek ukabilaz jo zuen atea.

—Norbait al dago hemen? —galdetu zuen kontuz.

Berriz adi jarri zen. Barruan norbait zegoen, ziur.

Berriz galdetu zuen:

—Nor dago hor?

Kolpe bat entzun zuen ateaz bestaldetik. Eutsi egin zion arnasari. Bazirudien bihotzak leher egin behar ziola.

—Nor dago hor?

Berriro beste kolpe bat, bere galderaren erantzun gisa, eta gero eztul-eraso oso gogor bat.

Zergatik ez zuen ezer esaten barruan zegoenak, galdetzen zion bere buruari Yonderrek. Nolanahi ere, froga egingo zuen. Ateak hiru morroilo zituen. Goikoa inolako arazorik gabe korritu zuen. Gauza bera gertatu zitzaion erdikoarekin. Behekoak erresistentzia handiagoa eskaini zion. Bere pisu guztia jarri zuen morroiloaren kontra. Zirkin eragitea lortzen ari zen unean, egundoko zartakoa sentitu zuen buruan. Konorte gabe erori zen.

LEPOAREN ATZEALDEAN min handi batekin esnatu zen. Begiak ireki baino lehen, bira eman eta gune minbera ukitzen saiatu zen. Egundoko koskorra somatu zuen buruaren atzealdean. Sekula ez zuen halakorik eduki.

—Min, ezta? —galdetu zuen ahots ezezagun baina, halere, urrunean ezaguna egiten zitzaion ahots batek.

Ireki zituen pixka bat begiak eta gizon bat ikusi zuen bere gainera makurturik. Aurpegia mamu batek bezain zurbila zeukan eta ilea luze eta zuria. Hirurogei bat urte zeuzkan itxuraz. Sudurra handi eta irtenda zuen. Hortz bat falta zitzaion.

Yonderrek eseri egin nahi izan zuen, baina buruan sentitu zuen ziztadak amore ematera behartu zuen. Ohe batean etzanda zegoela konturatu zen, ohe normal batean, baina oso areto berezi batean. Harrizko murruak eta petrolio-kriseilu batzuk hormetatik zintzilik. Berehala gogoratu zuen: haitzuloan zegoen. Morroilodun atearen atzean aurkitzen zen nonbait eta bere gainera makurturik zegoen gizona presoa zen. Bera ere preso bat zela pentsatu zuen.

—Nor zara zu? —galdetu zuen.

—Doeve Masterbuilder naiz. Eta zu?

—Ez!

—Bai, Doeve Masterbuilder naiz. Badirudi nire berri baduzula.

—Mundu guztiak du zure berri. Denek uste dute aspaldi batean amildegira erori zinela.

—Bai —esan zuen Doevek—, bai, hori sinesten dute. Ez naiz harritzen. Nor zara zu?

—Yonder Sekoer naiz.

—Zerk ekarri zaitu hona, Sekoer?

—Oso luzea da esplikatzeko.

Ez zekien nondik hasi. Buruak min egiten zion; baina hala eta guztiz ere, argitasunez pentsatzeko gauza zen.

—Nire berri baldin baduzu —esan zuen Doevek pentsakor—, nire gurasoen berri ere izango duzu agian. Bizi al dira oraindik?

—Jakina bizi direla —esan zuen Yonderrek—. Orain sei hilabete joan nintzen haiek ikustera. Aita oso aguretua zegoen eta ez zuen hitzik egiten. Gurata amildegira bota zintuztela uste zuen. Besterik ez nuen entzun. Egia esan ez dabil batere oker, ezta?

—Ez —esan zuen Doeve Masterbuilderrek.

—Zure amak oso ongi dirau. Zutaz hitz egin zidan arratsalde osoan zehar. Uste dut zutaz gogoratzen dela egun osoan zehar.

Doevek ez zuen ezer esan. Malkoak erortzen zitzaizkion. Negar egiten zuen isilean. Ez zuen ezer egiten bere burua dominatzeko. Zapi batez malkoak sikatu zituen, baina negarrez segi zuen. Yonder begira-begira gelditu zitzaion isilean negarrez ari zen eta ile zuria zeukan gizon hari, eta ez zuen ezer esan. Berak ere negarrari emango zion begiak laster ixten ez bazituen. Itxi zituen eta loa eta inkontzientziaren arteko egoera batean murgildu zen. Doeve Masterbuilderrek negar egiteari utzi zionean, mutila jantziz babestu zuen. Gero aulkia mahaira hurbildu eta eseri egin zen, Yonder noiz itzartuko zain. Denboraldi luze batez itxaron behar izan zuen, zeren Yonderrek gau unagarria pasatu baitzuen eta kotxean lo egindako orduak ez baitziren oso erosoak izan. Gainera, atsedena hartu beharra zeukan buruan hartutako kolpearen ondoren. Baina ez zitzaion axola. Doeve ohituta zegoen itxarotera. Hogeita bost urte zeramatzan itxaroten.

DOEVE BIZI ZEN GUNEAN irekidura bat zegoen, amildegira begiratzen zuen leiho moduko bat. Egunez argi apur bat sartzen zen hartatik. Baina, Yonder esnatzean, ordurako argia aspaldi desagertuta zegoen, arratsaldea oso aurreratua baitzegoen. Egia esan ez zion gehiegi axola. Egunean zehar ere kriseiluen argia indartsuagoa zen, iristen zen argi natural apurra baino.

—Gose izango zara —esan zuen Doevek.

Urrundu une batez eta ogia eta gurina, okela keaztatua, esnea eta sagarrekin itzuli zen. Yonderrek gogoz jan zuen. Jaten ari zen bitartean, ingurura begiratzen zuen. «Gela» handi bat zen, hogei metro karratu baino gehiago zituena. Erdia etxebizitzarako zen. Ohe bat zegoen eta bertan bera etzanda, mahai bat, aulki pare bat eta bi besaulki. Sukalde zaharkitu bat ere bazegoen amildegira begiratzen zuen tximinia batekin eta erregaitarako egur-pilo batekin. Yonderrek galdetu zuen ea zergatik inork ez zuen kea aurkitu, baina laster ohartu zen hain kantitate txikia ezin zitekeela bereiztu amildegia inguratzen zuten lainoetatik.

Gelaren beste zatia laborategi edo antzeko zerbaitetarako egokiturik zegoen. Botilak, saiodiak eta matrazeak zeuden; bazegoen kristalezko aparatu bat ere hodizko labirinto konplikatu batekin eta beste mahai bat liburu eta egunkariekin. Yonderrek jateari utzi zionean, Doevek esan zuen:

—Aurrena esaidazu nola aurkitu nauzun. Zuk aurkitu nauzula uste baitut. Atea jotzen ari zirela entzun dut eta galdezka ari zirela: «Nor dago hor?». Gero kolpe lehor bat eta handik gutxira Swankhuisenek ekarri zaitu.

—Zergatik ez du erantzun?

—Hitz egin gabe hogeita bost urte daramatzadalako. Batzuetan ahotsa badaukadala ez ahazteko bakarrik hitz egiten dut, baina gaizkile hauekin ez dut hitzik gurutzatu. Ez nekien nor zegoen ateaz bestaldetik. Galdu egin dut norbaitekin hitz egiteko ohitura.

—Esango dizut nola gertatu zen —esan zuen Yonderrek.

Istorio guztia kontatu zion, ezer gorde gabe. Amonaren egunkaritik hasi zen, gero Haranera egindako bidaiaz hitz egin zion, Domen Compagnerekiko bere kontaktuaz eta bere alabaz eta Lost izatea gertatu zen Mislaidekikoaz, gero Inodoor zeritzala jakin zuenarekin amildegian izandako esperientzia lazkarria, *Va* gabeko *Varenbaan*-ez, Kalanderrerako bidaiaz kotxearen atzealdean. Doeve Masterbuilderrek behin bakarrik moztu zion: gurasoak bisitatzera joan zela esan zionean. Xehetasun guztiak jakin nahi zituen. Yonderrek ezin izan zion kontatu gabe utzi zer egoeratan bizi ziren eta auzategia nolakoa zen. Doevek ilunki gogoratzen zuen. Bere aurpegiko seriotasunak, gurasoak murgildurik zeudeneko pobrezia eta ahaztueraren-gatiko sumina isladatzen zuen. Kontaketaren gainerakoa isilik entzun zuen, hogeita bost urteko ohituraren arabera. Yonderrek ordu pare bat eman zituen hizketan. Amaitu zuenean, Doeve Masterbuilderrek esan zion:

—Kontaketa, argia eta egiatia izan da. Miresten dut zure kemena. Jakinaren gainean nago Mendietan eta Haranean dagoen egoeraz. Gero esango dizut nola. Uste dut ulertzen dudala zer gertatzen den. Baina bi gauzak nahaspilaturik naukate: nola jakin ahal izan zituen hainbeste gauza zure amonak eta zer ikusi duen Lostek guzti horrekin.

—Agian zure kontaketa entzundakoan argituko dut —esan zuen Yonderrek.

—Nork daki? Dena kontatuko dizut... bihar. Aurrena atsedena hartu behar duzu. Kolpearen ondoriozko konmozioren bat izan dezakezu. Baina ez dut uste, begininiak normal baitauzkazu, baina kontuz ibili behar dugu. Lo pixka bat egin behar dugu.

Yonder, hizketan ari zen bitartean ohean egon zena, ohetik irteten saiatu zen.

—E, geldi hor! —esan zuen Masterbuilderrek.

—Baina hau zure ohea da. Zuk ere lo egin beharra daukazu.

—Zaude lasai, gaur gauean besaulkietan lo egingo dut.

—Ez deritzat ongi —esan zuen Yonderrek—. Zuk hirurogei urte dituzu eta nik hamasei.

—Ez ditut hirurogei urte, nahiz eta itxura hori izan. Berrogeita hamahiru ditut. Beraz hemen nik agintzen dut. Lotara!

—Ez dakit. Ni ez nintzateke arduratuko. Ez didate ilerik ukitu, harrapatu nindutenean izan ezik. Jakina, ez dizute utziko alde egiten, baina bion artean lortuko dugu ihes egiteko modua. Hemen zaudenez gero, adoretsu sentitzen naiz.

Yonder ia une berean loak hartu zuen. Ez zen Masterbuilderrekin gauza bera gertatu. Gau osoa beilan eman zuen, begiak hutsartean galduta zituela. Gehiegi ziren pentsatu beharreko gauzak.

Biharamun goizean zerbait jan zuten. Gero Doeve Masterbuilder Yonderren ondoan eseri zen eta hogeita bost urte lehenago gertatu zitzaiona kontatu zion eta nola pasatu zuen denboraldi hura. Yonderrek zehaztasunik galdu gabe entzun zion.

15 *Historia bat*

DOEVE Masterbuilder Lovendaaleko Teknologi Unibertsitateko irakasle izendatu zuten hogeita zazpi urte zituela, urte haietan zerbait sinestezina. Irakasleek adin ertainekoak izan behar zuten, itxura errespetagarri eta portaera akatsgabekoa. Doeve Masterbuilder ez zen ongi egokitzen molde hartara. Zentzu askotan, ikasle baten modura portatzen jarraitzen zuen. Ikasleekin futbolean jokatzen zuen eta larunbatetan gorbatarik gabe joaten zen erosketak egitera. Zergatik izendatu zuten? Ezinbestekoa zelako. Hogei urterekin lortuta zeukan ingeniari-titulua. Bere azterketa guztiak bikainekin gaindituak zeuzkan. Hogei urte bete baino lehen hainbeste artikulu argitaratu zituen eta hain originalak, non irakasle gehienen arrakastek huskeriak ziruditen.

Masterbuilder irakasleak proposatu zuen Mendiak eta Harana elkartuko zituen zubi bat eraikitzea. Hori lortzeko, eraikuntza-metodoak eta metal desberdinen propietateak aztertu zituen. Aleazio berriak bilatu zituen material sendo eta aldi berean arinak emango zituztenak. Egitura berriak diseinatu zituen 500 metroko distantzia bat inolako euskarririk gabe gainditzeko aukera hoberena emango ziona zein zen ikusteko.

Oraindik gehiago egin zuen. Bere proiektuak komentatu zituen. Hitzaldiak eman eta elkarrizketak egin zituen. Beti hauxe esaten zuen: «Adiskideok, Mendien eta Haranaren arteko distantzia txikia da; zubi bat eraikiko dugu, ez izan zalantzarik; unibertsitateek fondo handiagoak eman behar dituzte ikerketarako; pertsona gehiago behar dira proiektu honetan lan egiteko». Lortu zuen zerbait aldatzea: jendea berriz ere sinesten hasi zen amildegiaren gainetik zubi bat eraiki zitekeelakoa.

Sarritan Masterbuilder berandura arte gelditzen zen lanean unibertsitatean. Gero, gauerdi aldera, hiriaren erdigunean zegoen bere ostatura itzultzen zen. Gau batean, irakaskuntzan urtebete bazeramala, kotxe batek segi zion. Bi zaldik tiraturiko kotxe astun batek. Leihoak gortina lodiz estaliak zeuzkan. Kotxea gelditu egin zen. Bi gaztek, gero Tappenier eta Inodoor bezala identifikatu zirenek, salto egin zuten. Beragana oldartu eta kotxean sartu zuten. Ez zuen kontrakar handirik egin. Ez zen sendotasun fisiko handikoa eta, gainera, oso harrituta aurkitzen zen gertatu zitzaionarengatik. Ordura arte egunkari eta liburuen bitartez bakarrik zekien bortxakeriaren berri. Txikitan beti ihes egin zien borrokei. Bihotzez gorrotatzen zuen bortxakeria.

Kotxearen barruan, zaku batez estali zioten burua. Bi gizonak alde banatan eseri zitzaizkion, nahiz eta ia lekurik ez egon. Hirugarren gizon bat zegoen aurrealdean eta zaldiez arduratzen zen. Hasierako ustekabea gainditu zuenean, Masterbuilder kaleetan zegoen isiltasunaz jabetu zen. Izan ere, gauez beti egoten zen isiltasuna kaleetan. Ostatuko andreak sentituko ote zuen bere falta? Ez, jakina ezetz. Bera etxera iristean, orduarako lotan egoten zen andrea. Gainera, esana zeukan agian amildegira joango zela paseatzera. Udako arratsalde askotan joaten zen, zeren Harana bestaldean ikustean, animatua sentitzen baitzen zubian lanean jarraitzeko.

Ez ziren bere faltaz biharamunera arte konturatuko. Zer nahi ote zuten tipo haiek? Hark bahiketa baten antza zeukan. Erreskatea nahiko zuten. Bere familiak ezingo zuen gauza handirik egin, zeren ez baitzeukan diru gehiegirik. Agian Teknologi Unibertsitateari txantaia egin nahiko zioten.

«Zubiarekiko bere zaletasunarengatik sonatu den etor-

kizun handiko irakasle gaztea bahiturik. Erreskate gogorra eskatzen da». Unibertsitateak zerbait egin beharko zuen, nahiz eta eskaturiko dirua asko izan. Ordu pare batean aurrera joan ziren. Ez zion susmorik hartzen zer norabidetan zeramaten.

Zakua burutik kentzen ahalegindu zen, baina haiek inolako akiakularik gabe eragotzi zioten. Azken ordu laurdena trangoz beteriko bide batetik zehar egin zuten. Kotxea gelditu zenean, jaitsarazi egin zuten, oraindik burua estalirik zuela: gero harmaila batzuetan behera gidatu zuten. Ibili baino arcago, crortzcn utzi zion bcrc buruari. Eskai lera luzea zen, berrehun bat mailakoa. Atea itxi egin zen; morroiloak nola ezartzen zituzten entzun zuen. Berehalaxe kendu zuen buruko zakua. Bi petrolio-kriseilu zeuden piztuta. «Gela» zabal batean zegoen. Leihoa amildegira begira zegoen.

Lehen egunetan Tappenierren zainketak izan zituen. Aldizka jatekoa eramaten zion. Lekua bizilekutzat egokiturik zegoen. Harrizko hormetako umeltasuna, amildegiko argi grisaska eta han zegoen erabateko isiltasunarengatik izan ez balitz, gela Lovendaalen alokatua zeukana baino hobea izango zatekeen. Galdetu zion Tappenierri zergatik atxilotu zuten, berarengatik erreskaterik eskatu al zuten, baina ez zuen erantzunik izan. Ez zeukan zer eginik. Txamarra-sakelan zeramatzan gutunazal batzuetan egiturak diseinatzen ematen zuen denbora. Kanpoko munduak bere desagerpenaren aurrean nola erreakzionatu ote zuen galdetzen zion bere buruari.

Hiru egun geroago Villerius doktorea etorri zitzaion bisitatzera. Orduan hogeita hamazazpi urte zituen. Ordurako ospetsua zen herrialdean bere jarduera komertzialengatik eta herrialdearen onerako zenbait batzordetako partaide zelako. Masterbuilderrek behin baino gehiagotan ikusita zeukan. Ia imajinaezina zen Villeriusek zerikusirik izatea bahiketa ziztrin batekin.

—Benetan sentitzen dut hau egin behar izana —esan zuen Villeriusek—. Ez dut bortxakeria atsegin. Zoritxarrez, ez zegoen beste erremediorik. Urrunegi joan zara eta ezin zintudan geldiarazi bitarteko normalez.

Masterbuilderrek ez zuen ezer esan.

—Tappenierrek esaten dit zenbateko erreskatea eskatu dugun galdetu diozula. Ez da hori kontua. Eta guzti horren atzean ni nagoela dakizunez gero, badakizu ez gabiltzala diru bila. Badakit delitu bat egiten ari naizela zu hemen edukita, eta dirua baino arrazoi garrantzizkoagorik izan behar du. Ideal bat, esan genezake. Zuk zeure idealak dituzu, eta nik neureak. Zoritxarrez, neureak ezin ditut jendaurrean defendatu.

Villeriusek Masterbuilderri begiratzen zion kontra egitea espero balu bezala, baina Masterbuilderrek isilik segitzen zuen.

—Ez nahiz kexatzen naturak eman didan adimen-gaitasunaz —segi zuen esaten Villeriusek—, baina zuri gehiago eman dizu. Zu jeinutsu bat zara. Bitxiena zera da: garrantzitsuena ez dela zenbat zerebru daukan batek, nola erabiltzen den baizik. Zuk gaizki erabili duzu. Zeure jeinua Mendiak hondamendira eramateko erabili duzu. Zuk zubi bat nahi duzu eta, oker ez banago, hori eraikitzeko gai zara. Zubia hondamendia izango litzateke herrialdearen bi alderdientzat. Honetaz beste batean hitz egin nahiko nuke zurekin. Oraingoz, hauxe da esan behar dizudan dena. Nahi duzun guztia eduki dezazun nahi dut, gauza bakar bat izan ezik: askatasuna. Lan zientifikoak egin nahi badituzu, primeran. Aldizkari eta egunkariak hartu nahi badituzu, ez dut inolako eragozpenik. Esaiozu Tappenierri zer nahi duzun eta ahal duen guztia egingo du hornitzeko. Egunon!

Doeve behin betirako komentzitu zenean Villeriusek ez zuela inoiz askatzeko asmorik, denboraldi batean etsipenak jota egon zen. Lehen hilabete haietan sarritan pentsatu zuen bere burua amildegiaren sakonera botatzea. Gutxienez, hil baino lehen, haren sakonera ezagutu egingo zuen. Baina ez zen inoiz hain egintza bortxazkoa burutzera ausartzen. Eta beti bere barrenean, bazuen ihes egingo zuen edo jaregingo zuten halako itxaropen bat. Egunkariak eskatu zituen eta ikusi zuen jendeak nola esplikatu nahi zuen bere desagerpena. Denbora igaro ahala, gero eta pertsona gehiagok uste zuten amildegira erori zela. «Neure burua botatzen badiat, arrazoia emango zieat», pentsatzen zuen Doevek, eta horrek ez egitera bultzatzen zuen.

Zerbait nahi zuenean, paper batean idazten zuen, zeren gartzelazainekin ez hitz egitea erabaki baitzuen. Hiru hilabete pasatu ziren horrela. Doeve gizon argala zen, baina hala ere lau kilo galdu zituen. Oso inpresio txarra hartu zuen eraman zioten baskulan pisatu zenean. Nahigabea egunero ihes egitean pentsatzen zuelako zen eta bazekien hori lortzeko bere indar guztiak beharko zituela. Aspaldidanik iritsi zen atetik bakarrik irten ahal izango zen ondoriora, baina Tappenier edo Inodoor aurrean zeudela bakarrik irekitzen zen. Inodoor morrosko itzela zen; ezin zuen hari aurre egiterik pentsatu. Tappenierrek ahulagoa zirudien eta, gainera, gero eta arreta gutxiagorekin zebilen. Hasieran, gauzak eramaten zizkionean, beti agintzen zion presoari atetik urrunen zegoen gelako txokoan jar zedila. Eman beharrekoa ate ondoan utzi eta alde egiten zuen. Batzuetan pistolaz mehatxu egin ere egiten zion Masterbuilderri. Baina ez zela ezer gertatzen ikustean, Tappenier arretak alde batera uzten hasi zen. Denborarekin sartu, aldean zekarrena mahai gainean utzi eta Doevek utz zitzakeen oharrak jasotzera mugatzen zen. Doeverekin ez hitz egitera ere ohitu egin zen. Ez zioten elkarri hitzerdirik ere esaten.

«Orain aukeraz baliatu beharra zeukat —pentsatu zuen Doevek—. Bihar, iristean, ate atzean itxarongo zioat eta aulki batez joko diat buruan. Hemen sartuta utzi eta alde egingo diat». Eta iritsi zen hurrengo goiza. Doevek kili-kili gogoak sentitzen zituen bere urdail deselikatuan. Aulkiak pisu handia zuen. Bere giharreria ez zen inoiz oso indartsua izan, baina orain oso ahuldurik zegoen. Baina egin beharra zeukan, pentsatzen zuen. Aulkia bere buruaren gainetik jasotzea lortu zuen.

Zoritxarrez porrot egin zuen. Sartu zen Tappenier. Doevek jo egin nahi zuen baina ez zuen egin. Ezin zuen. Zirkinik egiteke gelditu zen, aulkia eskuetan zuela. Ez zen bortxazko egintza bat burutzeko gai. Ezin zuen beste pertsona bat zanpatu. Tappenierrek afektazioz irribarre egiten zuen. Zalantzarik gabe, bazekien zer gertatzen zitzaion bere presoari. Doevek ulertu zuen ez zuela inoiz modu hartara askatasuna berreskuratuko. Beste zerbait gertatu beharko zuen.

Noizean behin, Villerius joaten zitzaion hitz egitera. Hasieratik egiaztatu zuen ez zihoala erantzuna jasotzeko asmoarekin, baina bazirudien ez ziola axola. Bazekien berak esandakoa entzuten zuela Doevek. Egiten zuena kontatzeko norbait eduki nahi zuen, zeinen ongi zuzentzen zituen gauzak, Mendiez zeukan kontrola inor konturatu gabe. Pertsona burutsu bat behar zuen entzuteko. Doeveri egindako hitzaldietan, bere burua miresten ahalegintzen zen.

—Nire Masterbuilder maitea —esaten zuen—, mundu honetako pertsona bakarra zara, zeinen ahaltsua naizen dakiena. Eta ahaltsu naiz, inor horretaz konturatzen ez delako. Hortxe dago sekretua. Mendien eta Haranaren artean zubia egitea eragozten dut eta inor ez da horretaz konturatzen. Guztiek uste dute nire ametsik handiena zubi hori eraikitzea izango litzatekeela. Oso metodo eraginkorra da, sinetsidazu.

«Zuk uste duzu Mendiak eta Harana elkartu egin beharko liratekeela. Ni ez naiz iritzi horretakoa. Nik uste dut destinoaren obra dela. Amildegia arrazoiren batengatik dago hor. Destinoa bortxatzea suarekin jolasean ibiltzea bezalaxe da. Demagun badugula zubia. Zer gertatuko litzateke? Haraneko gazteak uholdeka etorriko liratekeela gure eskola eta unibertsitateetara. Eta Mendietako gazte batzuk ikasposturik gabe geldituko lirateke. Ongi al deritzazu?

«Eta oraindik garrantzizkoagoa dena: Haranekoek jadanik ez lukete estimulurik izango beren kabuz gauzak egiteko. Dagoeneko ikusita daukagu ez direla gai gauza handirik egiteko. Baina egoerak gero eta okerragora joko luke. Ez zaie zubia komeni. Gainera, ez dakit zergatik arduratu behar dudan nik beraien interesez, ez lehenengo aukeran behintzat. Mendietakoen interesetan pentsatzeko eskubidea dut, zeren hau baitut neure jaioterria. Ez al zaizu atsegin nik hori esatea? Baina gutxienez jator hitz egiten dut, Masterbuilder irakaslea. Zu bezalako pertsonak baino jatorrago, beti idealez beteta egoten zarete, eta besteen alde ari bazinate bezala jokatzen duzue, baina benetan zeuen buruaren interesa besterik ez duzue bilatzen. Tira, agian zu desberdina izango zara, ez zait kostatzen hori onartzea. Baina tristeena da zuri askatasuna kentzeko eginbeharra daukadala, neure idealaren indarrez».

Doeve pixkanaka indarberritu egin zen bere abailduratik. Bizitzeko gogoa berreskuratu zuen. Orain konturatzen zen ezin zuela ihes egin bortxa erabiliz, bere adimenaz baliatuz egin beharko zuela. Bere oharretan, aparatu zientifikoak eta gai kimikoak, tximist-ontziak eta erremintak eskatzen hasi zen. Dena ekarri zioten.

—Pozik nago zeure jarduera zientifikoetara itzuli zarelako —esan zion Villeriusek hurrengo bisitan—. Oso mingarria zitzaidan hain abaildurik ikustea, errudun samar sentitzen nintzen. Nahi baduzu ikusiko dugu zure lanaren emaitzak argitaratzeko modua. Zu bezalako pertsona interesgabe batentzat, agian garrantzizkoagoa izango da egindako aurrerapenak beste batzuekin partehartzea, meritua nork bere buruari berekoiki egoztea baino. Nik neuk idatziz utziko nuke gertakarien deskribapen benetako bat eta neure notariari emango nioke leku seguruan gorde dezan. Ni hil eta handik berrogeita hamar urtetara bakarrik ireki ahal izango da. Orduan ezagutuko lituzkete zure merituak, hilondoko omenaldi bat izango litzateke. Ni neure aldetik, gure garaiko gizarte-faktore garrantzizkoena bezala pasatuko nintzateke. Izugarri gustatzen zait ideia.

Masterbuilderrek isilik segitzen zuen. Villeriusek hitz egiten zuenean beti beste alde batera begiratzen zuen; normalean begirada amildegian galduta zuela gelditzen zen. Baina Villeriusek esaten zion ezerk ez zion ia ihes egiten.

Bere ikerketa zientifikoetarako materialak eskatzen denbora apur bat zeramanean eta bere zaindariak egoera hartara ohituak zeudela uste izan zuenean, eskari-zerrenda luze baten barruan laser izpien aparatu bat sartu zuen. Atean zulo bat irekitzeko erabil zezakeen. Zoritxarrez, haiek ere konturatu ziren.

Eskaturiko gauzak iritsi zirenean, zerrenda itzuli zioten zerbait falta ote zen ikusteko. Laser hitzaren ondoan norbaitek «ukatua» berba idatzi zuen.

Bere aldetiko harridura handiarekin, Masterbuilderrek ikusi ahal izan zuen, handik egun batzuetara Villeriusek bisita egin zionean ez zuela gertatuaren inolako aipamenik egin. Baina geroago bai iruzkinen bat egin zuen, Doevek leherkari kimikoak egin nahi izatean. Eskaturiko produktuen zerrendan «ukatuak» hitza agertu zen berriro ere. Gero, produktu kimikoetatik hasi behar zuela konturatu zen. Laser izpien aparatua eskatu izanak erne jarri zituen. Villeriusek pentsamenduak irakurri egin zizkiola zirudien, zeren hurrengo bisitan esan baitzion:

—Ene Masterbuilder maitea, uste dut honez gero pentsatzen hasita zaudela ea zergatik hasi garen arretak hartzen zure eskariekin beraien artean laser aparatu bat sartu duzunetik. Ziurta diezazuket ez dela horrelakorik gertatu. Zure nahiak bete aurretik, zerrenda hori neuk eta nire konfidantzako pertsona batek, Swankhuisen izeneko batek, aztertzen dugu. Swankhuisen zientzigizona da, zu bezala. Jakina, ez zu bezain distiratsua, ezta hurrik eman ere, baina gutxienez balio digu jakiteko ea arriskurik dagoen zuk eskatutakoa emanez gero. Swankhuisenek Lorimer & Bazkiden lan egiten du. Ba al zenekien Bazkide neu nintzela? Agian bazenekien. Nire diru-sarrerei laguntza polita egiten die eta, gainera, ustiakuntzarako onartzen diren produktuak erabakitzeko eta beroriek baliarazteko aukera ematen dit. Esate baterako, aleazio berriak frogatzen dira etengabe. Zure espezialitateetako bat da, oker ez banago.

«Tamalgarria da nirekin ez hitz egin nahi izatea. Interes handia sentitzen dut hemen egiten ari zaren ikerketei buruz. Dakizunez, ni ez naiz zientzigizona, baina batzuetan mesedegarri gerta liteke nork bere ideiak ezjakin baten aurrean esatea. Ni ezjakin burutsu eta estimulagarria izango nintzateke. Baina ikusten dut nahiago duzula isilik egon. Ez da ezer gertatzen, irakaslea. Nola ez zaren gela honetatik inoiz irtengo, ez daukat sekreturik zurekiko. Zu zara neure sekretuak inolako arriskurik gabe konta diezazkiokedan pertsona bakarra. Horregatik gustatzen zait zurekin hitz egitea. Sinetsiko al zenidake esango banizu nire zaletasun gogokoena bihurtu dela? Deprimitu samar sentitzen naizenean, Kalanderrerako bidaia bat prestatzen dut. Uste dut hori gustatuko zaizula. Orain joan beharra daukat. Laster arte!

BERE GATIBALDIAREN hamargarren urteurrena hurbiltzean, Doeve berriz ere deprimiturik sentitu zen. Igarotako hamar urtetan arduraz lan egin zuen. Bere espezialitateaz argitaratutako artikulu gehienak irakurtzen zituen; argitalpen zientifikoak puntualtasunez iristen zitzaizkion. Itxurak salbatzeko esperimenturen bat edo beste egiten zuen, zeren ez baitzuen nahi haietakoren batek emaitza positiborik bazuen inor konturatzerik. Funtsean, fisika eta ingeniaritza teorikoa sakontzen aritu zen batipat. Zubia urte gutxi barru eraikitzeko ikerketek hartu behar zuten norabidea aztertu zuen eta atera zuen ondorioa izan zen Mendietan halako ezer ez zirela egiten ari. Lan zientifikoetatik atera izan ez balu, Villeriusen bitartez jakingo zukeen, izan ere berak zehaztasunez berri ematen baitzion erabiltzen zituen prozedurez inor konturatu gabe egoera hari bere hartan eusteko.

Nahiz eta Masterbuilderrek erantzun gabe jarraitzen zuen, Villerius konturatu zen gero eta deprimituago zegoela. Egun batean, Villeriusek zerrendan agertu ez zen zerbait eraman zion, baina Doevek behin baino gehiagotan eskatu nahi izan ziona: klarinete bat.

—Badakit gaztetan oso ongi jotzen zenuela klarinetea —esan zuen—. Oso lurjota ikusi zaitut azken aldian. Agian tresna honek ahantzarazi egingo dizkizu tristurak. Soinua ahulegia du amildegitik entzun ahal izateko. Gainera, hona ez da ia inor etortzen. Esplikatu dizut Kalanderretik ipar-mendebaldera gaudela, ezta? Jendeak badaki noizean behin hona etortzen naizela, ezkuta ezinezko zerbait da. Neure bakelekua deitzen diot. Nekaturik nagoenean hemen hartzen dut atsedena.

«Lurrikara gertatu eta handik gutxira aitak aurkitu zuen amildegiaren barruan dagoen arrisku gabeko ebakidura hau. Geologoa zen. Etxea salbatu egin zen hondamenditik. Aitak erosi egin zuen, inguruan daukan lursailarekin batera, ia hutsaren truk, zeren Kalander ia desagertu egin baitzen mapatik. Aitak berak landu zituen harmailak eta egoki iritzi zion tokietan igeltsuztatu egin zuen. Burdinazko atea eginarazi eta berak ezarri zuen konfidantzazko morroi baten laguntzarekin. Gero itxi egin zuen haitzuloa, ez baitzekien oraindik nola probetxatu, eta gainean kotxetegi bat eraiki zuen. Leku hau beti sekretupean egon da. Aitak uste zuen egunen batean baliagarria izan zitekeela babesleku gisa. Ikusten duzunez, badut bere antza. Guztiarekin ere uste dut konturatuko zarela ez dudala babesleku hau jarduera kriminalekin zerikusia duen zerbait bezala hartzerik nahi».

Gai berari ekin zion berriz ere hurrengo bileran. Ez zuen nahi Masterbuilderrek gaizkile soiltzat har zezan.

—Frogatu al duzu klarinetea? —galdetu zion—. Hamar urte baino gehiago daramatzazu hemen. Tamalgarria da zu hamar urte geroago ez jaio izana. Orain hogeita zortzi urteko irakasle distiratsu batek zubia eraiki nahiko balu, ez nuke zirkulaziotik aldendu beharrik izango. Orain nahikoa botere dut beste prozedura batzuen bidez bere ahaleginak alferrikako bihurtzeko. Baliabide ekonomikorik izateaz arduratuko nintzateke. Lankideak beraren etsai bihurtzea lortuko nuke berak ezer jakin gabe. Bere ideiak baregarri jarriz zenbait iruzkin argitararaziko nituzke egunkarietan. Beharrezko materialak garai aurrikusietan ez iristea lortuko nuke. Eta hori dena, guztiz legezkoa izango litzateke. Ulertzen? Ez nuke inolako legerik hautsi beharrik izango. Zuri esker ulertu dudan zerbait da. Zu giltzapean edukitzeko dudan aiherkundeak eta zurekin izandako elkarrizketek ezagunarazi didate adimena behar bezala erabiltzen duenak dena lor dezakeela legerik hautsi gabe. Ez al duzu ezer erantzuteko? Ez da beharrezko ere. Badakit ulertzen duzula arrazoia dudala. Egunero erakusten dizut arrazoia dudala.

Doevek izugarrizko mesprezioa sentitzen zuen gizon harenganako eta, hala ere, beti sentitzen zuen alde egiten zuenean. Gutxienez, beste gizaki bat zen, bizi zen, arnasa hartzen zuen, bere bakardadea arintzen zuen. Lehen bisitaldietan, Doeve askotan egon zen bere isiltasuna urratu eta Villeriusekin eztabaidan sartzeko zorian. Hala eta guztiz ere, ez zuen horrelakorik egin, zeren bai baitzekien bien artean lokarri bat sortuko zela, gizon hari afektua hartuko ziola, zeren ez baitzeukan beste inor maite izateko. Eta ez zegoen horretarako prest. Villeriusen garaipena biribila izango zatekeen presoak alaitasuna erakusten bazion agertzen zen bakoitzean. Bere presoaldiko hamargarren urteurrena betetzen zen egunean hartu zuen lehen aldiz klarinetea. Harrez gero partitura jakin batzuk eskatu zituen: sonatak, bakarlari-piezak, kontzertuak. Arratsalde askotan leiho ondoan esertzen zen jotzeko. Ez zekien batzuetan, dena isilik zegoenean, paseatzaile atzeraturen batek urruneko doinuak entzun izan zituenik. Kalanderren gauez harpa jotzen zuten amildegiko jainkoez hitz egiten zuten.

Baina ez zen klarinetea izan bere bigarren depresioaldia gainditzen lagundu ziona, zientzia baizik. Urte haietan zubiaren arazora zuzendu zituen bere indar guztiak eta ez zituen inoiz ihes egiteko ahalbideak aztertu. Baina orain itxuraz kaltegabeak ziruditen materialak erabiltzea erabaki zuen, ihes egiten lagunduko zion zerbait eraikitzeko. Gauza bat aurkitu zuen. Teorian funtzionatuko zuen gauza bat. Gas-deskargei buruz idatzitako guztia zehatz-mehatz irakurri ondoren, altzairua ebakitzeko moduko argiizpi bat lor zezakeen ondoriora iritsi zen. Kristalezko hodi bat behar zuen bakarrik gasarekin, eta hartatik korronteak pasatu behar zuen, diametro bereko bi ispilu muturretan zituela: inork ez zuen arriskurik ikusiko hain gauza kaltegabean. Eta hala eta guzti ere, sistema harekin altzairua ebakitzeko moduko izpi bat lor zezakeen.

Ondorio hartara iritsi ondoren, teoriatik praktikara pasatzea erabaki zuen. Berak aurrikusitakoak baino askoz ere zailtasun gehiago zeuden. Ez bere ideia erratua zelako. Ezta gutxiago ere: bi urtetan zehar frogatua zuen ziurtasun osoz printzipioa zuzena zela. Bazitekeela. Baina oso besterik zen teoriatik aparatu konkretu batera pasatzea.

Porrotak bata bestearen atzetik zetozen. Beira puztearen artea ikasi behar izan zuen, haren leunketa eta tresnagintzakoa. Baina porrot berri bakoitzak zerbait berria irakasten zion eta denborarekin garaile ateratzeko asmoa zuen. Buru-belarri lanean murgildurik zegoen eta batzuetan bere ezbeharraz ere ahaztu egiten zen.

Villeriusek bisitaldiak egiten zizkion.

—Ba al dakizu zein den gizarte modernoaren hitz gakoa? Neuk esango dizut. Informazioa. Boterea nahi duenak ziur egon behar du besteek baino informazio lasterrago eta osoagoak dituela. Nik alderdi guztietan ditut kontaktuak. Jakin nahi dudan guztiaren berri izaten dut. Interesatuko zaizun adibide bat kontatuko dizut. Jakingo duzu, noski, seme adoptatua zarela. Gurasoek esango zizuten, edo gutxienez irakurriko zenuen egunkarietan. Hasi nintzen neure buruari galdetzen ea jakin ote nezakeen nortzuk ote ziren zure benetako gurasoak. Ziur nago zerorrek ere ez dakizula, zeren adopzio-zentruek sekreturik zorrotzenaren pean edukitzen baitituzte horrelako informazioak. Ez nuen neke handirik izan egia jakiten. Ba al dakizu nola? Umezurtz-etxearen tutoreetako bat naiz. Umezurtzetako batzuk adoptatuak dira eta orduan umezurtz-etxea adopzio-zentruekin harremanetan jartzen da. Tutore naizen aldetik, ez nuen zailtasunik izan fitxategietara iristeko.

«Jakin nahi al duzu nortzuk izan ziren zure gurasoak? Erantzun gabe jarraitzen al duzu? «Isilik dagoenak, baietza dio» esan ohi da. Informazioa interesatzen zaizula suposatutzat emango dut. Zure aita Groen matematikaria izan zen, bere garaian sona apur bat zuen irakaslea. Annetje van Manen izeneko ikasle batekin abentura bat izan zuen. Bera bapatean hil zen, neskatila haurdun gelditu zela jakin gabe. Ez dakit Annetje van Manen oraindik bizi den; ez dut egiaztatu. Ez dut uste zuri ere asko axola dizunik. Berak ezingo luke esan bere seme zaituenik, zeren adopzio-zentruak arreta handiak hartzen baititu ama ezkongabeek jakin ez dezaten bere semea nora joan den. Zure aitak amak baino hogeita hamabost urte gehiago zituen. Beste galderarik?

Doeve Masterbuilderrek isilik jarraitu zuen.

URTEAK AURRERA JOAN ZIREN. Alde batetik amaiezinak ziruditen: ordu bakoitzak astebete ematen zuen, eta aste bakoitzak urtebete. Hala eta guztiz ere, atzerantz begiratuz, betireki batean pasatu zirela ematen zuen; urte-sail bat zen inolako berezigarririk gabeak, lokamuts bat, obsesiozko irudiak zituen amets triste bat.

Doevek ile zuria zeukan. Larruazala, kanpoko airearekin inolako kontakturik ez izatean, zuri gardena zen. Ez zen inoiz gaisotu, agian inoren bakteriekiko ukipenik ez zuelako. Zaindariak, eta Villerius ere bai, beste metro batzuetako distantziara egoten ziren. Urdaila ere harriak egosteko modukoa eduki behar zuen, zeren ez baitzuen inoiz infekzio txikienik ere izan eramaten zioten jakiak zirela eta. Batzuetan ondoezen bat izaten zuen hortzetan, baina ez zuen inoiz esan. Behin, hortz baten mina jasan izan ezin zuenean, aliketak erabiliz erauzi egin zuen.

Bitartean, lanean jarraitu zuen setati altzairua ebakitzeko gai izango zen izpian. Eta aurrerapenak egin zituen. Astean behin zaindariak egur txikitua, petrolioa, asteko jakiak, egunkariak eramatera eta aurreko astean egindako eskariak jasotzera joaten zitzaizkion. Ur-gordailua ere betetzen zioten. Dena hitzerdirik esan gabe egiten zen. Denboraldi batzuetan, Inodoor eta Tappenier luzaroan egoten ziren hara joan gabe; orduan ordezko bat, Doevek izenik ere ez zekien bat joaten zen. Batzuetan Swankhuisen etortzen zen. Hauxe zen higuingarriena Masterbuilderrentzat, agian zientzigizon bat zelako, eta eman zizkion gizartearen kontra bere ezaguerak erabiltzen ari zelako.

Villerius tarteka-marteka berarekin hitz egiteko agertzen zen. Villeriusek ere ile zuria zeukan, baina aurpegiak betiko kemen bera ageri zuen eta bere buruarengan zeukan konfidantza egunean-egunean hazten ari zitzaion. Oraindik urtebete ez zela, asko kezkatu zuen arazo larri bat izan zuen. Orduan ere Doeveri kontatu zizkion bere nahigabeak.

—Tenteltzar horiek! —esan zion—. Pentsatu gabe aritzen dira, Swankhuisen bera ere bai, nahiz eta gizon arduratsu eta zuzena izan. Beti miretsi izan dut horregatik. Badakite ez dudala egin nahi legez kanpoa den ezer. Zer gertatu den kontatuko dizut. Dakizunez, Swankhuisenek Lorimer & Bazkiden lan egiten du. Domen Compagne, Haraneko agintarien interesak ordezkatzen zituen batekin harreman estuan zegoen, eta gizon horren egitekoa zen Haraneko titanioa erabakitako helburuetarako erabiltzen zela egiaztatzea. Izan ere, dakizunez, zubia egitea baita. Aski ongi konpontzen ziren. Batzuetan txantxak egiten zizkioten zeukan antzarengatik: ile beltz bera, itxura bera, aurpegiko zertzelada batzuk ere berdintsuak zituzten. Swankhuisenek esan izan zidan batzuetan antzekotasun hartaz baliatzeko gogoa zeukala. Compagneren ahotsa imitatu ere egiten zuen. Egun batean froga bat egin zidan eta lortu zuen efektua harrigarria zen.

«Bada, oraindik asko ez dela ezbehar bat, leherketa bat, gertatu zen Lorimer enpresan. Hauxe duk aukera —pentsatu zuen—. Horretaz baliatu beharrean negok —Domenek ia zazpi urte zeramatzan Haranera itzuli gabe—. Domenen ahotsarekin eta aurpegian orbain batzuek ditudala, haren lekua hartuko diat. Haranera joan ondoren, mea ustiatzeko bertan dituzten planak jakingo dizkiat. Bertako funtzionariei presio egingo zieat. Kontatuko zieat nola ari diren aurreratzen zubigintza-planak Mendietan eta horrela titanio gehiago lortuko diat. Oso ona izango litzatekek Lorimer & Bazkiderentzat».

«Harry Lorimerrek oso ongi ordaindu zion egitasmoa aurrera eramateko. Horrela zihoazen gauzak, harik eta Swankhuisen konturatu zen arte bazegoela engainuari igarriko zion pertsona bat: Domenen emaztea. Horrela aurretik kentzea erabaki zuten. Eta hori nik onartu ezin dudan zerbait da. Bitarteko baketsu eta legezkoekin dena lor daitekeelako ondoriora iritsi naiz. Agian luzeago joko du, baina hobea eta seguruagoa da. Harry Lorimerrek baditu kualitateak, baina ez da inoiz zu eta ni bezalako pribilegiatu-taldekoa izango. Milesker entzuteagatik. Arinduago nago. Arratsalde on!».

HELDU ZEN UDA, eta udazkena, eta gero negua. Horrela igaro ziren hogeita bost urte baino gehiago, harik eta atean kolpe bat eta gazte-ahots bat: «Nor dago hor?» galdezka entzun zen arte.

16 *Barbara*

DOEVE Masterbuilderrek amaitu zuenean, isilaldi luzea sortu zen. Yonderrek hitzerdirik esan gabe entzun zuen, agian txunditurik hogeita bost urtez isilik egon zelako. Yonderrek estufara hurbildu eta egur-zati batzuk bota zituen sutara. Ur pixka bat berotu zuen kafea egiteko. Jadanik ez zuen buruko minik. Koskorra ukitzean bakarrik sumatzen zuen. Doeveren aurrean eseri eta zera esaten ahalegindu zen: «ikaragarria!» edo «nola lortu duzu bizirik irautea?» edo antzeko zerbait. Baina ez zitzaion hitzik irteten. Bururatzen zitzaion guztiari huskeria zeritzan. Zerbait desberdina esateko ahaleginak egiten zituen; baina ezer bururatu baino lehen, Doevek esan zuen:

—Okerrena afekturik gabe bizi beharra izan duk. Ez neukan inor neure maitasuna emateko, ezta animaliarik ere. Ez duk izan eulirik, ez eltxorik. Ikusi ditudan animalia bakarrak leihotik sartu ziren bi saguzar izan dituk. Maitasunik gabeko gizakia ez duk pertsona. Zenbat eta urte gehiago igaro, gero eta sinetsiago nengoen ez ninduela inork maite, ez zuela inork nigan pentsatzen. Gurasoek agian bai, baina bizi ote ziren gero? Nolanahi ere, emozioak ahuldu egiten dira urteekin. Norbaitek zugan ez badu afektuz pentsatzen, hila bazeunde bezala da.

—Gurasoez gainera, ezagutzen dut beste pertsona bat urte guzti horietan afektuz gogoratu zintuena, beti gogoan eduki zintuena.

Doevek harriturik begiratu zion.

—Zure benetako amak. Nik badakit nor zen. Oso ongi ezagutzen nuen. Nire amona zen. Annetje van Manen nire amona zen, eta zu nire osaba zara.

Oso pozik eta harro zirudien azken hitz horiek esatean. Doevek Yonderren esku sendo eta beltzaranak hartu zituen hain zurbil eta gardenak ziren bereen artean.

—Zu nire iloba al zara? Benetako iloba bat dudala esan nahi al duzu eta berak aurkitu egin nauela eta hemen dagoela nirekin eserita?

Doeveri berriro malkoek ihes egin zioten, oraindik gurasoak bizi zituela esan zion lehen egunean bezala. Ez zuen horren lotsarik.

—Eragozpenik ez baduzu, hemendik aurrera osaba Doeve deituko zaitut —esan zuen Yonderrek.

—Aski duzu Doeverekin.

—O, ez! Atseginago zait osaba Doeve, edo osaba, besterik gabe. Oso pozik nago osaba dudalako. Ez dut inoiz izan. Eta izugarri miresten zaitut eta ez zintuzket beste ehunengatik trukatuko —esan zuen Yonderrek, eta egia zioen.

—Zure hitzen arabera, Annetje van Manen, zure amonak beti nigan pentsatzen zuen. Nola egin zezakeen? Villeriusen arabera, ezinezkoa zen jakitea nork hartu ninduen semetzat. Ezin zuen jakin, beraz, nire izena Masterbuilder zenik.

—Baina ez zen hala gertatu. Bere izena entzun nizunean ulertu nuen. Zure ahotsa izan zen. Hitz egiten entzun nizunean, zure ahotsa ezaguna gertatu zitzaidan. Eta hainbeste denboraz hitz egiten entzun nizunean, oraindik komentzituago nengoen: amonaren ahotsa zen. Ez nekien gizonezkoaren ahotsak emakumezkoaren antza izan zezakeenik, baina ez zegoen inolako zalantzarik: amonaren ahotsa zen. Baxuagoa, desberdina, baina bera. Amonak ere ingeniaritza ikasi zuen. Beti joaten zen zure hitzaldietara. Egunkarietan irakurtzen zuen zer egiten zenuen. Zure ahotsa entzuten zuen. Ziur nago amonak bazekiela eta beti pentsatu izan zuela zugan, zu desagertu eta gero ere.

Doevek baietz esan zion buruaz. Ezin zitekeen bestetara izan.

—Tira, berandutu egin zait. Joan beharra daukat —esan zuen Yonderrek txantxetan. Doevek barre-algara bat jaregin zuen. Harriturik eten zuen. Gero berriro barre egin zuen, baina ez Yonderren iruzkinarengatik, baizik eta bere buruari barre egiten entzun ziolako. Hogeita bost urte zeramatzan barrerik egin gabe. Oraindik bazekien egiten. Barre egiteko gai zen. Gizaki bihurtzen ari zen ziztu bizian, maitatzeko iloba bat zeukan, barre egin zezakeen. Yonderrek ere berarekin barre egin zuen. Biak zutik jarri ziren, bakoitzak bestearen sorbaldan eskuak zituela, eta malkoak atera zitzaizkien arte barre egin zuten. Oihu egiten zuten, zotin-erasoaldiak zituzten, urdaileko mina zuten, baina ezin ziren gelditu. Azkenean unaturik erori ziren aulkietan, arnas estuka eta zoriontsu.

—Orain, benetan hitz eginez —esan zuen Yonderrek, ahots erlatsez—, nola irten gaitezke hemendik? Zer diostazu altzairua ebakitzeko zeure izpi horretaz? Noiz izango da prest.

—Laster —esan zuen Doevek—. Oso ongi doa. Hiru, lau edo gehienera bost urte barru erabili ahal izango dugu.

—Eta laster al deritzazu horri?

—Mutiko, zer dira niretzat hiru urte?

Isiltasuna sortu zen. Yonderrek urratu egin zuen.

—Zergatik ez da Swankhuisen agertzen? Zer egingo ote dute nirekin?

—Astean behin bakarrik etortzen da norbait jakiak eta beste gauzak ekartzera —erantzun zuen Doevek—. Uste dut Swankhuisenen kezkarik nagusiena izango dela jakitea nola topo egin duzun nirekin. Bere gordelekuaren berri dakien jende gehiago ba ote dagoen galdezka ibiliko da. Agian beste leku baten bila ibiliko da bertara eramateko.

—Amildegian behera botatzea izango litzaioke errazena —esan zuen Yonderrek, bapatean nerbioen menpe eroriz.

—Ezingo luke berak bakarrik egin; laguntza beharko luke. O, ez! Pistola erabili ahal izango luke. Sartzen denean, osaba Doeve, ni atearen atzealdean egongo nahiz aulki honekin. Eta sinetsidazu, ni ez naiz damutuko. Egundoko zartakoa hartuko du. Berak ere eman dit niri.

—Villeriusek ez luke asasinaketarik onartuko —esan zuen Doevek tonu lasaigarriz.

—Ez, baina hori egiteko gai da, Barbararen amaren kasuan bezala. Villeriusek ez zuen hil zezan nahi, baina alferrik izan zen.

—Nahi duzuna esan, baina ez didazu eguna garraztuko —esan zion Doevek—. Sinetsirik nago niretzat amaitu dela gartzelaldi luzeena. Eta dena zuri esker.

SWANKHUISEN oso urduri zegoen. Kotxetegira joan zen, zaldia irrintzi eta irrintzi ari baitzen. Orduan ikusi zuen tranpa irekita zegoela. Oso erraza gertatu zitzaion Masterbuilderrekin batera giltzapean sartzea Yonder Sekoer. Arazoa zen mutiko hark haitzuloa nola aurkitu zuen jakitea. Eta batez ere, ba al zekien inork nora joan zen?

Swankhuisenek lasto-balak tranparen gainean barreiatu zituen. Arretazko miaketa bat egingo zuenak bakarrik aurkituko zuen. Eraikinaren barruan gelditu zen, sarritan gortina artetik begiratuz. Ez zen Kalanderrera joaten ausartzen, telegrama bat igorri edo telefonoz dei egitera. Ezin zitekeen fida. Agian orain bere argazkia egunkari guztietan agertuko zen Yonderren desagerpenarekin lotuta. Berehalaxe ezagutuko zuten orbainetatik. Teatroko arratsalde hartan arrisku batean sartu zen, zeren Huibert Tappenierrekin hitz egin behar larria baitzuen. Abagune hartan tentel bat bezala portatu zelakoan zegoen. Itxarotea erabaki zuen. Bazitekeen Villerius etortzea. Gutxien espero zuenean agertzen zen beti.

Gainera, Huibert astea bukatu baino lehenago itzuli behar zen. Arratsaldeetan bakarrik, inguruetan inor ikusten ez zenean, zaldiz ateratzen zen, bai berak eta bai animaliak ere ariketa pixka bat egitearren.

Barbara kalanderrera iritsi zenean, artilezko txanoa alderatua eta ezkerreko orpoan baba bat zuela, une batez eszenari begiratzeko gelditu egin zen. Zer demontre egin behar zuen berak herri lokartu hartan? Nondik has zitekeen? Gauza bat besterik ez zekien: norbaitek KALANDER idatzi zuela hondarrean letra handitan. Zoritxarrez, ez zuen kalearen berri eman, ezta han nor aurkitu behar zuenik ere. Sena erabili zuen gidari. Ez zeukan beste irtenbiderik.

Kaletan barrena jira eta bira ibili zen, herriari buruzko ideia orokor bat egin arte. Laster lortu zuen. Kale haustu pare bat, eliza, ikastaldian zeuden eskola bat; leihoen bestaldean neska-mutikoak eserita zeuden. Ferratzailea zaldiari ferrak ezartzen ikusi zuen, okina orgatilarekin, emakumea arropa esekitzen; ez zegoen beste bizi-seinalerik. Eskolara itzuli zen. Jolastokiaren ondoan etxe bat zegoen, seguraski zuzendariarena. Atean esmaltezko plakatxo bat nabari zen. Lehenago ere ikusita zeuzkan antzeko beste batzuk. ZEOB letrak grabatuak zeuzkan. Haranarekiko kontaktuak hobetu nahi zituen elkartea zela gogoratu zuen. K. J. Wildschuten izena ere ageri zen. Geldi! Berak entzuna zeukan beste noizbait izen hori. ZEOBen burua zen, eta Birgit eta Jonathanen adiskidea. Jonathanek hitz egin zion beratax, denbora asko ez zela, uso mezularien egitarauari edo antzeko zerbaiti buruz.

Jo zuen txirrina. Ez zen inor irten. Jakina, Wildschut jauna eskolan izango zen, eta emaztea kanpoan ibiliko zen, ezkonduta bazegoen. Paseo bat eman zuen, hiruretan, ikastaldia amaitutakoan itzuli behar zuela ahaztu gabe. Ordu erdi geroago gizon ilegorri bat irten zen eskolatik eta jolastokian zehar joan zen. Wildschut jauna zen seguraski.

Barbarak berarenganaino joan eta galdetu zion:

—Karel Wildschut al zara? Galdera bat egin al niezazuke?

—Jakina.

—Barbara Compagne naiz.

Karel Wildschut begira gelditu zitzaion. Pozik zirudien azterketaren ondoren.

—Yonder Sekorren laguna, Birgiten anaiarena.

—Zatoz nirekin —esan zion.

Bizkar zuzenekiko aulki batzuetan paperez beteriko mahai zabal baten ondoan eseri zirenean, Yonderren desagerpenaz, Zadelhof inspektoreaz eta hondarrean idatzitako hitzaz hitz egin zuten. Ez zion kontatu zergatik uste zuen Yonder hipodromora joan zela.

—Eta horregatik nago hemen —esan zuen amaitzeko—. Zerbait egin beharra daukat.

Karel Wildschutek, egintza-gizonak, ezin hobeki ulertzen zuen neskari gertatzen zitzaiona. Pertsona egokiarengana etorri zen.

—Zer egiteko asmoa duzu orain?

—Neuk baneki! —esan zuen Barbarak—. Zuk laguntzea espero nuen. Agian zerbait estrainioa ikusi duzu hemen, Kalanderren, Wildschut jauna.

—Ez nazazu jaun deitu —esan zuen Karel Wildschutek—, Karel esatea aski duzu.

—Ederki, Karel —erantzun zuen Barbarak.

—Kalanderren ez da inoiz ezer gertatzen.

—Onartu beharra daukat ez dirudiela oso herri bizia —esan zuen Barbarak—. Biztanle guztiak ezagutzen al dituzu?

—Ia bai. Bi maisu gara hemen. Nik laugarren, bosgarren eta seigarren ikastaldeak dauzkat. Gehienak baserritarrak edo merkatari txikiak dira. Badira herritik kanpora etxe batzuk Lovendaaleko jendearenak, hona eguzkia hartzera edo amildegia ikustera bakarrik etortzen direnenak. Denetarako maniadunak daude. Ba al duzu Villerius doktorearen berririk? Batzuetan toki hau bakelekutzat erabiltzen du egun pare batean. Etxe erdiabandonatu bat dauka han muinoetan.

—Berriz ere Villerius —xuxurlatu zuen Barbarak—. Varenbaan-en ere bizi da. Handia da gero!

—Beraz ez dago gauza handirik esaterik Kalanderri buruz —esan zuen azkenik Karelek—, amildegiko jainkosena kenduz gero.

—Zer jainkosa dira horiek?

—Batzuek diote noizbehinka musika bat entzuten dela amildegiaren barrenean. Suizidagaiak liluratzeko omen da.

—Zuk entzun al duzu inoiz? —galdetu zuen Barbarak.

—Ez, mesedez. Ez horixe. Gainera, ez naiz ia inoiz amildegira joaten. Ez nau erakartzen.

Barbarak arretaz begiratu zion. Begiko zitzaion. Oso interesaturik zegoen, arazoa berea balu bezala. Suharrak masaila zurbilak gorritu zizkion. Aulkiaren ertzera arrimatuta zegoen.

—Begiratu bat eman nahi nioke Villerius doktorearen etxeari —esan zuen Barbarak—, eta amildegiko jainkosak entzun nahiko nituzke. Adieraziko al didazu nola joan naitekeen haraino?

—Jainkosen hori arazo izan liteke. Nik daukadana baino irudimen gehiago behar da entzuteko. Aldiz, etxearena, erraza da. Traba ez bada, neuk lagunduko zaitut.

Horixe besterik ez zuen Barbarak nahi.

—Aurretik zerbait jango dugu —esan zuen Karelek.

Jan ondoren, muinoetarantz abiatu ziren oinez. Oso ilunabar polita egiten zuen. Oskarbi zegoen eta haizea bare. Ilargiak, irten zenean, oinpeko bidezidor harritsua argitu zuen.

—Hara, hor dago Villeriusen etxea —esan zuen Karelek—, herriko azken etxea. Errepidea hemen amaitzen da. Bidezidor honetatik joan gaitezke, nahi baduzu.

—Ederki; gora jarraituko dugu.

Bidezidorra amildegiaren ondotik zihoan. Villeriusen etxearen gain-gainean zegoen puntu batean eseri ziren. Ez zegoen argirik piztuta. Ez zen mugimendu txikienik hautematen. Gauaren bakeak inguratzen zituen. Dena isiltasunerako deia zen. Karel Wildschut berritsuak berak ere ahoa itxita zeukan.

—ZERGATIK EZ DUZU ZERBAIT JOTZEN nire ohorez, osaba Doeve? —erregutu zuen Yonderrek.

—Zergatik ez? Azken finean, badut entzulegoa —esan zuen Doevek.

Klarinetea kutxatilatik atera eta leihoaren ondoan eseri zen. Jotzeari ekin zion.

—Entzun! —esan zuen Barbarak, Kareli besotik helduz—. Jainkosak dira!

—Nik ez dut ezer entzuten.

—Zaude. Entzun. Hor, sakoneratik dator.

—Bada, arrazoia duzu! —esan zuen Karelek—. Baina ezina da. Hori zentzugabekeria! Nondik etor liteke? Diskojogailuren bat jarri duen herriko norbaitena izango da. Amildegiko jainkosak! A zer txatxukeriak!

—Ongi da —esan zuen Barbarak—, ulertzen dut amildegiko jainkosei egoztea. Oso urrunekoa dirudi eta benetan barrenetik datorrela ematen du.

Batzuetan soinua itzali egiten zen eta uste zuten dena irudikatu egin zutela, baina gero berriz entzuten zen.

Horrela ordu erdi eman zuten eta, liluraturik, zer soinumota zen eta nondik zetorren bereizten ahalegindu ziren.

—Zeure burua hondora botatzeko gogoa sentitzen al duzu? —xuxurlatu zuen Barbarak.

—Ezingo nuke ZEOBen aurrean justifikatu —esan zuen Karelek.

—Nik ez dut ezer entzuten. Eta zuk?

—Neuk ere ez.

Oraindik apur batean han iraun zuten, baina jainkosak ez ziren entzungarri bihurtu berriro. Gero biak herrira itzuli ziren.

—Hemen gelditu nahi al duzu?

—Mesedez, arazorik ez badut sortzen...

—Jendeak esamesak aterako ditu —esan zuen Karelek irribarrez.

—Nik ez dut inor ikusten, beraz orduan gu ere ez gaitu inork ikusiko —esan zuen Barbarak xaloki.

—Oker zaude. Dena ikus dezakete gortinen bestaldetik.

—Orduan, bihar atez ate joango naiz deika ea Yonder ikusi duten.

Berriro artega sentitu zen. Kalanderreko ibilaldian eta Karelekiko hizketaldian ardurak zertxobait bigarren mailara pasatu zitzaizkion. Hala ere, arrasto zuzenaren atzetik zebilen sentipena zeukan.

Biharamun goizean, Karel eskolarantz irten zenean, neska galderak egiten ibili zen herrian. Kalean aurkitzen zuen jende guztiari, pasatzean atea irekitzen zion guztiari, galdetzen zion:

—Ikusi al duzu herrikoa ez den gazte horail bat? Etortzen al da hona aurpegian orbainak dituen gizon bat? Azken bolada honetan gertatu al da ohizkoa ez den zerbait?

Era estrainioz begiratzen zioten. Batzuek neska ala mutila zen galdetzen zuten. Bost axola berari. Barbarari ez zitzaion inoiz jendeak esaten zuena axola izan. Zoritxarrez, ez zuen bere bilaketan lagunduko zion erantzunik jaso. Inork ez zuen ezer arrarorik ikusi ez entzun. Adorea galtzekoa zen. Eskolak amaitu zirenean utzi zion galdezka ibiltzeari. Kareli eman zion bere esperientzien berri.

—Eta orain? —galdetu zion honek.

—Bide zuzenetik gabiltzalakoan nago, baina bada argi ez dagoen zerbait. Gaur arratsaldean amildegiko jainkosei entzutera itzul gaitezke. Horrek izan behar du esplikazioren bat.

—Baliteke fenomeno natural bat izatea —esan zion Karelek.

Aurreko egunean baino zerbait lehenago lotu zitzaizkion bideari. Mendikate baten atzean eguzkia sartzen ikusi zuten. Barbara aurreko eguneko leku berean gelditu zen eta ilunabarrean pizten hasita zeuden argiekin ageri zen Haranerantz zuzendu zituen begiak. Bai hurbil, eta hala ere, bai urrun!

—Oraindik oso goiz da amildegiko jainkosak entzuteko —esan zuen Karelek.

—Handia da gero! Han bizi naiz, hogeita hamar kilometrotara. Baina munduaren bestaldea balitz bezalaxe da.

—Egin zaitez ZEOBeko elkartekide —esan zion Karelek.

Zaldi baten trosta-hotsa entzun zuten beren gainean zegoen bidezidorrean. Instintuz lurrera bota zituzten beren buruak. Zaldizkoa bidezidorrean behera jaitsi zen, baina ikusi gabe. Barbarak Karelen besoari heldu zion, aurreko gauean bezala. Zurbildu egin zen, baina Karel konturatu egin zen nahiz eta argi handirik ez egon.

—Zer duzu?
—Ez mugitu. Orbaindun gizona da —esan zuen ahots apal eta urduriz.
—Jarraitu egin behar diogu; ezin diogu ihes egiten utzi.
Zaldizkoa desagertu egin zen bihurgune baten atzean.
—Goazen.
Karelek ez zituen oso garbi bere ahalbideak ikusten. Nola jarraitu behar zioten zaldizkoari zaldia lasterka hasiz gero? Bere beldurrak oinarrigabeak ziren. Nerbioengatik dardarka, Barbarak ikusi zuen Villeriusen etxera hurbiltzen ari zela Swankhuisen eta zaldia kotxetegian sartzen zuela.
—Hor daukagu —esan zuen Barbarak—, ziur nago badakiela non dagoen Yonder. Ikusten al duzu nola izan zen Yonder KALANDER hondarrean idatzi zuena? Espero dezagun dohakabe horrek ez diola ezer txarrik egin.
—Zerorrek jarri nahi al dizkiozu esku-burdinak? —galdetu zion Karelek.
—Ba al dago poliziaren bat herrian?
—Bai. Baina hirurogeita zortzi urte ditu eta ziur nago ez duela pistolarik.
—Orduan Zadelhof inspektorea etorriko da Lovendaaletik —esan zuen Barbarak erabakior—. Baina hiru ordu baino gehiago beharko genituzke abisua emateko iristen —gehitu zuen gogoeta eginez—. Telefonoz dei egin al dezakegu? Ba al dago zentralik? Oraindik zabalik al dago?
Seguraski ez zen izango inolako herri-garraiabiderik ere hain berandu.
—Gauza bat bururatzen zait —iradoki zion Karelek—. Herriko adiskide batek autoa dauka. Uzteko esango diot.
—Ba al dakizu gidatzen?
—Nik dena dakit —esan zuen Karelek apaltasunez—. Tira, goazen.
—Ez, zoaz zu.
—Zer esan nahi duzu?
—Ni hemen gelditzen naiz.
—Zoraturik zaude!
—Ni hemen geldituko naiz Swankhuisen zaintzen. Oraingoan ez dit ihes egingo.

Karelek solemneki eragin zion buruari.

—Ezta pentsatu ere. Ez dut utziko bakarrik neskatila bat gauaren erdian. Barbara aurrean jarri zitzaion, bere zango sendoak lurrean irmoki tinkatuta. Burubete ateratzen zion berari.

—Zerbait jokatu nahi al duzu gai naizela zu amildegian behera botatzeko?

Karelek barre egin zuen.

—Ederki, gelditu hemen. Baina aginduidazu ez zarela inolako arriskutan sartuko. Itxaron itzuli arte. Ados? Hartu nire txamarra. Nik beste bat hartuko dut etxean.

—Ez naiz atxilotzera sartuko —esan zuen Barbarak, baina pentsatzen zuen: «Norabait badoa, segi egingo zioat».

—Gero arte. Agian luze samar joko du.

Barbarak ahal zuen bezala babestu zuen bere burua Karelen txamarra lasaiarekin. Baina gero eta hotz handiagoa zeukan eta kezkaturik zegoen. Ilundu egin zuen baina oskarbi zegoen eta zerua izarrez josita ageri zen. Konstelazioei buruz zerbait jakingo balu behintzat! Zekien gauza bakarra Hartz Handia eta Hartz Txikiarena zen. Asmatu zuen iparra non zegoen zehazten. Aitak irakatsi zion oso txikia zela. Aitak... ez zukeen hain luzaro Mendietan gelditu behar. Zazpi urte gehiegi zen. Oso zaila izan bide zen bere amarentzat, baina ez zen inoiz kexatu. Amaren falta sentitzen zuen. Bai bakarrik aurkituko zela Yonder ezbaleuka! Ezer ez zitzaiola gertatuko uste zuen. Swankhuisenek preso hartuta edukitzea espero zuen etsipenez. Hala askatu egin ahal izango zuen. Eta iruzurti ziztrin hark azkenean gartzelara joan beharko zuen. Agian dena ordu pare batean amaituko zen. Berriro jainkosen ahotsa entzun zuen. Arretaz entzun zuen. Lurraren erraietatik xirula moduko zerbait jotzen ari balira bezalako zerbait zen. Fenomeno natural bat, esan zuen Karelek. Agian izan zitekeen.

Denboralditxoa zen beheko etxean argia piztuta ikusten zuela. Espero zuen Swankhuisenek berekin eramango zuela kriseilua irtetea erabakitzen bazuen. Bestela ez zuen ikusiko. Baina denak berdin segitzen zuen.

Amildegiko jainkosak ere nekatu egin zirela ematen zuen. Hilerri-isiltasuna zegoen. Bi ordu pasatu ziren horrela. Noizean behin, Barbara jaiki egiten zen, pauso batzuk eman eta eskuak igurtzitzen zituen berotzeko.

Bapatean isiltasuna urratu egin zen auto baten zaratarengatik. Bi auto. Barbarak oraindik herrian zeudela entzuten zituen; gurutzatu egin zuten. Errepidean gora igo ziren faroak piztuta zituztela, tronaduraren gainean saltoka, martxak aldatuz, egundoko zalaparta ateraz. Swankhuisenek ere entzun zituen. Eskuan kriseilua zuela irten zen. Berehalakoan itzali zuen bi autoak etxe aldera zetozela ikustean. Barbarak ikusteari utzi zion.

Minutu pare bat geroago iritsi ziren kotxeak. Bost gizon irten ziren, faroak piztuta utzirik. Etxera hurbildu ziren. Orduan, Barbarak entzun zuen nola norbait lasterka beregana zetorren.

—Hemendik, inspektorea! —oihu egin zuen ahal bezain indartsu.

Kementsu oldartu zen etxeko gizonarenganantz eta erabakimenez amildu zen haren oinetara. Bestea erori zen eta erreakzio baldarrak zituela ematen zuen, iluntasunarengatik agian. Hain hurbiletik zetorren oihuak ikaratu egin zuen. Oinots gehiago entzuten zen bidezidorrean gora. Swankhuisenek ikusi zuen alferrik zela gogor egitea. Lurrean eserita gelditu zen. Linterna batek argitu zion aurpegia. Eskuak luzatu zituen. Esku-burdinek ixtean ateratzen duten metalezko soinua entzun zen.

—Tira, txiki, berriz ere elkar ikusten dugu —esan zuen Zadelhofek. Luzatu eskua Barbarari eta zutitzen lagundu zion.

—Hipodromokoa eta hondarrean idatzitako letrena ez zen lelokeria bat, ezta, inspektorea? —esan zion ironiaz.

—Neure ondorengo izendatzen zaitut —esan zion Zadelhofek.

Etxera iritsi eta argia piztu zutenean, Barbarak azkenean aurpegira begiratu ahal izan zion bere aitaren lekua hartu nahi izan zuen gizonari. Sumindurik begiratu zion. Hark begiak beheratu zituen.

—Zer gizon mota zara zu? —galdetu zion mesprezioz.

—Negozio-gizona naiz —esan zuen Swankhuisenek—. Zentzugabea da Haranak zubia eraikitzeko bakarrik bere titanio preziatua gorde nahi izatea. Beste helburu askotarako erabil daiteke. Haranean nengoen bitartean ahaleginak egin ditut jendea iritziz aldatzera komentziarazteko. Sentitzen dut engainatu izana. Ez neukan beste biderik.

Patxadaz hitz egin zion hitzaldi bat ematen ari balitzaio bezala. Barbarak primeran ezagutzen zuen doktore-tonu hura. Sarritan erabili izan zuen bere susmoak uxatzeko. Oraintxe ere, ia ahazturik zeukan berak zuela ama hil izanaren erantzukizuna. Ez zuen berarekin gehiago hitz egin nahi. Zadelhof inspektorearengana itzuli eta xuxurlatu zion:

—Yonder.

Inspektoreak baietz esan eta Swankhuiseni lehor galdetu zion:

—Non dago Sekoer Yonder?

Gizonak sorbaldei eragin zien.

—Nola jakin behar dut nik?

—Badakizu. Berak segi egin dizu —garrasi egin zion Barbarak umore txarrean.

—Bada, ni konturatu gabe egingo zuen orduan —marmar egin zuen Swankhuisenek.

—Bilatu egingo dugu —esan zuen Zadelhofek.

Orbaindun gizona kotxe batean sartu zuten, poliziaren zainketapean. Orduan bakarrik konturatu zen Barbara Karel ere han zegoela. Sukaldetik irten zen, bere kabuz bilatzen ibili zen tokitik.

Inspektoreak eta bere gizonek laster kurritu zuten etxe osoa. Ez zuten ezer estrainiorik aurkitu, eta ez zegoen Yonderren aztarna txikienik ere. Kotxetegian ere begiratu zuten Swankhuisen patrikatik giltza hartu ondoren. Han ere ez zuten ezer aurkitu. Zaldiak irrintzi egin zuen.

—Entzun —esan zuen inspektoreak—. Berandu da eta ez da ezer ikusten. Bihar itzuliko gara sakonago arakatzeko. Nik susmagarria eraman eta itaunkatu egingo dut. Agian zerbait aterako diot.

—Izan behar du Yonderren arrastoren bat hemen —esan zuen Barbarak, ez baitzuen nahi hurrengo egunera arte bilaketa atzeratzerik.

—Bihar —errepikatu zuen Zadelhof inspektoreak.

Poliki itxi zituen etxea eta kotxetegia, eta giltzak patrikan gorde zituen. Barbara eta Karel Wildschuti agur esan zien, igo autora bere hiru agenteekin eta urrundu egin zen. Barbara ez zegoen pozik Yonderren aztarnarik agertu ez zelako.

—Begira zer daukadan hemen —esan zuen Karelek. Giltza bat atera zuen patrikatik—. Swankhuisenen mahaian zegoen. Galdetzen badidazu, esango dizut kotxetegiko beste giltza bat dela. Legearen beso sendoa urrundu denez gero, ez dut ikusten zergatik ezin dugun geure kasa apur bat miatu.

Alderdi guztietatik bilaka ibili ziren.

Barbara konturatu zen leihoa errefortxaturik zegoela.

Karelek lasto-zatitxoak aztertu eta balak beste leku batetik hara ekarritakoak izan ziren ondoriora iritsi zen.

Lastoari alde batera eragiten hasi ziren.

Aurkitu zuten tranpa.

Ireki zuten.

Jaitsi ziren harmailetan behera.

Piztu zituzten hormazuloetako kriseiluak.

Aurkitu zuten burdinazko atea.

Kolpeak emateari ekin zioten. Barbarak ahots sendoz galdetu zuen:

—Nor dago hor?

Alaitasunez beteriko erantzun bat iritsi zitzaion:

—Yonder —izan ere honek ahotsa ezagutu egin baitzion.

Ateko morroiloei alde batera bultza egin zien.

Atea kirrinka batekin ireki zen.

Yonderren etxera urtarrilean iristean bezala, esan zuen:

—Barbara Compagne naiz, Haranekoa. Pozten naiz zu ikusteaz.

17 *Amona*

LOVENDAALEK bi egun zeramatzan zirimola bihurturik. Doeve Masterbuilder bizien mundura itzultzea naziomailako gertakari bihurtu zen. Jendeak negar eta barre eta banderak astintzea egiten zuen, Ihauterietan balego bezala edaten zuen garagardoa eta ahotsik gabe gelditu arte kantatzen zuen. Doeve ezkutatu egin zen; zalaparta hura gehiegizkoa zen berarentzat bakarrean hain luze bizi ondoren.

Ez zen berdin gertatzen Yonder eta Barbararekin. Izugarri gozatu zuten agurrekin, alkatearen hitzaldiarekin eta ezarri zien ohorezko dominarekin eta beren izenak ageri zireneko egunkarien titularrekin. Ezertatik ezagutzen ez zituzten pertsonak hurbildu zitzaizkien eta besarkatu eta hain gogor estutzen zizkieten eskuak, non besoak erauzi nahi zizkietela zirudien; guztiek eskerrak ematen zizkieten, Yonderri eta Barbarari esker, senide bat aurkitu izan balute bezala.

Villerius doktorea, Tappenier eta beste gaizkide batzuk atxilotu egin zituzten. Egunkariek ez zuten beste berririk egun haietan. Doevek Teknologi Unibertsitateko irakasle-klaustroa bisitatu zuen. Ez zuen irakasle bakar batek ere huts egin, ezta gripearekin zeudenek ere, arrastaka bederen bertara joan baitziren; edozer egin zuten hain gizon apartarekiko topaketa gabe gelditu baino lehen. Oraindik suharrago itzuli ziren etxera, zeren Masterbuilderrek erabat jakinaren gainean zegoela erakutsi baitzuen zientzi eremuan azken hogei urteetan egin ziren aurrerapenak zirela eta. Kontuz izan bazen ere, kritikatu egin zituen Haranerainoko zubi bat eraikitze-ahaleginetan iraun ez zutelako. Ikerketak zer norabide hartu behar zuen azaldu zien eta zein hartu behar zuen etorkizunean, dena argitasun harrigarri batekin. Laster itzuli zen bere irakaslekargua hartzera, eta inork ez zuen zalantzarik lortuko zuela bere helburua.

Zadelhof inspektorea ez zen gehiegi harritu Villerius atxilotu behar izateaz. Adeitsuki onartu zuen Kalanderrera joan eta zehatzago miatu beharko zukeela kotxetegian. Ez hori bakarrik: eta beren errespetu guztia irabazi zien aitorpen bat egin zien Yonder eta Barbarari. Esan zien gutun izengabeak jaso zituela Villerius doktorea zelatatzeko eskatuz. Eragimen handiko gizona zen, zioten gutunek, eta zenbat elkartetako kide zen aipatzen zuten gutunek. Gutunek iradokitzen zioten Zadelhofi ere bere lankideetako batzuei segitzeko.

—Ulertuko duzuenez, ezin diegu jaramon egin iristen zaizkigun gutun guztiei —esan zuen.

Yonderrek berehala gogoratu zuen amonaren hamazazpigarren orrialdea. Bertan ageri ziren *gutun izengabeak* eta *iradokizunak* hitzak.

—Oraindik gordeta al dauzkazu, inspektorea? —galdetu zuen.

—Ez dut uste, baina badaezpada, bilatu egingo ditut —esan zuen inspektoreak, bere errespetua erakusteko gogoarekin.

Zoritxarrez, ez ziren inondik ageri. Seguraski erre egin zituzten. Hala eta guztiz ere, Yonder ziur zegoen amonak idatzitakoak zirela.

Zoritxarrez, Doevek hilabete bat gaixorik zeraman. Bazirudien era guztietako katarro eta gripeak batera harrapatu zituela eta ez zegoela haren sukarra eraisteko modurik. Isolaturik egon zen urte guzti haietan ez zen infekzioen menpe egon, eta bere antigorputzak ahuldu egin zitzaizkion, birus berrien aurrean erresistentziarik gabe utzirik.

Bazirudien zuzpertzen ari zela. Udaberria zen eta egunero apur bat irteten zen, pixkanaka eguzkira ohitzeko. Hortz berria ere ezarri zioten erauzitakoaren lekuan, eta orain itxura askoz atseginagoa zeukan.

Theresak bapatean ohitu egin behar izan zuen anaiorde bat zeukalako ideiara. Hasieran ez zitzaion gustatu egunkariek itzulingururik gabe hitz egitea amak ezkontzaz kanpoko izandako semeaz. Baina oso pozik zegoen Yonder itzuli zelako eta laster ahaztu zen iruzkin haietaz.

Egun batean Doevek Yonderri esan zion:

—Datorren asteko karabana hartzera noa neure gurasoak bisitatzeko. Joan aurretik Villerius bisitatu nahi dut. Nirekin etorri nahi al duzu? Agian esan behar diodana entzuteko gogoa izango duzu.

Yonderrek poz-pozik onartu zuen. Harritu egin zuen osaba Doevek Villerius ikusi nahi izateak. Villeriusen gelaskara gidatu zituzten eta Doeve bizi izan zen kobazuloa baino askoz gozagaitzagoa zirudien.

—Arratsalde on! —esan zuen Doevek.

—Orduan baduk ahotsa —erantzun zion Villeriusek—. Ni izan nintzen bezain bisitari ona izango haizela espero diat.

—Ez. Hau duk nire bisita bakarra. Ez naiz etorri gertatu den paper-trukea dela-eta gozatzera. Zure egitekoa azkenera iritsi da, Villerius doktorea. Baina zerbait pentsa zenezan nahiko nuke.

—Oso atsegina —esan zuen Villeriusek.

Abaildua zirudien. Nabarmen zahartu zen gartzelan zeramatzan aste gutxietan. Begiek nekatuak ziruditen zilarrezko monturadun betaurrekoen atzean. Ez zen inoiz gizena izan, baina orain masailak hondoratuak zeuzkan.

—Beti arretaz entzun izan nituen zure hitzaldiak —esan zuen Doevek—, eta ikasi ere ikasi nuen zerbait haietatik; hitzaldietan esaten zenuen parte handi bat egia zen. Egia zenioen legea hautsi gabe zikin joka daitekeela baieztatzen zenuenean. Hori da zikin jokatzea, nahiz eta zuk ez esan. Ez dago lege-sistema hutsezinezko bat egiterik. Horregatik, galdetu beharra daukagu, ea gizarteak bere burua zu bezalako pertsonengandik babesteko gaitasunik duen. Orain gartzelan zaude askatasuna lapurtu didazulako. Hori da arrazoi bakarra. Baina zurea ere bada oraindik zubirik ez izatearen erantzukizunaren parte bat. Ez dago horregatik zuri zigorra ematerik, nahiz eta pertsona askori kalte handia egin diezun. Galdera errepikatuko dut: gizarteak ba ote du zu bezalako pertsonengandik bere burua defendatzeko modurik?

Bazirudien Yonderrekin baino gehiago ari zela Villeriusekin; nahiago zuen etorkizunera jo, iraganera baino. Villeriusek ez zuen erantzun. Yonderrek ere ez zuen ezer esan.

—Bada defentsa bat —esan zuen Doevek astiro—. Defentsa hori agerikotasuna da. Vanpiroa eguzki-argitik aldentzen den bezala, gezurrek eta intrigek atzera egiten dute agerian jarriak izatearen arriskuaren aurrean. Zure boterea, Villerius doktorea, sekretuan oinarritzen zen. Inork ez zekien zehatz-mehatz zer egiten zenuen, noraino iristen zen zure eragimena, norekin hitz egiten zenuen eta zer esaten zenien. Ni bakarrik nengoen informaturik, inork ezin ninduelako entzun. Baina azkenean egia nagusi ateratzen da. Ba al dakizu orain zenbat jende dagoen prest zubia eraikitzeko? Arrazoia da publizitateak zure obra eta asmoen berri jakinarazi duela: berekoikeria huts eta ziztrina besterik ez den horrena. Pentsa ezazu berriz ere horretan, Villerius doktorea: egia argitan eta ilunpetan bizi liteke; gezurra ilunpetan bakarrik. Horregatik, azkenean, egiak gaina hartzen dio beti gezurrari. Beti izango dira egia jakin arte borrokan egiteko prest dauden pertsonak. Batzuetan adineko amona bat izango da; beste batzuetan, gazte-bikote bat. Baina beti izango da norbait.

—Idealista bat haiz —esan zuen Villeriusek.

—Lehen nintzen. Orain zerbait gehiago naiz. Bere idealak mamituko dituen idealista bat naiz. Datorren astean Haranera joango naiz. Pozik ekarriko nituzke gurasoak neurekin, baina urte gehiegi dituzte basamortuan zehar bidaian irauteko. Baina, Villerius doktorea, kemen pixka batekin, etor daitezen lortuko dugu, hemendik bi urte barru izango dugun zubia gurutzatuz.

Hainbestekoa zen Doeveren begiei zerien erabakimena, non Yonderrek egia zioela ulertu zuen. Inork ez zuen geldiaraziko.

Doeve zutitu egin zen.

—Ez dizkizut inbidiatzen itxaroten dauzkazun bakardade urteak —esan zion—. Zuk askotan egin duzu gogoeta legearen mugez. Orain muga horien barruan bizitzera ohitu beharko duzu. Agur!

Bira erdi eman eta gelatik irten zen. Yonderrek segi egin zion. Villerius bakarrik gelditu zen, bere koltxoian kuzkurtuta. Gizon zaharra zen, unatua, etorkizunik gabea eta iragan lotsagarria zeukana.

DOEVEK ALDE EGIN eta handik bi egunetara, Yonderrek gutun bat jaso zuen. Amonaren notariarena zen. Biharamun goizean ikustera joateko eskatzen zion, Yonderrek klaseak zituen, baina hainbesteko jakinmina zuen, non egun batengatik unibertsitatera ez joatea erabaki zuen.

Notariak estilo klasikoko altzariz apainduriko bere buleguan hartu zuen. Notari gela bateko giro tipikoa zegoen: zurezko panelez estaliriko hormak, idazmahaia, haritzezko mahai bat eta larruzko besaulki handiak. Yonder herabeti eseri zen besalkietako batean.

Inoiz ikusi gabe zeukan Mildew, hala baitzeritzan amonaren notariari.

—Sekoer jauna, eskertzen dizut nire gonbidapena onartu izana.

—Mesedez, ez nazazu Sekoer jauna deitu. Yonder dut izena.

—Nahi duzun bezala.

«Badirudi ez duela presarik notari honek», pentsatu zuen Yonderrek. Zer esan behar ote zion? Laster jakingo zuen.

—Zure amonak, Annetje Torenvliet van Manenek, oso ohizkoa ez den azkennahi bat idatzi zuen. Bere klausuletako batean ezartzen zuen hilburukoaren beraren existentzia denboraldi bat pasatu eta gero bakarrik jakinaraziko zela. Eta zuk, Yonder Sekoerrek, bakarrik jakingo zenuela.

«Hil eta gero ere oraindik ezustekoak ematen dizkigu», pentsatu zuen Yonderrek.

—Heredentzia, oraingoz, amonaren gutun bat eta txosten bat da —jarraitu zuen notariak—. Berehalaxe emango dizkizut dokumentu horiek, baina aurrena agian zerbait jakin nahiko duzu. Horrela hobeki ulertuko duzu bere edukia.

—Mesedez— esan zuen Yonderrek, dena ulertu nahi baitzuen.

—Zure amonak, Annetje Torenvliet van Manenek, dirutza txiki bat zeukan. Detektibe bat kontratatu nahi zuen hil eta gero. Nik horretan inbertitu behar nuen bere dirutza. Gutunazal bat eskuratu zidan eta bertan detektibearen egitekoa zehazten zuen, kasuarekin zerikusia zuten eta detektibe-agentziak bakarrik kontsultatuko zituen dokumentu batzuekin batera. Ikerketa egin eta gero, emaitzak niri eskuratu behar zizkidaten, horiek ere gutunazal itxian. Gero, nik zuri eman behar nizkizun amonak niri fidaturiko gutun batekin. Hauek dituzu dokumentuak.

Gutunazal marroi lodi bat eta beste zuri bat eskuratu zizkion Yonderri, esanez:

—Zure amonak Lost eta Van Dissel agentzia hautatu zuen. Agian ez duzu horren berririk, baina erreferentzia onak eman zizkidaten.

—Oso ongi ezagutzen dut Joren Lost —esan zuen Yonderrek. Notariak bekainak jaso zituen, harriturik. Gero Masterbuilder irakaslearen aurkikuntzan mutilak izan zuen zereginaz egunkarietan irakurria gogoratu zuen. Gutunek beren ohizko egoera berreskuratu zuten.

—Masterbuilderrekiko zerbait izango da, nik uste —esan zuen Yonderrek, inolako begiramendurik gabe notariaren erretolika, arretaz planeatua etenez—. Honez gero badakizu nire amona ama zuela.

Notariak seriotasunez baietz esan zion.

—Bai, baina horrek ez nau libratzen neure egitekoa bete behar izatetik beharrezko arreta eta aditasunez.

—Benetan eskertzen dizut, Mildew jauna —esan zuen Yonderrek.

—Bada besterik ere. Lost eta Van Disselek ez dute oraindik minutarik pasa. Uste dut dirua soberan izango dela, zeren Lostek esan zuen Masterbuilder aurkitu ondoren, ez zegoela gehiago ikertu beharrik. Nola amonak dirua ahitu arte ikerketan jarraitzea nahi zuen, hori orduan oinordeko legitimoengana pasako da, kasu honetan zure amarengana.

—Oso ongi deritzat —esan zuen Yonderrek.

Agurtu egin zuen. Exera zihoan bitartean, gutunazal marroia ireki zuen. Amonaren gutuna txamarraren patrikan gorde zuen. Ez zuen gelara iritsi arte irakurri nahi. Losten txostenak ez zuen gauza berri askorik izango. Eta arrazoia zuen. Berriro astiroago irakurtzea erabaki zuen. «A zer lotsa sentituko lukeen Jorenek niretzat lanean aritu dela jakingo balu!», pentsatu zuen Yonderrek irribarrez.

Etxera iritsi zenean, Barbara dantza-mantzari atera zitzaion. Beraiekin zirauen bizi izaten eta bertan geldituko zen. Ikaspostua lortu zuen Lovendaaleko Arte Dramatikoko eskolan. Agian gauzak errazago jarriko zituzkeen Zadelhof inspektoreari bisita bat egin izanak, izan ere zorretan sentitzen baitzen Barbararekin.

—Zer nahi zian notariak? —galdetu zion neskak jakinminez.

—Amonaren gutun bat ematea. Oraindik ez dinat irakurri. Gaur arratsaldean kontatuko dinat.

—Ederki. Ordura arte.

—Gero arte.

Gelara joan eta amonaren gutuna ireki zuen. Letra irmo eta txukunez zera idatzirik zegoen:

«Yonder maitea:

Nire egunkaria irakurri ondoren, badakik Doeve Masterbuilderren ama naizela. Haurrarekin gelditu izan banintz, Teknologi Unibertsitatetik bota egingo ninduketean. Nik gauza asko egin nitzakean ingeniari-titulua lortuz gero. Ama ezkongabe gisa, horri guztiari uko egin beharko niokean. Hala ere, sarritan deitoratu diat erabakia. Ezin izan diat inoiz ahaztu. Irakurrita daukak nire egunkarian nola jakin nuen Doeve semea nuela: bere ahotsa, aitaren sudurragatik. Eta bere jeinutasunagatik, hori ere aitarengandik heredatua baitzian. Pentsa litekeen pertsonarik hoberena huen. Irakasle izan nian. Alarguna huen. Bazirudian dena prestaturik zegoela gertatu zena gerta zedin.

Doeve desagertu zenetik, hartaz argitaratutako guztia irakurri eta gorde diat. Dena bat zetorrean. Pixkanaka susmoak izan dizkiat. Irakurri dituk Villerius doktoreari buruzko nire oharrak. Negozio publiko eta pribatu askotan sartuta zegok. Eragimen izugarria dik. Bere hitzaldi guztietan izan nauk eta ziur negok ez duela zubia eraikitzerik nahi, nahiz eta alderantzizkoa esan. Zoritxarrez, ezin diat frogatu. Behin hizketaldi bat entzun nian gizonezkoen komunetik hurbil zegoen emakumezkoen batean. Villeriusekin nola edo hala zerikusia duten bi pertsonaia susmagarri noizean behin *renbaan*-en biltzen direla, nahiz eta segurtasun-arrazoiengatik *Varenbaan*-ez hitz egiten duten. Oso gutxi duk polizia komentzitzeko, baina aski duk Villerius hori, bere portaera onak gorabehera, ez dela jatorra jakiteko. Dena den, guzti hori nire egunkariaren bitartez dakik.

Baina ez dakik diru pixka bat aurreztuta daukadala. Hasiera batean, sorpresa bat emateko erabili nahi nian, ordua iritsitakoan. Gero pentsatu nian dirua Doeverena zela. Ez nioan semeak amagandik espero zezakeenik ezertxo ere eman. Zuek guztiok ongi zaudete: ama, Birgit eta hi. Ez zekiagu Doeve nola dagoen, bizi bada behintzat. Eta barne-mintzo batek oraindik bizi dela esaten zidak. Horregatik erabaki diat dirutza erabil dezatela Doeve aurkitzeko azken ahalegin bat egiten. Azken finean alferrikako ahalegina izango duk, kazetariek eta poliziak egindako guztiaren ondoren. Hala eta guztiz ere, gutunazal itxi bat eman zioat notariari eta bertan ematen diat Villerius doktoreari buruz, eta bereziki, adiskide duen Swankhuiseni buruz ditudan neure susmoen berri. Notaria arduratuko duk gutunazala detektibe-agentzia bati emateaz. Ziur negok ulertuko duala zergatik jokatu dudan horrela, Yonder maitea. Emaitzen bat lortzen bada, heuk jakingo duk aurrena. Horrela utzi diat erabakita. Neure antz haundi-haundia duala ikusi diat eta ez diat inolako zalantzarik emaitza horiek zentzuz erabiliko dituala.

Jainkoak bedeinka hazala, hi eta besteak,

Hire amonak».

«Doevek zure antza bezain haundia du bere aitarena ere, amona», pentsatu zuen Yonderrek. Beste behin hainbeste lagundu zioten amonaren egunkariaren orrialde soilduak atera zituen. Orain bazekien zer esan nahi zuten.

Arretaz, bere idazmahaian gorde zituen idatziak. Gero ohar-koaderno bat atera zuen karteratik eta ikasteari ekin zion. Bazekien gauza asko ikasi beharrean zegoela ingeniari izateko, baina aldi berean erabat sinetsirik zegoen zubiak eraikitzeko ez zela aski ingeniari izatea.

Aurkibidea